HEYNE BÜCHER

SCIENCE FICTION

Herausgegeben
von Wolfgang Jeschke

Ein Verzeichnis weiterer Bände dieser Serie
finden Sie am Schluß des Bandes.

DANA KRAMER-ROLLS

DER PRÜFSTEIN IHRER VERGANGENHEIT

STAR TREK™ CLASSIC
Band 59

Deutsche Erstausgabe

WILHELM HEYNE VERLAG
MÜNCHEN

HEYNE SCIENCE FICTION & FANTASY
Band 06/5273

Titel der Originalausgabe
HOME IS THE HUNTER
Übersetzung aus dem Amerikanischen von
RONALD M. HAHN

Redaktion: Rainer Michael Rahn

Die Originalausgabe erschien bei POCKET BOOKS, a division of
Simon & Schuster, Inc., New York

Printed in Germany 1995
Umschlagbild: Pocket Books/Simon & Schuster
Umschlaggestaltung: Atelier Ingrid Schütz, München
Technische Betreuung: Manfred Spinola
Satz: Schaber Satz- und Datentechnik, Wels
Druck und Bindung: Ebner Ulm

ISBN 3-453-07984-1

Historische Anmerkung

Dieses Abenteuer spielt kurz nach den Ereignissen, die in *Star Trek – Der Film* geschildert werden.

1

Sulu erwachte mitten in einer Schlacht. Er war zwar wach, aber er öffnete nicht die Augen. Sein Verstand sagte ihm, daß er unmöglich dort sein konnte, wo er zu sein glaubte. *Es ist keine echte Schlacht. Ich bin gar nicht wach. Ich träume noch.*

Wieder schepperte es. Stahl schlug auf Stahl. Er hörte Rufe, die Aufmerksamkeit verlangten. Selbst wenn es ein Traum war – er mußte es sich ansehen. Er öffnete die Augen, lugte durch das Gras und spuckte einen Mundvoll Sand aus.

Tatsächlich, vor ihm tobte etwa ein Dutzend Männer herum; jedenfalls sah er eine Menge um sich schlagender, waffenschwingender Arme.

Na gut, dann träume ich eben, dachte Sulu. Er traute seinen Augen nicht. Was es auch für ein Traum war, er war nicht übel. »Ballett des Todes« war zwar eine abgedroschene Phrase, aber sie paßte sehr gut zu den Samurai, die gerade im Begriff waren, sich gegenseitig niederzumachen.

Als Sulu aufsprang, sah er, daß er einen Lamellenpanzer trug. Um so besser. Mit der Zuversicht eines Träumers, der wußte, daß es da war, griff er nach seinem *Katana.* Und es war da. Sulu rannte – beziehungsweise watschelte – in dem unbeholfenen Tempo los, das rüstungtragenden Kriegern seit Unzeiten bekannt war. Er schlug und brüllte alles nieder, was ihm in die Quere kam. Aber er war noch zu weit vom Ort des Gefechts entfernt, und so traf er nur die Äste der ihm den Weg verstellenden Bäume. Er forderte die in seiner Nähe kämpfenden Krieger in perfektem klassischen Japanisch heraus. Ja, es war ein wirklich toller Traum. Nach dem Aufwachen, so nahm er sich vor, wollte er die Sprache seiner Ahnen erlernen.

Die Anstrengung führte dazu, daß ihm schwindelig wurde. Seine Gedanken bewegten sich so träge wie dicker Schlamm. Als er in den Kampf eingriff, schwitzte er und war außer Atem. Dabei hatte er die Parole »Kämpfe intelligent« doch schon so oft gehört, um sich nicht leichtsinnig zu verausgaben – auch nicht in einem Gefecht, das sich nur in seiner Phantasie abspielte. Aber mit der Zeit stellte er fest, daß seine Phantasie offenbar ziemlich detailgetreu war. Der komische Verdacht, daß er gar nicht träumte, spukte in seinem Kopf herum, aber er redete sich ein, daß es unmöglich war.

Einige Meter weiter blockierte eine Handvoll Samurai die Straße, in deren Mitte eine Sänfte stand, die vier kämpfende Frauen verteidigten. Sie schlugen mit *Naginatas* um sich. Dann trat eine Dame von Adel hinter dem Vorhang hervor. Sie hielt ein kleines Schwert in den Händen und trat zu ihren Leibzofen, um sich des letzten Ansturms zu erwehren. Die Soldaten wichen schnell vor den Angreifern zurück, die allem Anschein nach Räuber waren.

Sulu schüttelte den Kopf. Es konnte unmöglich real sein. Es mußte ein Traum sein. Doch andererseits wurde ihm klar, war hier eine Dame in Bedrängnis. Er zückte sein bestes *Kei,* stürmte wie ein Teufel gegen die Angreifer los und schlug die Klinge quer über die Brust eines Mannes. Der Räuber schrie auf und ging zu Boden. Erst die Wärme seines verspritzenden Blutes ließ Sulu innehalten.

Und ein Warnschrei wurde in seinem Kopf laut: *Es ist kein Traum! Du hast gerade einen Menschen niedergestreckt, als wäre nichts dabei!*

Als Realität und Phantasie sich in seinem Kopf vermischten, stolperte Sulu einen Schritt zurück. Es konnte unmöglich Wirklichkeit sein. Wo war er zuletzt gewesen? Hier jedenfalls nicht. Er dachte flüchtig an die *Enterprise.* Da war irgendein Blitz aufgezuckt...

Sein Gedächtnis hatte eine Lücke. Er konnte sie beinahe spüren. Es war wie eine physische Sperre.

Die wütenden Schreie der Angreifer rissen ihn aus seinen Gedanken. Sein Opfer krümmte sich noch immer auf dem Boden. Sulu ging in Verteidigungsstellung. Nun beriff er, daß er in Schwierigkeiten steckte. Er konnte nicht töten. Er wollte auch nicht töten... Doch die anderen wirkten nicht eben wie Pazifisten.

Sulu bewegte sich, als hätte er sein Leben lang nichts anderes getan und überwand den inneren Drang, die Männer zu töten. All seine Schläge zielten sorgfältig auf ihre Gliedmaßen. Er wollte sie lieber kampfunfähig machen.

Sulu hieb nach rechts und brachte einen Angreifer zu Fall. Gleichzeitig wehrte er von links einen Angriff mit dem *Sia* ab und drehte die scharfe Klinge mit einer fließenden Bewegung auf die stumpfe Seite, um einen Frontalangriff abzufangen. Als er gerade damit beschäftigt war, einen Räuber abzuwehren, pirschte sich ein anderer Angreifer von hinten an ihn heran. Blut spritzte in einem roten Strahl aus der Wunde. Zu tief! Er hatte zu tief gestochen! *Mein Gott, mein Gott...*

Sulu wehrte den Tiefschlag eines Räubers ab, der den Versuch machte, ihn mit einer *Naginata* zu treffen. Er ließ die Klinge an dem hölzernen Schaft abrutschen, um die Beine seines Gegners zu erwischen. Als er die Hiebe parierte, ging alles wie in Zeitlupe vor sich. Ein irrer, tödlicher Tanz. Bald darauf stand er, von stöhnenden Männern umgeben, allein auf der Straße.

Dann fand er seine Stimme wieder und rief: »Was ist hier los? Was mache ich hier? Wer seid ihr? Nun sagt es schon! Aber sofort!«

Und dann, wie auf ein Stichwort hin, fingen seine Gegner an zu zittern und starben. Einfach so.

Sulu verstand nun gar nichts mehr. Als er in die aschfahlen und verzerrten Gesichter der Toten sah, wurde es ihm klar: Gift. Sie hatten es wahrscheinlich unter der Zunge oder irgendwo am Körper versteckt. Sie starben lieber, als sich gefangennehmen zu lassen.

Sein Verstand weigerte sich, all dies zu verarbeiten.

Er drehte sich zitternd zur Sänfte um und neigte voller Schmerz und Entsetzen den Kopf. Dann zwang er sich, den Blick zu heben. Vor der Dame stand schützend ein Mann. Er war von mehreren toten Gegnern umringt. Zwei Zofen und etwa ein halbes Dutzend Soldaten hatten den Kampf überlebt.

Sulu verbeugte sich vor dem Mann, aber es war eher sein Körper, der dies tat. Sein Verstand schien ausgeschaltet zu sein.

»Wer seid Ihr?« schnauzte der Mann.

»Suru«, sagte Sulu stirnrunzelnd und fragte sich, warum er seinen Namen nicht richtig aussprach. Aber im Japanischen gab es den Buchstaben »L« nicht, und in dieser Sprache redete er nun. »Heihachiro, Herr«, sagte er lächelnd und verlieh sich den Namen Heihachiro Noguras, des obersten Starfleet-Admirals.

Eine wie ein Silberglöckchen klingende Stimme sagte: »Ich bin Fürstin Oneko. Ihr habt mir tapfer gedient.« Sie wirkte so zerbrechlich wie ein dünner Zweig, aber auch stark wie eine Schwertklinge. Sie ignorierte geringschätzig das an ihrem seidenen Übergewand klebende Blut. Als Sulu sie in ihrer ganzen Schönheit erblickte, hielt er den Atem an. Sie sah aus wie ein zum Leben erwachtes Gemälde aus dem Altertum; ihr weiß gepudertes Gesicht und ihre roten Lippen waren mehr als nur exotisch.

Ihm fiel auf, daß sie eigentlich noch ein Mädchen war, eine wahrscheinlich nicht mal zwanzigjährige Heranwachsende. Ihr wie in Elfenbein gemeißeltes Gesicht und ihre Mandelaugen wurden eingerahmt von dem schwarzen Haar, das fein säuberlich auf ihren Schultern lag und von einem Band gehalten wurde. Sie trug einen seidenen Überkimono mit pfirsichfarbenen und roten Streifen. Die Lagen ihrer übrigen Kleidungsstücke ragten wie ein Wildblumenstrauß aus ihrem Kragen hervor. Sie schob das nun in einer Scheide steckende Kurzschwert in einen seidenen Beutel. Als sie fertig war, verbarg sie es wieder unter ihren Kleidern in einem Gürtel.

Sie sah ihm flüchtig in die Augen. Sulu fühlte sich wie von einem Phaserstrahl in den Magen getroffen. Das Gefühl war zwar weder rational noch logisch erklärbar, aber vorhanden. Sie stieg wieder in die Sänfte.

Ein hochgewachsener Grauhaariger, der in jeder Kultur stattlich ausgesehen hätte, trat an Sulus Seite. »Ich bin Watanenabe Sadayo. ›Suru‹ heißt Ihr? Bedeutet das nicht ›Der Mann, der sein Bestes gibt‹?. Aber soweit ich weiß, bedeutet es auch ›Taschendieb‹. – Hmm...« Er musterte Sulu eingehend. »Ihr kommt mit zum Schloß. Der Fürst wird Euch sicherlich belohnen wollen. Nehmt Euch ein Pferd der Räuber und folgt mir.«

Sulu stand nur da und bemühte sich, zu verdauen, was hier vor sich ging. Sollte er hierbleiben? Und wenn er es tat, was dann? Sollte er darauf warten, daß noch mehr Straßenräuber auftauchten? Vielleicht hatte er beim nächsten Mal weniger Glück.

»Was steht Ihr da herum?« fragte der Grauhaarige schroff. »Ist Euch die angebotene Gastfreundschaft und die Belohnung meines Herrn nicht genug?«

Eins wurde Sulu sehr schnell klar: Wenn er das Angebot ablehnte, stand das nächste Gefecht an. Und diesmal würde einer der Kämpfer sterben müssen.

Was – vorausgesetzt, dies war ein Traum – keine Rolle spielte.

Aber es war kein Traum, er wurde sich dessen langsam immer sicherer.

Sulu verbeugte sich schnell. »Natürlich nicht. Eure Gastfreundschaft ist sehr großzügig.«

»Dann laßt uns schnell zum Schloß gehen, bevor wir noch einmal überfallen werden«, sagte Sadayo.

»Zu welchem Schloß?« fragte Sulu. »Zu welchem Fürsten?« Er bemühte sich, das Gesicht des schönen Mädchens aus seinen Gedanken zu verdrängen.

»Schloß Fushimi«, sagte Sadayo und schwang sich in den Sattel. »Fürst Torii Mototada-domo.«

Mann, dachte Sulu, *Torii Mototada!* Er hatte unter den Samurai der alten Zeit einige Favoriten. Seine Mutter hatte den rastlosen Geist seiner Kindheit mit den Geschichten über Benkei, Yoshitsune und das Glück des Hauses Minamoto beruhigt. Als junger Bursche hatte er die straffe Militärpolitik Hideyoshis und Tokugawas studiert. Und den *Bushi,* den Ehrenkodex der Samurai.

Der Ritt nahm Stunden in Anspruch, und die ungewohnte Aktivität verkrampfte seine Oberschenkel. Aber Sulu ließ sich nichts anmerken. Als sie über die große Tokaido-Straße ritten, um Menschen zu begegnen, die schon vor Jahrhunderten gestorben waren, saß er aufrecht und stolz im Sattel.

Was, zum Teufel, mache ich hier? fragte er sich.

2

IRGENDWO IN RUSSLAND ...

Der Himmel war Zeuge: Kirk hatte schon zuvor Leute verloren. Es war ihm nicht neu. Er hatte Männer, Frauen und Kinder verloren. Er hatte Planeten durch Invasionstruppen, Völlerei und Hunger untergehen sehen. Er hatte geborstene Planeten, kollabierende Sonnen und von riesigen, alle Phantasie übersteigenden Monstrositäten verschlungene Raumschiffe gesehen.

Tod und Vernichtung in Massen. Es gab so viel davon, daß es alles Gute überschattete, das er je getan hatte und – er hoffte es wenigstens – auch weiterhin tun würde. Ganz gleich, wie oft er dem Tod auch gegenüberstand, er wollte ihm nie zugestehen, der Bessere zu sein. Auch wenn er immer wieder siegte und irgendwann über James T. Kirk triumphieren würde. Es war eine Frage der Ehre. Vielleicht auch eine Frage der Sturheit, wie Dr. McCoy zu behaupten nicht müde wurde.

McCoy legte eine Hand auf die starre Leiche von Lieutenant Garrovick. Sie lag in einem kleinen Raum der medizinischen Abteilung. Kirk schüttelte sich, als sein Blick auf die grauenhaften Verletzungen fiel, die das Gesicht und den Oberkörper des Toten verunzierten. Garrovicks Uniform war zerfetzt; sein letzter Gesichtsausdruck zeigte Verärgerung und Schmerz.

Verdammt. Es fiel ihm nicht leicht, ein Mitglied der Besatzung zu verlieren, nicht mal nach all diesen Jahren. Dies galt besonders für den toten Garrovick, mit dem ihn einiges verband. Garrovicks Vater war einst Kirks Chef gewesen. Auch ihn hatte er sterben sehen.

»Schweinehunde«, murmelte er. »Klingonische Schweinehunde.«

Neben Kirk ertönte ein leises Geräusch, doch er drehte sich nicht um. Es war unnötig.

»Man gewöhnt sich nie dran, was, Jim?« sagte McCoy.

Kirk stieß einen leisen Seufzer aus. »An dem Tag, an dem ich mich dran gewöhne, lasse ich mich an einen Schreibtisch versetzen, Pille.«

McCoy runzelte sinnierend die Stirn. »Und warum? Glaubst du etwa, vom Schreibtisch aus könnte man leichter Befehle geben, die Menschen potentiell in den Tod treiben? Du doch nicht, Jim! Du gehörst doch zu denen, die anderen Leuten nur Aufträge erteilen, die sie auch selbst ausführen würden. Deswegen gehst du doch auch immer als erster mit der Landeeinheit runter.«

Kirks Blick fiel noch einmal auf Garrovick. »Ob ich es etwa deswegen tue, weil ich ein falsches Ehrgefühl habe?«

»Nein. Du leitest die Landeeinheiten, weil du ein blöder Trottel bist, der glaubt, daß er ewig lebt.«

»Ach...« Kirk preßte die Lippen aufeinander. »Danke für die Klarstellung.«

»Gern geschehen, Jim. – Der unerschütterliche Glaube an die persönliche Unsterblichkeit ist das Vorrecht der Jugend.«

Kirk schüttelte den Kopf und musterte den Toten. »Das hat Garrovick auch nicht viel genützt.«

Er drehte sich um und verließ die Krankenstation. McCoy zögerte einen Augenblick. Er bemühte sich zu entscheiden, ob sein Captain in der Stimmung war, mit jemandem zu reden, oder in Ruhe gelassen werden wollte. Er wußte noch immer nicht, was, um alles in der Welt, auf dem Planeten Cragon V schiefgegangen war, der in trügerisch friedlicher Anmut unter ihnen rotierte. Er wußte nur, daß fünf Mann nach unten gegangen, einer davon umgekommen und drei nun irgendwo in der Vergangenheit verschwunden waren.

McCoy sah ein, daß es ihn nicht weiterbrachte, wenn er auch weiterhin unwissend blieb… Wahrscheinlich nicht weiter als Kirk, der sich wegen eben dieser Angelegenheit die heftigsten Vorwürfe machte.

Außerdem wußte McCoy, daß sich in relativer Nähe ein klingonischer Kampfkreuzer aufhielt, der die *Enterprise* nicht aus den Augen ließ. Doch er war ebenso hilflos und frustriert wie ihr eigenes Schiff.

Wenn er weiterhin die Krankenstation hütete und die Wände anstarrte, brachte es ihn aber auch nicht weiter. McCoy ging hinaus; er hielt nur an, um eine Flasche romulanisches Bier einzustecken.

Als er Kirks Quartier betrat, blieb er wie erstarrt stehen, denn er sah einen Phaser auf sich gerichtet. Er suchte einen Moment nach Worten, dann stieß er hervor: »Gütiger Gott, Jim – war meine Rechnung so hoch?«

Kirk lächelte nicht einmal. Er zielte mit dem Phaser auf die Wand, vor der McCoy stand, und drückte ab.

Nichts passierte. Nicht einmal das leise Zischen eines Energieausstoßes war zu hören.

»Ist er leer?« fragte McCoy, der sich bemühte, lässig zu bleiben.

»Keinesfalls«, erwiderte Kirk. »Er will nur nicht.« Er warf den Phaser neben sich auf die Couch. »Wie auch alle anderen. Sämtliche Phaser auf diesem verfluchten Schiff verhalten sich so. Und auch unsere Phaserbänke und die Photonentorpedos. Und alles verdanken wir diesem elenden Weyland. Wir haben einen Toten zu beklagen, und der Kerl, der ihn umgebracht hat, sitzt ein paar Kilometer von uns entfernt in seinem Schiff und dreht Däumchen. Ich kann nichts dagegen tun, es sei denn…«

»… einen trinken?« fragte McCoy.

Er drehte das Etikett der romulanischen Flasche nach

hinten, damit er nicht in die Lage kam, sich gegen den – halbherzigen – Protest des Captains wehren zu müssen. Er schenkte Kirk einen kräftigen Schluck ein, den dieser auf der Stelle kippte. Das Getränk wirkte sich auf typisch romulanische Weise auf Kirks Kreislauf aus und ließ ihn würgen. Zum Glück enthielt Kirk sich jedoch eines Kommentars.

»Was also ist passiert?« fragte McCoy.

Kirk machte eine leicht abwehrende Geste. »Willst du's wirklich wissen?«

»Nein, natürlich nicht«, sagte McCoy gelassen. »Ich bin eigentlich nur gekommen, um mir deine schlechte Laune und deinen Frust anzusehen.« Doch dann setzte er eine ernste Miene auf. »Glaubst du eigentlich, daß du der einzige bist, der auf diesem Schiff Verantwortung trägt, Jim? Du hast einen Mann verloren. – Tja, aber *ich* habe einen Patienten verloren. Die Sache geht mich ebensoviel an wie dich.«

Kirk musterte McCoy einen Moment. »Wie schön es doch ist, wenn man weiß, daß auch die Leute, die man praktisch mit Gewalt wieder zur Flotte holen mußte, es nicht verlernt haben, ihrem Captain auf die Nerven zu gehen.«

»Du kennst mich doch ...«

Kirk nickte und beugte sich vor. »Na schön«, sagte er. »Es war folgendermaßen ...«

Cragon V erinnerte Kirk in mancherlei Hinsicht an Organia. Die Bewohner dieser Welt waren einfach und arbeiteten hart. Nach irdischen Maßstäben war ihre Technik zwar primitiv, doch ebenso wie Organia war auch Cragon V für die Föderation und die Klingonen interessant. Im Gegensatz zum Planeten Organia, dessen Lage ihn strategisch wichtig machte, gab es auf Cragon einen Mineralienüberfluß, der für die Föderation und das Imperium wertvoll war.

Es gab noch andere bedeutende Unterschiede. Der

wichtigste: Die Organianer waren nicht das gewesen, was man angenommen hatte. Die Bewohner Cragons waren hingegen genau das, was sie zu sein vorgaben: ein einfaches, leicht beeinflußbares Volk.

Im Fall Organia und anderer unter das Organianische Friedensabkommen fallende Planeten waren die Klingonen und die Föderation etwa gleichzeitig aufgetaucht. Im Fall Cragon leider nicht. Diesmal waren die Klingonen der Föderation zuvorgekommen. Die im Vorfeld erstellten Abbaugutachten der Föderation waren schlampig ausgefallen, und die Klingonen waren so schlau gewesen, die Gelegenheit zu nutzen und mehrere Monate vor Starfleet auf Cragon zu landen. Die Föderation hatte erst später davon erfahren.

Kirk hatte Vorbehalte gegen eine Menge Dinge. Ganz oben auf seiner Liste stand die Vorstellung, bei allen Dingen von Wichtigkeit einen Schritt hinter den Klingonen herzuhinken – und besonders dann, wenn es das Leben unschuldiger Menschen betraf.

Als die Landeeinheit anhielt, um auf Kirk zu warten, blieb er kurz stehen. Er atmete tief ein. Die frische Luft Cragons kitzelte seine Lunge. So sehr er die *Enterprise* auch liebte und so sorgfältig man sich darum kümmerte, im Inneren des Schiffes eine echte Umgebung zu simulieren – es war trotzdem nicht das gleiche wie das Einatmen der frischen Luft eines Planeten.

Chekov trat besorgt an seinen schweigenden Captain heran. Als Sicherheitschef war er dazu verpflichtet, die Rolle des Bekümmerten zu spielen. »Gibt es ein Problem, Captain?« fragte er.

»Nein. Kein Problem.«

Lieutenant Garrovick lächelte. »Der Captain hat seine eigenen Methoden, Dinge zu erledigen. Und er neigt dazu, auch seinen Zeitplan selbst zu bestimmen.«

Kirk warf Garrovick einen listigen Blick zu. Die meisten untergeordneten Offiziere neigten dazu, in seiner Anwesenheit Zurückhaltung zu üben, aber das galt nicht für Garrovick, der schon früher unter seinem Befehl gestanden hatte. Garrovick war sogar Zeuge gewesen, als Kirk seinen gefühlsmäßigen Tiefpunkt erreicht hatte: Sein Gewissen hatte ihn gequält, weil er auf eine Bedrohung – eine blutsaugende Wolke – falsch reagiert hatte. Erst mit Unterstützung des damaligen Fähnrichs Garrovick war Kirk in der Lage gewesen, das Lebewesen schließlich zu vernichten.

Garrovick hatte die besten Empfehlungen Kirks mit auf den Weg bekommen und war rasch befördert worden. Nun, nach Kirks Rückkehr auf die *Enterprise,* hatte Garrovick sich auf das Schiff versetzen lassen, mit dem er erstmals im interstellaren Raum gewesen war. Kirk hatte ihn an Bord freudig willkommen geheißen und ihn zu Chekovs Stellvertreter ernannt.

Diese Position hatte Garrovick als Mitglied der Landeeinheit der Cragon-Expedition qualifiziert. Montgomery Scott war aufgrund seines Fachwissens und seiner Fähigkeit ausgewählt worden, den technischen Stand Cragons aus erster Hand zu bewerten, und, was das Wichtigste war, um die Frage zu klären, ob die Klingonen ernsthaft in den Status quo des Planeten eingegriffen hatten. Auch Sulu gehörte dazu, denn man hatte ihm am Anfang seiner Laufbahn den Auftrag erteilt, drei Monate lang einen Planeten zu beobachten, der eine bemerkenswerte Ähnlichkeit mit Cragon aufwies. Chekov und Garrovick waren mitgekommen, um für Sicherheit zu sorgen. Zwar hätte Kirk gern eine ganze Kompanie mitgenommen, aber wenn man die Erste Direktive ernst nahm, konnte man wohl schlecht mit einer ganzen Armee ins Hintergärtchen eines Volkes einfallen. Ein solches Vorgehen hätte die Föderation in schiefem Licht gezeigt. Aufmärsche dieser Art waren nicht das, was die Föderation ausmachte.

Schade, dachte Kirk bedrückt, daß sich die Klingonen nicht auch solche Beschränkungen auferlegen.

»Sie haben recht, Mr. Garrovick«, sagte er munter.

»Wir haben einen Zeitplan, den wir einhalten müssen. Gehen wir also weiter, meine Herren.«

»Die Festung ist gleich da vorn, Captain«, sagte Chekov und schritt vorsichtig durch das Unterholz.

»Gut«, sagte Kirk. Er entfernte sorgfältig das Ästchen eines Brombeerstrauches von seiner Uniform.

»Worin, zum Teufel«, brummelte Scotty leise, »besteht eigentlich der Vorteil von Transportern, wenn sie uns mitten im Urwald abladen?«

Kirk machte sich nicht die Mühe einer Antwort, denn Scotty kannte sie selbst: In der Föderation glaubte man, bei unterentwickelten Völkern sei es am besten, wenn man sein hohes technisches Niveau nicht offen zur Schau stellte.

Die Festung lag tatsächlich vor ihnen. Sie thronte hoch oben auf dem Gipfel eines steilen Hügels. Scotty keuchte und klopfte sich auf den Bauch. »Mann, ich bin nicht in Form. Da gibt's nur eins ...«

»Gymnastik?« schlug Sulu vor. »Sie könnten laufen oder vielleicht fechten ...«

»Gymnastik, Mr. Sulu?« Scotty musterte ihn mit übertriebener Verachtung. »Ich meine Landurlaub! Irgendwann in nächster Zeit.«

»Dies sagt ein Mann, der früher jeden Landurlaub abgelehnt hat, damit er technische Zeitschriften lesen konnte?« sagte Kirk und zupfte ein paar Zweiglein aus seinem Haar. Er blieb stehen, um an seinen Stiefeln klebenden Schlamm an einem Baum abzutreten.

»Ich weiß, wie ihm zumute ist«, sagte Sulu. »Auch ich hätte nichts gegen einen ausgiebigen Urlaub.«

»Vielleicht eine Woche auf dem Vergnügungsplaneten?« fragte Chekov sehnsüchtig.

»Nein, zu Hause. Ich wäre wirklich mal gern eine Weile zu Hause.«

»In San Francisco?« fragte Scotty.

»Nein, ich denke an ein *echtes* Zuhause. – An Japan, wie es vor ein paar hundert Jahren war.« Sulus Augen glänzten. »Ja, irgendwohin, wo ein Mann noch wirklich daran glauben konnte, für König und Vaterland zu leben und zu sterben. Hin und wieder beneide ich die Romulaner. Und auch die Klingonen. Sie führen ein einfaches Leben.«

Scotty war kurz davor, Sulu für seine militaristische Lebensauffassung zu tadeln. Doch dann fiel ihm das schottische Breitschwert ein, das an seiner Kabinenwand hing. So sehr er über Sulus Fechterei und romantische Verklärungen auch die Nase rümpfte: Wenn er an die große Anzahl der schottischen Krieger dachte, die in einer simplen Schwarzweißwelt gelebt hatten, wurde ihm ganz warm ums Herz.

»Ja«, sagte Chekov nachdenklich, »eine Woche in meiner Heimat... Mit einem Glas Wodka in der Hand auf der Datscha sitzen. Ein hübsches Mädchen, der Klang der Balalaika...« Vor seinem geistigen Auge lief die letzte Pansowjetische Maiparade ab. Er hatte daran teilgenommen. In seinem Geist erklang die russische Nationalhymne. Wieviel sein Land doch durchgemacht hatte. Das, was aus ihm geworden war, machte ihn stolz.

Wären die Männer junge Offiziere gewesen – Kirk hätte sie zur Disziplin ermahnt. Aber er wußte, daß die ungezwungene Vertraulichkeit und der Tratsch das Trio nicht um einen Millimeter von seiner Aufmerksamkeit, seinen Pflichten und der Umgebung ablenkten. Als sie den steilen Hügel erklommen, der zu der Festung führte, in der angeblich Cragons Herrscher lebte, fühlte Kirk sich trotzdem bemüßigt, einen Kommentar abzugeben.

»Vorsicht, meine Herren«, sagte er humorvoll. »Man sollte sich seine Wünsche immer genau überlegen. Sie könnten nämlich in Erfüllung gehen.«

3

SCHOTTLAND, 1746

Scotty erwachte mit galaktischen Kopfschmerzen und verspürte eine eigentümliche Kälte an seinem Hinterteil. Als er nach unten griff, ertastete er ein nacktes, behaartes Bein. Dies ließ ihn hellwach werden. Er setzte sich hin. Der Inhalt seiner Hirnpfanne plätscherte herum wie eine zähe Kühlflüssigkeit.

»Au weia«, ächzte er. Er bedeckte seine Augen schützend mit der Hand und drückte sich mit der anderen von dem sehr schlammigen Boden ab. Der kalte Wind tat ihm weh, und das Licht war so grell, daß seine Augen schmerzten. Das Ding, das vorgab, sein Hirn zu sein, gab sich alle Mühe in Erfahrung zu bringen, warum das Raumschiffdeck so naß, uneben und kiesig war, doch in seinem gegenwärtigen Zustand waren zwei Gedanken eineinhalb Gedanken zuviel. Also wandte er sich wieder dem Rätsel des behaarten Beines zu.

Scotty öffnete versuchsweise ein Auge und sah sich um. Die sichtbare Wolkendecke trug auch nur wenig dazu bei, die Grellheit der planetaren Sonne zu mindern.

»Was, in aller Welt ...«, murmelte er, als er einen Versuch machte, die Umgebung in Augenschein zu nehmen und seinen Standort zu analysieren. Als Scotty zum Kommunikator griff, stellte er fest, daß er im Stoff eines grob gewebten Hemdes herumtastete. *Nun ja, wenigstens bin ich nicht pudelnackt.*

Beim Weitersuchen berührte er eine Masse noch gröberer Wolle. Sie wand sich um seinen Bauch.

»Der Teufel soll mich holen«, murmelte er. Er kämpfte sich hoch und machte mit zusammengepreßten Lippen den zähneknirschenden Versuch, die Wogen der in seinem Hirn plätschernden Kühlflüssigkeit zu ignorieren. Die Falten eines grauen und schmutzigbraunen Gewandes reichten ihm bis an die Knie. Wenigstens trug es dazu bei, die Kälte von den empfindlichen Stellen seines Unterleibes abzuhalten. Scotty trug – und zwar ohne jeden Zweifel – einen Kilt. Doch nicht etwa das adrette, plissierte Röckchen, das er sich als Teil seiner Ausgehuniform angeschafft hatte, sondern die alte und traditionelle Version. Freilich war das, was ihn kleidete, kaum mehr als eine von einem breiten Ledergürtel und einer Lederschlinge an Ort und Stelle gehaltene Decke. Das lange, lose Ende war an seinen Schultern festgebunden. Insgesamt gesehen war das Kleidungsstück bestenfalls ein primitiver Fetzen.

Wieso, zum Teufel, trage ich einen Kilt?

Scotty durchforschte sein Gedächtnis – sein wunderbares Gedächtnis, das ihn stets dazu befähigt hatte, sich in jedem beliebigen Moment an die kleinste Kleinigkeit zu erinnern, die man kennen mußte, um das komplizierteste Vehikel der Galaxis zu warten und zu reparieren. Er empfand es als sehr beunruhigend, in eben diesem Gedächtnis auf ein Loch zu stoßen.

Scotty zermarterte sich das Gehirn. Da war ein Planet gewesen … und eine Mission, die sie vermasselt hatten … Es hatte eine Auseinandersetzung gegeben … Dann waren sie zum Schiff zurückgekehrt … Aber wieso war er hier?

Er klopfte an seine Stirn, als könne er Erinnerungen wecken, die dort schliefen. Aber nichts rührte sich.

Scotty blickte sich mit einer Vorsätzlichkeit um, die dazu dienen sollte, die in ihm aufsteigende Panik zu dämpfen. Er befand sich etwa hundert Meter von einem primitiven zweistöckigen Haus entfernt. Offenbar eine Schänke. Das Knarren eines über der Tür hängenden

Schildes erregte seine Aufmerksamkeit. Eine simple Zeichnung zierte das dicke Brett: Er sah eine Frau mit verbundenen Augen, die ein Mieder und lange Unterröcke trug. Sie hing an einem Galgen. Für alle, denen diese Botschaft unverständlich sein sollte, stand darunter in ungelenken Buchstaben *Zur Gehenkten.*

»Nun, das ist ja beruhigend«, murmelte Scotty. Er unterdrückte das über seinen Rücken laufende Frösteln, das freilich nicht nur von der Kälte erzeugt wurde: Es wehte nämlich ein Wind, und ein Anflug von Schnee hing in der Luft. Der Wind führte dazu, daß die Falten des Kilts um seine Lenden schlugen und wie eine Fahne knatterten. Er war allein, ohne Kommunikator, auf einem Planeten, dessen Namen nur der Himmel kannte. »Ach, Montgomery«, sagte er in dem Bemühen vor sich hin, sich an seine Stimme zu klammern, als sei sie ein Pfosten der realen Welt, »es ist nur ein Traum.« Aber seine Augen waren offen. Und er wußte, daß er nicht auf der Brücke der *Enterprise* erwachen würde.

Scotty ging, beziehungsweise schwankte, über die Straße auf die Tür der Schänke zu, aber kurz vor dem Ziel gaben seine Beine nach, und er brach wieder zusammen, wobei sein Gesicht in eine brackige Pfütze klatschte. Scotty zog sich vorwärts, um nicht zu ertrinken. Ein Teil seines Hirns sagte ihm, daß er sich lieber in Bewegung setzen sollte, bevor der Schock und die Unterkühlung ihn packten und zittern ließen. Der andere Teil sagte ihm, es spiele im Grunde keine Rolle.

Im oberen Stock ging knarrend ein Fenster auf. Scotty ignorierte es, bis ihn der kalte, stinkende Inhalt eines Spülwassereimers mitten ins Kreuz traf. Jetzt reichte es ihm aber! Ob es nun schmerzte oder nicht, er kam auf die Beine und suchte Deckung, bevor der nächste Angriff auf seine Gesundheit und Menschenwürde begann.

Scotty knurrte. Als er den auf ihn gefallenen Abfall begutachtete und sah, daß es sich nicht um den Inhalt eines Nachttopfes, sondern um Spülwasser und Essensreste handelte, dachte er: Es hätte schlimmer kommen können.

»He, du! Hau ab!« Scotty schaute auf und erblickte eine sich aus dem Fenster lehnende füllige Frau mit wettergegerbten Wangen. Sie hielt die Schüssel noch in den kräftigen, muskulösen Händen, die aus aufgekrempelten Ärmeln hervorlugten und von einem Leben voller Schwerarbeit kündeten.

»Wer sind Sie?« rief Scotty zurück. Sein rollendes R wurde sofort deutlicher hörbar. »Was tue ich hier!«

»Im Moment schreist du dummes Zeug«, rief die Frau zurück. »Burschen wie dich wollen wir hier nicht! Hau ab, sonst hol' ich den Herrn. Der jagt dir im Nu eine Bleikugel in deinen sturen Schädel.«

Scotty holte Luft, um Einspruch zu erheben, doch es erschien ihm sinnlos. Außerdem wurde es kälter, obwohl die Sonne höher stieg, was bedeutete, daß der Tag noch vor ihm lag. Je schneller er sich aufmachte, desto eher konnte er ein Quartier finden. Er wollte nicht erfrieren. Die Frage, wo er war – und warum –, mußte warten.

Er war noch nicht ganz außer Sichtweite der Schänke, als es heftig zu schneien anfing. Seine nackten Füße schwollen und nahmen die Farbe von Runkelrüben an, doch er spürte nichts davon, denn sie waren vor Kälte taub. Die feuchte Wolle schützte kaum vor dem eisigen Wind. Es gab nur zwei Möglichkeiten: Entweder kehrte er zur *Gehenkten* zurück oder starb an Unterkühlung.

Scotty schleppte sich wieder die Straße hinauf. Sein Atem verdunstete in kleinen, dichten Schwaden vor seinem Mund. Seine Beine schleppten sich schmerzend dahin und hinterließen im frisch gefallenen Schnee Spuren.

Dem Haupthaus des Gehöfts gegenüber befanden sich ein Stall und eine Schutzwand aus Büschen – wahrscheinlich eine Zierhecke, die der Kaschemme so etwas wie sommerliche Schönheit verleihen sollte.

Scotty nutzte sie als Deckung und schlüpfte ungesehen hinein.

Keinen Augenblick zu früh. Durch einen Spalt in der groben Stallwand sah er einen schlanken, etwa fünfzehnjährigen Jungen, der die Schänke durch die Hintertür mit zwei leeren Holzeimern verließ. Bitte, betete er stumm vor sich hin, komm nicht hierher. Geh bitte weg.

Der Junge ging zum in der Hofmitte gelegenen Brunnen, ließ den ersten Eimer ins Wasser klatschen und drehte dann den Schwengel, um die Flüssigkeit mit lautem Knarren nach oben zu holen. Als er beide Eimer gefüllt hatte und seine Arbeit erledigt war, ging er ins Haus zurück. Scotty atmete auf.

Obwohl er den größten Teil seiner Jugend in einem relativ sterilen, geruchlosen Raumschiff verbracht hatte, überfiel ihn der warme Dunggeruch des Stalles fast mit nostalgischer Freundlichkeit. In der Box, die ihm am nächsten war, wieherte ein Pferd und scharrte ungeduldig mit den Hufen. Vielleicht erwartete es einen Ausritt über das noch nicht gewachsene Frühjahrsgras.

Eine wacklige Leiter führte zur Tenne hinauf, doch sie zu bewältigen, war mehr, als Mr. Scott seinen eiskalten und schmerzenden Zehen zumuten konnte. Deswegen brauchte er zwei stolpernde Anläufe, bevor ihm die schiere Angst, erwischt zu werden, endlich die Kraft verlieh, sich unter Schmerzen einen Weg nach oben zu bahnen. Die Tenne war bis auf einen kleinen Taubenschlag leer.

Scotty verzog sich an die gegenüberliegende Wand, kuschelte sich in einen weichen Heuhaufen und schlief beim leisen Gurren der Vögel ein.

Als er stöhnend erwachte und einen Versuch unternahm, sich an etwas äußerst Wichtiges zu erinnern, war es bis auf das Mondlicht, das in der Dunkelheit kalte, silberne Streifen auf den Tennenboden warf, finster.

Was war es nur, woran er sich erinnern mußte? Er hatte schon wieder Kopfschmerzen. Ach ja, fiel es ihm mit einem feuchtkalten Frösteln ein. Er war irgendwo ... In irgendeiner Gegend, die ihn an den Norden Englands erinnerte. Oder an das schottische Tiefland, wie es vor langer Zeit gewesen war.

Er dachte wieder an sein Schiff, aber er fand trotzdem keinen Hinweis, wie er an diesen Ort gekommen war.

Scotty krabbelte quer durch die Tenne zur Leiter. Er fühlte sich steif. Ihm taten aufgrund des klammen, klumpigen Heubettes alle Knochen weh. Seine Lippen waren ausgedörrt, sein Mund war trocken. Das Pferd war nicht mehr unter ihm in der Box. Der Stall war ruhig und leer. Er rutschte an der Leiter nach unten, bemühte sich, leise zu sein, und zuckte zusammen, als er neben die letzte Stufe trat und zu Boden fiel. Noch mehr zuckte er zusammen, als er die Tür öffnete und selbige laut knarrte.

Der Brunnen machte zuviel Lärm, um ihm Wasser zu entnehmen, doch zum Glück stand ein Eimer vor dem Haus. Er war von einer dünnen Eisschicht bedeckt. Anschließend stand Essen auf Scottys Plan. Er versuchte es an der Küchentür, doch sie war mit einem Riegel versehen. Der Lärm weckte den Hund wieder auf. Scotty wollte gerade aufgeben und sich davonschleichen, als ihm auffiel, daß das Fenster nicht verschlossen war. Sein Magen knurrte so laut, daß er Tote aufwecken konnte – oder wenigstens den Hund. Scotty beschloß, das Risiko einzugehen.

Er fand die Küchentür, indem er seiner Nase folgte, und sie führte ihn zu dem überwältigenden Duft von Schinken und Wurst, die zusammen mit süßen Zwiebelringen viel zu hoch über ihm hingen – außerhalb seiner Reichweite.

Eine leise Bewegung hinter ihm ließ ihn schlagartig wachsam werden.

Scotty fuhr herum – gerade noch schnell genug, um zu sehen, daß der Lauf eines Schießeisens in seine Richtung schwang. Dann krachte er gegen seine Schläfe.

Scotty wankte zurück. In seinem Kopf drehte sich alles. Er griff nach seinem Phaser, der natürlich nicht da war.

In der Dunkelheit wurde ein Aufschrei hörbar, ein lauter Fluch, dann der Schrei eines Jungen. Vielleicht der Junge von eben, dachte Scotty.

Schon wieder knallte etwas gegen seinen Schädel. Eine Woge von Übelkeit übermannte ihn. Scotty sackte würgend nach vorn. Er spürte, daß Blut über sein Gesicht lief. Seine Hände griffen rasch nach den Kleidern irgendeines vor ihm stehenden Menschen.

»Loslassen!« schrie der Angreifer. Scotty schubste ihn so fest von sich, wie er konnte. Er hörte das Krachen von Möbeln und wankte zum Fenster.

Alles drehte sich um ihn. Er torkelte wie betrunken, und sein armer Kopf knallte zum dritten Mal gegen etwas – diesmal gegen den Fensterrahmen. Scotty fiel vornüber und ins Freie. Er landete mit dem Gesicht im Schmutz; der Kopfschmerz ließ ihn fast die Besinnung verlieren.

Er wankte zum Stall zurück und zog die Tür hinter sich zu. »Ich hab ihn gesehen!« schrie eine Jungenstimme. »Ganz deutlich! Ein großer Kerl mit rotem Haar und Bart! Er ist übers Feld gerannt!«

Scotty war völlig durcheinander. Außerdem war ihm speiübel. Es war ihm nicht möglich, auch nur zwei Worte im Kopf zu formulieren, und es war ein wahres Wunder, daß es ihm gelang, in die Tenne hinaufzuklettern und sich dort zu verstecken. Dann verlor er die Besinnung.

4

JAHRHUNDERTE SPÄTER ...

In der Kreisbahn um Cragon – ein Planet, dessen Namen die Klingonen später ebenso wie den Organias und den der Heimatwelt der Tribbles als Fluch verwenden würden – bebten die Brücke und die Instrumente des klingonischen Kampfkreuzers unter einem Angriff.

Der Angreifer war Commander Kral. Er hatte das Recht dazu; schließlich war es sein Schiff.

Obwohl Kral noch relativ jung für einen Commander war, hinderte ihn sein Alter nicht daran, sich in einem Wutanfall Luft zu machen, der eines erfahrenen Kriegers würdig war. Im Moment drosch er gerade mit seinen kräftigen gepanzerten Fäusten auf die Geschützsteuerung ein. »Nutzlos!« brüllte er. »Sämtliche Waffen, die mir zur Verfügung stehen, sind untauglich! Und an allem ist nur dieser dreimal verfluchte Weyland schuld! Die Eiterpest soll ihn holen!«

Hinter Kral stand Kbrex, der Erste Offizier. Er war die personifizierte Gelassenheit und hatte die Hände auf dem Rücken verschränkt. »Jawohl, Commander«, bekräftigte er. »Die Eiterpest!«

»Möge die Furzsucht seine Innereien durch sämtliche Körperöffnungen spritzen lassen!«

»Ganz meine Meinung, Commander, durch sämtliche Körperöffnungen.«

Kbrex' Tonfall war seidenweich und ehrerbietig, aber auch eindeutig zu ... Was? Kral warf dem Ersten Offizier einen argwöhnischen Blick zu, dann drehte er sich plötzlich um und fauchte: »Was hätte ich tun sollen, um diese Katastrophe zu vermeiden, Kbrex, he? Welchen Schritt hätte ich unternehmen sollen? Welche Vorbereitungen hätte ich treffen können?«

Kbrex zuckte mit keiner Wimper und verzog keine Miene. »Klingonen können nicht hellsehen, Commander«, sagte er gelassen. »Es gibt Situationen, in denen man die Schuld einfach niemandem zuweisen kann.«

Kral dachte kurz über Kbrex' Worte nach, dann nickte er schroff und verließ die Brücke. Die schwelenden Überreste der Geschützkonsole blieben hinter ihm zurück.

Kbrex schaute hinter ihm her, dann wandte er sich an den Chefingenieur. Als er diesmal das Wort ergriff, war von seiner sorgfältig einstudierten Ehrerbietung nichts mehr spürbar. Er sprach nun kraftvoll und betont artikuliert. »Lassen Sie das sofort reparieren«, sagte er. »Man kann nie wissen, wann man es wieder braucht.«

Kirk warf einen Blick auf das leere Glas in seiner Hand. Er hatte McCoy von den Ereignissen auf Cragon berichtet, doch als ihm nun die prophetischen Worte eingefallen waren, die er an seine Männer gerichtet hatte, versagte seine Stimme.

»Man sollte sich seine Wünsche immer genau überlegen«, sagte Kirk kopfschüttelnd. »Sie könnten nämlich in Erfüllung gehen. – Mein Gott, Pille… Hätte ich es doch nur gewußt.«

»Wie hättest du es ahnen sollen, Jim? Gab es irgendeine Warnung?«

Kirk hatte eindeutig etwas auf dem Herzen.

»Ich weiß nicht, Pille. Ich… weiß es einfach nicht. Vielleicht hätte ich es ahnen sollen, als ich Weyland zum ersten Mal sah. Aber es gab keine Möglichkeit…« Er schaute McCoy an, als erwarte er eine Antwort von ihm. Doch auch der Arzt wußte keine. »Gab es wirklich keine?«

Garrovick hatte die Führung übernommen und hob plötzlich die Hand. »Moment«, sagte er und deutete auf den vor ihnen liegenden Weg. »Da! Sehen Sie?«

Kirk sah zuerst nichts, doch dann erblickte er es. Es wurde vom Licht verborgen. Das Licht spielte ihnen einen Streich. Ein Stolperdraht. Er war genau vor ihnen gespannt.

»Hat irgend jemand eine Ahnung, womit er verbunden sein könnte?« fragte Kirk trocken.

»Mit irgendeiner Schweinerei«, meinte Scotty.

»Und ich glaube, wir ahnen auch, wer ihn gespannt hat. Seht mal da...« Kirk deutete auf den Baum, der dem Draht am nächsten stand. In seine Rinde war ein kaum erkennbarer, doch unverwechselbarer Buchstabe des klingonischen Alphabets eingeritzt. »Sie sind also schon länger hier. Na schön. Suchen Sie die Bäume nach weiteren Warnungen ab, meine Herren. Wenn sie den Weg für sich markiert haben, kann es auch uns von Nutzen sein.«

Chekov schaute sich um. Er hatte das Gefühl, als lauere hinter jedem Schatten ein potentieller Feind. »Warum haben sie es getan, Captain?«

»Aus einem bestimmten Grund. Oder aus zweien.« Kirk tippte mit einem Zeigefinger auf seine Handfläche. »Erstens wollten sie den Bewohnern von Cragon V möglicherweise demonstrieren, wie man einem Gegner mit tödlichen Fallen zusetzt. Was beinhaltet, daß die Klingonen, seit sie hier sind, das Volk ordentlich aufgehetzt haben. Und zweitens haben auch sie mit unerwünschtem Besuch gerechnet.«

»Nämlich mit uns«, sagte Garrovick.

»Nämlich mit uns«, stimmte Kirk ihm zu. »Halten Sie die Augen offen, meine Herren. Ich möchte, daß wir alle gesund an Bord zurückkehren. Ich habe nämlich eine Wette mit Admiral Nogura laufen. Er behauptet, daß es mich eines Tages noch das Leben kostet, wenn ich eine Landeeinheit anführe. Und ich möchte nur ungern, daß er sie gewinnt.«

Die Besatzungsmitglieder der *Enterprise* traten behutsam über den tödlichen Stolperdraht und setzten ihren Weg fort. Ein paar Minuten später kamen sie ohne weitere Zwischenfälle in Sichtweite der Festung.

Nachdem Chekov ihn angewiesen hatte, die Führung zu übernehmen, klopfte Garrovick an das Haupttor. Das Tor ging einen Spalt breit auf, und ein breitschultriger Wächter zeigte sich. Den Männern von der *Enterprise* fiel sofort auf, daß einige seiner Waffen klingonischer Herkunft waren. Das sah nicht vielversprechend aus.

»Wir möchten euren Anführer sprechen«, sagte Kirk. »Wir kommen von weither und haben gehört, daß er hier residiert.«

»Wir haben keinen Anführer«, erwiderte der Krieger. »Wir haben einen Gott.«

»Einen Gott ...«, sagte Kirk langsam.

Scotty schloß für einen Moment die Augen und seufzte. *Herr im Himmel, bitte ... Nicht schon wieder ein Supercomputer ...*

»Ja«, bestätigte der Krieger. »Weyland, der Unsterbliche.«

»Ach so. Und ... ähm ... ist der unsterbliche Weyland daheim?«

Der Wächter nickte bedächtig. »Er war einige Zeit fort ... Er ging kurz vor der Ankunft der T'lingonen.«

Kirk verkrampfte sich bei dem Wort. Obwohl die Aussprache des Mannes grobschlächtig klang, war die Bedeutung klar.

»Aber er ist vor kurzem zurückgekehrt«, fuhr der Wächter fort. »Er ist sehr wütend darüber, daß die T'lingonen hier sind ...«

»Und das ist auch richtig so«, sagte Kirk flink.

»... aber auch über die Ankunft der Föderation.«

Kirk hielt einen Moment inne. Die restlichen Mitglieder der Landeeinheit schauten ihn an. »Wir sind ... gerade erst hier angekommen. Wie hat der unsterbliche Weyland von unserem Hiersein erfahren?«

»Der unsterbliche Weyland weiß alles«, erwiderte der Wächter.

»Ach ... so.«

»Ihr glaubt es nicht?«

»Ich lasse mich gern überzeugen«, sagte Kirk rasch.

»Man wird Euch überzeugen.« Der Wächter trat zurück und öffnete weit das Tor.

Die Männer der Föderation wurden über einen gepflasterten Innenhof geführt. Überall waren Menschen – in Hauseingängen und hinter Wagen. Sie drängten sich dicht an dicht und beäugten die Fremden aus sicherer Entfernung. Chekov lächelte einem kleinen Mädchen zu, das unter der Schürze seiner Mutter hervorlugte; die rundlichen kleinen Finger des Kindes klammerten sich fest in die steifen, bestickten Röcke der Frau. Der feste Blick eines Graubartes, der einen riesigen Schmiedehammer hielt, ließ Chekovs Versuch, die Sache mit Humor zu nehmen, im Sande verlaufen.

Sulu verfiel in den ungezwungenen Rhythmus des Wächters. Er beäugte die Männer mit unverhohlenem Neid. Diese Burschen waren *echte* Krieger! Wie die alten Samurai in der Zeit seiner Ahnen. Sie waren keine brummigen, bösartigen Tiere wie die Klingonen, sondern stolze Männer, die tapfer ihrem Volk dienten. Er zog die Schultern ein Stück höher, richtete sich auf und nahm den Weg ins Unbekannte.

Sie wurden in ein mittelgroßes Gebäude geführt, eine schmutzige Kuppel mit algenbewachsenen Mauern. Mattes Licht fiel durch hohe, schmale Fenster. Fackeln steckten in den Löchern des Mauerwerks; schwarze Rauchfahnen schlängelten an den Wänden hoch, den zugigen Fensterschlitzen entgegen. Obwohl Scotty die einfache technische Lösung auffiel, war er von dem, was er bisher gesehen hatte, nicht sehr beeindruckt.

Man brachte sie wieder ins Freie, diesmal in einen Innenhof. Als sie über den Hof gingen, erstarb das Geräusch von Metall, das gegen Metall schlug. Einige junge Krieger, die mit schweren, kurzen Holzschwertern und runden, an den Rändern eisenbeschlagenen Schilden aus dem gleichen Material bewaffnet waren, stellten ihre Übungen ein und gafften die Fremden an. Ein einäugiger alter Soldat ohne Zähne bedachte die Neuankömmlinge mit einem geübt flüchtigen Blick und brüllte dann den Befehl zur Wiederaufnahme des Drills.

In der Mitte des Innenhofes stand der Rundturm der Festung. Das Tor war ganze drei Meter hoch und bestand aus Bronze. Die Oberfläche des Bronzetors war mit komplizierten Darstellungen von Schlachten und Festumzügen verziert. Vier Männer waren nötig, um es aufzuschieben.

Kirk blinzelte mehrmals, um seine Augen an das matte Licht im Inneren des Turmes zu gewöhnen. Als er den Raum überblickte, fiel es ihm nicht leicht, sein übliches Pokergesicht aufrechtzuerhalten. Es war primitiv hier, na gut, aber auch so schön wie in einer mittelalterlichen Kathedrale. Der Audienzsaal, der das gesamte Erdgeschoß der Hauptfestung einnahm, war riesig, und über ihm ragte eine gewaltige Decke auf. Gewaltige Balken stützten sie. Sie bestanden aus dem Holz irgendwelcher einheimischen Bäume, und man hatte sie poliert, zurechtgeschnitzt und in wilden, grellen Farben mit verwickelten Szenen von Traumbestien bemalt.

Vor ihnen teilte sich ein Kreis von Lanzenträgern. Er enthüllte einen Mann, dessen flauschiger weißer Bart nicht im geringsten zu seinem ansonsten jugendlichen Gesicht paßte. Seine schwere, edelsteinbesetzte Krone strahlte wie reines, weiches Gold. Allerdings wurde Kirks Blick nicht von der Kunstfertigkeit oder der Protzerei gefesselt, sondern von den stechend blauen

Augen des Herrschers. Kirk blinzelte, um sich von dem geradezu blendenden Starren zu lösen.

»Ich bin Weyland, und ich herrsche hier.«

Kirk zweifelte nicht daran. Scotty verbeugte sich formell, auf die Art, die er für den Zeremonienkönig reservierte, der auf der Erde noch immer den britischen Thron einnahm. Auch Sulu verbeugte sich – etwa so, wie er sich vor dem ebenso demokratischen Tenno Japans verbeugt hätte. Sogar Chekov neigte höflich den Kopf. Kirk und Garrovick taten nichts dergleichen.

»Wir sind hier«, begann Kirk, »um Ihnen die Unterstützung der Föderation der Vereinigten Planeten anzubieten.«

»Ich möchte Sie hier nicht haben. Was soll die Invasion meines Hauses?«

»Wir sind keine Invasoren, Sir«, protestierte Kirk. »Aber die Klingonen, die anderen Fremden, sind ein sehr gefährliches Volk. Sie haben viele Völker wie das Ihre versklavt. Wir sind gekommen, um Ihnen Hilfe anzubieten, damit Sie sich verteidigen können ...«

»Ich brauche Ihre Hilfe nicht.«

»Bitte, Sir«, sagte Kirk, »wenn ich Ihnen die Wichtigkeit der Gefahr verdeutlichen dürfte ...«

»Ich habe Ihre Hilfe nicht nötig«, wiederholte der ›Gott‹. »Sie dürfen gehen.«

»Aber, Sir«, warf Scotty ein. »Sie verstehen nicht ...«

Weyland brachte ihn mit einem Wink zum Schweigen. Auf seinen Lippen lag ein amüsiertes Lächeln. »Wahrscheinlich bin ich selbst schuld.« Er wirkte nun in der Tat so, als bedauere er etwas. »Meine Anwesenheit war anderswo erforderlich, deswegen mußte ich mein Volk für eine Weile verlassen. Es war Pech, daß Sie und die Klingonen während meiner Abwesenheit auf meinen Planeten gekommen sind. Aber begehen Sie keinen Fehler ...«

»Captain Kirk«, nannte Kirk seinen Namen.

»Ja, Captain Kirk. Begehen Sie keinen Fehler. Dieser

Planet gehört mir. Das Volk gehört mir. Und jetzt, wo Sie hier sind – gehören auch Sie mir.«

Kirk runzelte nachdenklich die Stirn. »Ach ja?«

»Ja. Sie sehen einen Unterschied zwischen sich und Ihren Gegenspielern. Ich sehe hingegen keinen.« Weyland lehnte sich weit zurück. »Aber ich bin ein vernünftiger Gott. Die Klingonen werden zweifellos bald zurückkehren. Sollen sie doch einen sinnlosen Versuch machen, mich zu überzeugen oder zu bedrohen. Und Sie können sich gern mit ihnen zusammentun. Anschließend, Captain, werde ich Sie einmal herzlich bitten abzureisen – und zwar dorthin, wo Sie sich gegenseitig den Garaus machen können. Alles andere spielt für mich keine Rolle. Allerdings werde ich keine weitere Einmischung in die Angelegenheiten meines Volkes dulden... Und seien Sie gewarnt: Sollte einer meiner Untertanen in Bedrängnis geraten oder ihm eine Verletzung zugefügt werden, werden Sie einen hohen Preis dafür zahlen. Egal ob es meinen höchsten oder niedrigsten Untertan trifft.« Weyland lehnte sich gegen seinen Thron. »Sie alle werden einen hohen Preis dafür bezahlen.«

»Sie haben mein Ehrenwort, Sir«, sagte Kirk, »daß wir Ihr Volk beschützen werden.«

»Schon in diesem Moment, Pille«, sagte Kirk und warf einen Blick in das Glas mit dem romulanischen Bier, »als Weyland es sagte, hätte mir etwas auffallen müssen. Ich hätte erkennen müssen, daß er mehr ist als das, was er zu sein vorgab. Aber ich habe mich zuversichtlich auf meine große Überlegenheit verlassen. Und dafür haben meine Männer nun bezahlt.«

»Du konntest es unmöglich ahnen, Jim«, sagte McCoy in dem Versuch, ihn zu trösten.

»Ich hätte über meine früheren Irrtümer nachdenken sollen. Auch die Organianer haben mich hereingelegt. Scotty hat ein Lieblingssprichwort: ›Wenn du mich einmal reinlegst – schäm' dich was. Wenn du mich zweimal reinlegst – sollte ich mich was schämen.‹ Ich sollte mich schämen, Pille. Weil ich hier sitze und in Erfahrung zu bringen versuche, was ich hätte tun sollen. Statt mich zu fragen, was ich tun soll.«

»Momentan können wir gar nichts tun, Jim. Wir haben all unsere Optionen durchgespielt.«

»Dann suchen wir eben neue.« Kirk betätigte die Sprechanlage. »Kirk an Brücke.«

»Brücke. Hier ist Spock.«

»Konferenzraum, Mr. Spock. Wir müssen einen Versuch machen, uns aus diesem Chaos herauszulavieren.«

»Jawohl, Sir«, sagte Spock rasch.

Kirk schaute McCoy an. »Wer mich zweimal reinlegt...«, sagte er leise. »Pille... Glaubst du, es geht Scotty gut? Ihm, Sulu und Chekov?«

»So verrückt es vielleicht auch klingt, Jim, ich glaube, das wurde bereits festgelegt, oder?«

Kirk nickte langsam. »Kein übler Anfang, Doktor«, sagte er. »Kein übler Anfang.«

5

IRGENDWO IN RUSSLAND ...

Als Chekov erwachte, vernahm er als erstes eine wütende deutsche Stimme. Dann hörte er, daß jemand in deutscher Sprache antwortete ... Doch die zweite Stimme hatte einen leichten russischen Akzent.

Er drehte sich auf den Rücken und sah einen rauchgrauen Himmel. Unter ihm war Erdboden – nicht die Festigkeit der *Enterprise.*

Chekov richtete sich langsam auf. Die wütenden Stimmen kamen näher. Er schenkte ihnen nur teilweise Beachtung, denn seine Hauptbeschäftigung bestand im Augenblick in dem Versuch, seine durcheinandergeratenen Erinnerungen zu sortieren.

Wo war er? Er war auf dem Planeten Cragon gewesen. Daran erinnerte er sich noch. Er war mit Kirk, Sulu, Scotty und Garrovick zusammengewesen. Und auf Cragon hatte es – er rieb sich die Stirn – irgendein Problem gegeben. In seinem Geist blitzten Bilder auf. Klingonen, ein Ansturm von Hitze und Licht. Und irgend etwas, das auf einem Thron gesessen hatte. Dann waren sie zur *Enterprise* zurückgekehrt ...

Tot. Jemand war tot. Nein, es hatte zwei Tote gegeben. Bin ich einer von ihnen? fragte er sich. Er glaubte es nicht.

Irgend etwas war auf sie losgegangen, und er ...

»Waschlappen!«

Die akzentfreie deutsche Stimme.

Chekov starrte an sich hinab.

Seine frische Starfleet-Uniform war weg. Na, wenn

schon. Er hatte das Rot ohnehin nicht ausstehen können.

Aber an ihrer Stelle trug er nun eine ...

Er stierte seinen Körper an wie den eines Fremden. Es war eine merkwürdig steife Uniform. Eine ...

»Eine deutsche ...?« sagte Chekov äußerst verblüfft vor sich hin. »Ich bin Deutscher?« Doch sein unmißverständlicher russischer Akzent sagte ihm, daß dem nicht so sein konnte.

Er war Russe. In einer Wehrmachtsuniform. In einer Uniform, die man im Zweiten Weltkrieg getragen hatte.

»Unmöglich«, murmelte er.

Er wankte langsam hoch, und dabei fiel ihm auf, daß er einen Stahlhelm in den Händen hielt. Er setzte ihn auf, ohne darüber nachzudenken. Auf seinem Schoß lag irgendein Gewehr. Chekov untersuchte es wie ein außerirdisches Artefakt.

Irgendwo in der Nähe ertönte ein wieherndes Geräusch. Er schaute nach rechts und riß die Augen auf. Er wußte zwar nicht mehr, wann er das letzte Pferd gesehen hatte, aber dort stand eine ganze Menge dieser Tiere in einer Art – wie nannte man es noch? – Koppel.

Chekov schaute an seinem Arm hinab. Und sah einen Reichsadler.

»He! Soldat!«

Er drehte sich um und spürte, daß er aschfahl wurde.

Nicht weit von ihm standen drei Männer. Sie trugen die gleiche Uniform ... Zwei von ihnen wurden jedoch von dem dritten mit einer Schußwaffe bedroht. »Kommen Sie her, Soldat!« sagte der Mann mit der Waffe in dem akzentfreien Deutsch, das ihn als den aggressiven Sprecher auswies, den Chekov schon zuvor gehört hatte.

Nazis! Er befand sich in Spuckweite von Nazis. Wie treffend.

Und dort, am Horizont, lag eine vom Krieg verwüstete Stadt, die er in glücklicheren Zeiten besucht hatte. Stalingrad. Er war im Zweiten Weltkrieg. In Stalingrad.

»Sind Sie taub?« fragte der Deutsche, dessen Blick nie von den beiden Männern wich, die offenbar seine Gefangenen waren. Auch wenn sie die gleiche Uniform trugen.

Chekovs Beine setzten sich in Bewegung, obwohl er wußte, daß er vergessen hatte, ihnen den Befehl dazu zu geben. Er trottete dem Bewaffneten entgegen und nickte rasch.

»Gehen Sie zur Kommandantur«, sagte der Soldat in einem scharfen Tonfall. »Melden Sie, daß ich zwei Russen gefangen habe. Sie haben den jämmerlichen Versuch gemacht, sich, als Deutsche verkleidet, ins Lager zu schleichen.«

Chekov öffnete den Mund, aber kein Ton kam heraus.

Ihm wurde nun klar, daß er nicht träumte, denn er wußte genau, daß seine Träume immer schwarzweiß waren. Früher, als er studiert hatte – später, wenn er studieren *würde?* –, hatte er an einem Traumforschungsprojekt teilgenommen und seine Traumbilder gesehen. Er hatte mitgemacht, weil er in der Nähe der prächtigen jungen Technikerin hatte sein wollen, die zum Forschungsteam gehörte. Ihre Figur war einfach ...

»Sagen Sie mal, träumen Sie?« sagte der Soldat, der offenbar kurz davor stand, daß ihm der Kragen platzte.

Nun ja, der Mann hatte recht. Chekovs Geist wanderte umher, da er noch immer Schwierigkeiten hatte, seine Lage zu verstehen. Irgendwie erschien es ihm besser, als darauf zu beharren, daß der Irrsinn real war, in dem er sich befand.

»Holen ... Sie ... den ... Kommandanten«, sagte der Deutsche wie zu einem Schwachsinnigen.

Chekov schaute in die Augen der beiden Russen. Sie hatten die Hände flach hinter den Kopf gelegt. Sie sahen ihn mit dermaßen schwelender Intensität und solcher Hoffnungslosigkeit an, daß seine Verwirrung sich löste. Er verstand zwar noch immer nichts, aber das sollte ihn nicht daran hindern, den richtigen Schritt zu tun.

Der Deutsche beäugte ihn nun mit Argwohn. Chekov sah, daß der Mann bei der geringsten Bewegung – und sei sie noch so subtil – die Waffe herumreißen würde. Er durchforschte sein Gedächtnis nach der passenden Geste, dann knallte er die Hacken zusammen und salutierte.

Er drehte sich schnell um und ging in Richtung Koppel.

»Die Kommandantur ist da hinten!« schrie der Deutsche wütend. Dann ertönte das Krachen eines Gewehrschusses, und eine Kugel zischte dicht über Chekovs linke Schulter hinweg.

Chekov machte einen Satz nach vorn, riß das Koppeltor auf und feuerte über die Köpfe der Pferde hinweg.

Die Tiere wieherten und gingen hoch, dann preschten sie vorwärts.

Chekov warf sich auf den Rücken, um den vorbeijagenden Pferden zu entgehen.

Schlagartig kam ihm der Gedanke, daß sein Vorgehen unter Umständen nicht der Weisheit letzter Schluß gewesen war. Aber natürlich konnte er den Deutschen nicht einfach erschießen. Schließlich mußte er an die Vorschriften der Ersten Direktive denken. Außerdem war er kein kaltblütiger Mörder. Deswegen sein Entschluß, etwas zu unternehmen, das ihm, jedenfalls im Moment, etwas neutraler erschien: die Pferde freizulassen und für den Rest der Ereignisse auf den Zufall zu vertrauen.

Das Problem war, wußte Chekov, daß er trotzdem mit dem Feuer spielte. Wenn er den Soldaten erschoß, konnte sich seine Tat auf den Verlauf der Geschichte auswirken – vorausgesetzt, er befand sich wirklich in der Vergangenheit und litt nicht an irgendeiner künstlich herbeigeführten Halluzination. Wurde der Soldat jedoch aufgrund seines Tuns zu Tode getrampelt, war auch dies keine gute Lösung.

Zu seinem Glück sah Chekov, daß der Deutsche aus dem Weg gesprungen war, nun wie ein Verrückter davonrannte und um Hilfe schrie. Die beiden verkleideten Russen standen auf der anderen Seite des stampfenden Stroms aus Pferdefleisch, der sich wie bei Moses geteilt hatte, um sie von ihrem Häscher zu trennen.

Chekov rannte auf die Russen zu und schwang sein Gewehr, damit es ihm nicht im Weg war.

Einer der Männer drehte sich um, sah ihn heraneilen, zückte plötzlich eine Pistole und feuerte, bevor Chekov reagieren konnte.

Der Schuß prallte an seinem Helm ab, und er ging mit klingelnden Ohren zu Boden.

An dieser Begrüßung ist irgend etwas nicht in Ordnung, dachte Chekov, als er mit dem Gesicht im Dreck lag. Er war nun völlig durcheinander und hörte in der gesamten Umgebung wütende Schreie. Sein Gehirn war benebelt. Zwar begriff er auch jetzt noch nur in Ansätzen, wo er sich befand, aber er stellte sein Sinnieren ein und sagte sich, daß er Urlaub in Stalingrad machte. Die ganze Angelegenheit mußte irgendeine Art leibhaftige Neuinszenierung einer Zeit sein, die längst zur Vergangenheit seines Landes gehörte.

Chekov wurde hochgerissen und blickte in die zornigen Augen eines Wehrmachtsoldaten.

Chekov lächelte schief. »Die Kostüme sind wirklich nicht übel«, nuschelte er auf englisch.

Der Deutsche versetzte ihm eine Ohrfeige, und Chekov fiel in eine gnädige Ohnmacht.

6

Als Commander Kral das Klopfen an der Tür vernahm, setzte er sich sofort aufrecht hin. Seine Finger langten wie im Reflex in Richtung seiner Waffe. Dann wurde die Bewegung langsamer und er begriff, daß sich ein Meuchelmörder wohl kaum die Zeit nehmen würde, sich anzukündigen.

»Was wollen Sie?«

Die Tür ging zischend auf. Vladra aus dem wissenschaftlichen Labor stand im Rahmen. Sie schätzte Kral vorsichtig ab, und ihm wurde klar, daß auch sie sich fragte, ob er sich zu ihr hingezogen fühlte. Kral freute sich einen flüchtigen Moment lang, daß dem nicht so war. Dann fragte er sich, wieso er sich darüber freute.

Vladra war eine ziemlich beeindruckende Klingonin. Sie war sogar ein kleines Stück größer als er. Natürlich gefiel sie ihm. In ihrem Blick glaubte er schwelendes Interesse zu sehen. Sie erwartete wohl, daß er es kühn entzündete.

Sie schien ihre Worte sorgfältig zu überdenken. »Ich möchte Ihnen zur Kenntnis bringen, Commander, daß ...«

Ihre Stimme erstarb. Ein Zögern dieser Art paßte nicht zu einer klingonischen Frau. Kral war nahe daran, sie zu tadeln, aber irgend etwas hielt ihn zurück. »Was ist denn?« Diesmal war seine Stimme tatsächlich überraschend weich.

Vladra räusperte sich. »Wie entscheidet man«, fragte sie, »auf welcher Seite man stehen sollte, wenn eine ... potentielle Veränderung der Befehlshaberschaft ansteht?«

Kral runzelte die Stirn. »Soll das eine Warnung sein, Vladra?« sagte er langsam.

Er wußte nur allzugut, wie wichtig die richtige Artikulation war. Es galt als ernsthafter Bruch der Etikette, seinen Commander vor einem bevorstehenden Umsturz zu warnen. Von einem klingonischen Commander erwartete man, daß er sich selbst den Rücken freihielt. Tat er es nicht, hatte er den Dolch von hinten verdient. Mit dem, was Vladra nun tat, setzte sie ihr eigenes Leben aufs Spiel. Es hätte Kral gut angestanden, sie aufgrund der implizierten Beleidigung, er könne nicht selbst auf sich achten, streng zu bestrafen.

Aber ...

Krals Augen verengten sich. »Man sollte seine Wahl auf der Basis persönlicher Vorlieben und Ziele treffen, würde ich meinen. Sind Sie nicht auch dieser Meinung?«

Vladra nickte langsam. Ihre Augen blitzten.

»Natürlich stellen Sie nur eine hypothetische Situation zur Diskussion«, sagte Kral vorsichtig.

»Natürlich«, kam ihre neutrale Antwort.

Einen Moment lang herrschte Schweigen, dann sagte Vladra mit sorgfältig beherrschter Stimme: »Wenn man etwas Bestimmtes erfährt... damit man eine... interessantere hypothetische Entscheidung fällen kann... würde ich Sie bestimmt informieren, Commander. Natürlich nur aus dem Grund, damit es unsere... hypothetische Diskussion stimuliert.«

»Ja, natürlich. Ich habe theoretische Diskussionen dieser Art schon immer für höchst faszinierend gehalten.«

Vladra neigte kurz den Kopf, dann drehte sie sich auf dem Absatz um und ging.

Kral stürmte durch seine Kabine wie ein wütender Tiger in einem Käfig. Er hatte die Brücke verlassen, weil er nicht wollte, daß die Frustration über seine Hilflosigkeit vor den Augen der Mannschaft überkochte, wie es tatsächlich einst passiert war.

Er trat einen Stuhl um. »Verdammt noch mal«, schrie er vor sich hin, »ich habe mir die Beförderung *verdient!* Mein Rang und meine Privilegien stehen mir zu!« Er hatte sich in glorreichen Kämpfen ausgezeichnet; in Kämpfen, die ihm das Vorrecht verliehen hatten, dem Schiff, in dem er nun hilflos über Cragon hockte, einen Namen zu geben. Sein prächtiges Schiff hieß »Blutkralle«. Und trotzdem war er frustriert.

Kral schaute in den Spiegel. Er war wütend über seine Erscheinung. Sein Stirnbein hatte noch immer nicht die Buckel, die mit dem Alter kamen, und auch seine Stirn strahlte noch in jugendlichem Glanz. Die Schärpe seines neuen Ranges wog schwer. Und noch immer zupfte er in dem endlosen Versuch, sie zu justieren, gewohnheitsmäßig an ihr.

Da hatte er nun ein eigenes Kommando, und schon fragte er sich, ob er es behalten würde. Er wußte, selbst in guten Zeiten und mit treuen Offizieren war die Lebenserwartung eines jungen Commanders, der sich seine Sporen verdienen wollte, kurz. Und jetzt waren nicht mal gute Zeiten.

»Bahhh!« blökte Kral und schleuderte die Einzelteile seines Panzers durch die Kabine. Er schloß seinen Schmerzstimulator über der Koje in den kleinen Wandsafe ein. Mit dem Disruptor hatte er das gleiche vorgehabt, doch nun stierte er ihn an, versetzte ihm einen kleinen Stupser mit der Hand und genoß das vertraute Gewicht und Gefühl. Kral schob ihn unter sein Kissen und legte sich aufs Bett. Es brachte nichts, wenn man ein Problem benörgelte wie ein schwangeres Weib. Da war es schon besser, die Sache zu überschlafen. Er ließ seinen Geist in die Reinheit der nackten Sterne greifen und schlief ein. Kurz bevor er sich der seligen, wenn auch nur zeitweisen Flucht des Schlummers ergab, wanderten seine Erinnerungen um Stunden zurück – nach Cragon V, wo er einem Geschöpf aus den tiefsten Tiefen der klingonischen Hölle gegenübergestanden hatte: Weyland ...

Commander Kral holte tief Luft, blies beeindruckend seinen Brustkorb auf und betrat die Festung. Die nervösen Städter hatten ihn informiert, daß der große Gott Weyland wieder daheim war und ihn zu sehen wünschte.

Der Planet hing Kral allmählich zum Halse heraus. Sein erstes Kommandounternehmen mit der *Ghargh,* und welches Los hatte er gezogen? Eine Fahrt zu irgendeinem mineralreichen, aber nichtsdestotrotz lumpigen Planeten, um dessen Anschluß an das Imperium zu überwachen. Aber es hatte auch Spaß gemacht. Die Einheimischen lernten schnell und bereitwillig und sahen in den Klingonen so etwas wie allwissende Gottheiten. Manche Cragoner hatten einen Blutdurst entwickelt, der denen klingonischer Berserker fast gleichkam.

Doch trotz alledem hatten die Einheimischen stur darauf beharrt, daß man eine Erlaubnis des großen Gottes Weyland vorzeigte, bevor man dem Boden seine Schätze entnahm. Leider war Weyland jedoch anderswo beschäftigt gewesen. Dies hatte die frustrierten Klingonen gezwungen, ihr Mütchen zu kühlen, indem sie sich die simple Freude gönnten, den Lernwilligen zu zeigen, wie man kämpfte.

Kral sehnte sich häufig und oft lauthals in die Zeit vor dem Organianischen Abkommen zurück. Damals waren die Klingonen einfach irgendwo hereingestürmt und hatten sich genommen, was sie wollten. Jetzt mußte alles sauber und ordentlich zugehen. Es war erniedrigend. Bei Kahless, es war gut möglich, daß sie sich irgend eines Tages noch mit den Schwächlingen aus der Föderation verbündeten. Jedenfalls hatten die Organianer dies behauptet. Kral hoffte, daß er bis dahin längst tot war.

Endlich, endlich, endlich hatte man ihm zugetragen, daß der besagte Weyland zurückgekehrt war. Der sogenannte Gott war sicher an irgendeinem anderen Ort des

Planeten gewesen und hatte sich vor irgendwelchen anderen leichtgläubigen Wilden als Gottheit aufgespielt. Na schön. Kral war zum Mitspielen bereit, und damit war die Sache erledigt. Trotz der Geringschätzung, die er für die wilden Bewohner Cragons empfand, bewunderte er widerwillig die Treue und Effizienz der einheimischen Wächter, die ihn musterten, als er an ihnen vorbeiging. Sie rochen wie Krieger.

Die Burschen auf dem Übungsplatz der inneren Festung hielten mit ihren grausamen Speerstößen gegen die Heuballen inne und warfen dem Klingonen heimlich neugierige Blicke zu, bis ein mürrischer Alter mit einer Augenklappe sie lauthals aufforderte, sich wieder ihrer Aufgabe zu widmen.

Kral musterte die große, eiserne Flügeltür, die in das Heiligtum des Gottes führte. Dahinter wimmelte es von starken, disziplingewohnten Männern. Wenn man sich diesen Gott zum Freund machte, konnte eine minimale klingonische Streitmacht eine reiche Welt in einem wichtigen Sektor beherrschen. Kral wußte, daß das Erreichen dieses Ziels ihm Ruhm und Macht eintragen würde.

Als er in den Audienzsaal kam, hakte er leicht prahlerisch die Daumen in den Gürtel und gestattete, daß sein schwerer, vorn offener Mantel beeindruckend zur Seite schwang. Seine Augen paßten sich schnell an die herrschenden Lichtverhältnisse an. Es war ein Sieg seines Willens und seiner Ausbildung, daß er mit keiner Wimper zuckte, als er die primitive Pracht des großen Saales in Augenschein nahm. Er salutierte formell vor dem Alten, der auf dem üppig mit Edelsteinen verzierten Thron saß.

Weyland schaute Kral in die Augen. Kral senkte den Blick. Seit seiner Kindheit hatte er sich in Gegenwart eines... Überlegenen... nicht mehr so nackt gefühlt. Er zwang sich, den Blick zu erwidern, aber seine Knie waren wie Gummi. Das Schlimmste war das Wissen, daß Kbrex, der Erste Offizier, gleich hinter ihm stand. Er schätzte die Situation ein und spürte die Schwäche seines Vorgesetzten. Zum Teufel mit ihm!

»Ich bin Weyland. Ich herrsche hier. Sie haben mein Volk behandelt, als gehöre es Ihnen. Es macht mich wütend, daß Sie während meiner Abwesenheit meine Autorität untergraben haben. Sie müssen diesen Ort verlassen. Sie *werden* diesen Ort verlassen.«

Kral schnaubte, doch bevor er zur Waffe greifen konnte, drückten die Wachen ein Dutzend Lanzen an seinen Hals. Fünfzig andere nagelten die beiden riesigen Sicherheitsleute an den Boden. Auch Kbrex zappelte in ihrem Griff. »Commander«, grunzte er, »Sie müssen sofort etwas unternehmen! Das dürfen wir nicht hinnehmen!«

Damit sie mich umbringen? dachte Kral. *Das würde dir wohl gefallen, Kbrex, was?*

Kral entspannte nach einem endlosen Moment seine Hand, und die Krieger senkten auf ein Nicken des Herrschers hin die Lanzen. So irrsinnig es auch war, Kral empfand echte Enttäuschung über die Männer. Er hatte sie persönlich ausgebildet. Er hatte ihnen gezeigt, wie man einen Speer warf; er hatte ihre Aggressivität in die richtigen Kanäle gelenkt. Und nun kam dieser Weyland nach Hause zurück und drehte sie mit einem Wort um – gegen ihn. Weyland hatte das Können, das Kral den Kriegern vermittelt hatte, gegen *ihn* gerichtet!

»Nun, da wir einander verstehen«, sagte der Gott mit entwaffnender Milde, »dürfen Sie sprechen, falls Ihnen danach sein sollte.«

Kral mußte heftig schlucken. »Ich vertrete ein großes Volk. Es ist größer, als Sie es sich vorstellen können.« Seine Worte erquickten ihn, und als er die Woge ihrer Kraft spürte, schwand sein Unbehagen dahin. »Wir sind Krieger. Ihr seid Krieger. Wir verstehen einander, großer Herrscher. Die anderen, die aus der Föderation, sind schwach. Auch sie wollen sich mit Ihnen verbünden. Aber die Föderation kann Ihnen nur wenig bieten. Man wird Sie wie ein Kind behandeln. Man wird Ihnen die Schätze der Föderation verweigern. Wir hingegen haben unsere Bereitwilligkeit bewiesen, aus Ihnen …«

»… ein Abziehbild der Klingonen zu machen!«

Sobald Kral die Stimme hörte, und bevor er den Mann sah, dem sie gehörte, hatte er schon eine ausgezeichnete Vorstellung dessen, was er zu sehen bekommen würde.

»Ihr Eindringen ist äußerst ärgerlich, Föderations-Weichlinge«, sagte er zu den Männern in der Starfleet-Uniform, die gerade in Begleitung von Weylands Wächtern eingetreten waren.

Kbrex jedoch holte überrascht Luft. »Kirk«, schnaubte er. »James Kirk.«

Kral stutzte. Der Mann, der mit vor der Brust verschränkten Armen und flammenden Augen vor den anderen Starfleet-Offizieren stand, war der schreckliche Captain Kirk? »Sie sind es also, Kirk«, sagte er. »Sie wirken aber weniger beeindruckend, als ich Sie mir vorgestellt hatte.«

Die restlichen Klingonen stießen ein höhnisches Kichern aus, das freilich schnell erstarb, als Kirk zurückfauchte: »Dann sind Sie wirklich so phantasielos, wie *ich* Sie mir vorgestellt habe.«

Sie funkelten sich eine geraume Weile an, dann sagte Weyland munter: »Ich kann kaum einen Unterschied zwischen den Klingonen und der Föderation erkennen. Sie wollen meine Welt doch beide nur zu Ihrem eigenen Nutzen ausbeuten. Sie tun doch nur so, als läge Ihnen etwas am Schicksal meines Volkes.«

»Großer Weyland, ich versichere Ihnen …«, begann Kirk.

Aber Weyland winkte ab. »Ihre Versicherungen interessieren mich nicht. Ich habe kein Interesse an Ihnen. Gehen Sie. Sofort.«

»Wir können einen Schlackehaufen aus Ihrer Heimat

machen!« brüllte Kral. »Wie können Sie es wagen, Sie kleiner primitiver Wurm!« Er ballte die Fäuste, bis sich seine Nägel in die Handballen trieben, und kämpfte um einen Rest an Beherrschung. »Ich verzeihe Ihnen diesen Frevel, weil ich Mut bewundere, und mutig sind Sie wirklich. Das klingonische Imperium hält Ihnen noch immer die Hand entgegen. Aber merken Sie sich eins, Weyland: Ich werde mein Angebot nicht wiederholen.«

Kral fuhr auf dem Absatz herum und marschierte hinaus. Sein Herz schlug heftig, denn er rechnete damit, daß sich die Wachen auf ihn stürzten. Aber sie ließen ihn und seine Männer gehen. Die Burschen hatten den Übungsplatz verlassen. Die Torwache war fort, aber Kral sah hier und da das verräterische Glitzern von Metall. Eins war ziemlich klar: der einzige Weg, der hier hinausführte, war der, auf dem sie hineinbegleitet worden waren.

Sie gingen durch das Haupttor. Der Wald lag vor ihnen. Zwar gab es in diesem Augenblick keinen Grund, sich nicht an Bord zu beamen, aber irgend etwas in Krals Innerem wollte ihn nicht gehen lassen. Er konnte es nicht ausstehen, angesichts einer Niederlage den Rückzug anzutreten, und so raste und rechnete sein Geist, um irgendeine Alternative zu finden. Irgendeinen Plan.

Ein kleiner Junge trat den Klingonen in den Weg. Kral schaute auf ihn hinab. Er war stinkwütend und kochte vor Frustration. Der Junge sah selbst für einen dieser nutzlosen Einheimischen dreckig aus; er hatte schmutziges dunkles Haar und einen geistlosen Blick.

»Geht ihr?« fragte er.

»Was geht dich das an, du kleiner Trottel?« fauchte Kral.

Dann vernahm er hinter sich die Stimme eines der verfluchten Starfleet-Kerle. »Was gehn'se denn so ruppich mit dem Jungen um?«

Kral drehte sich um. Die Schwachköpfe standen

genau hinter ihm. »Krepiert! Es ist alles nur Ihre Schuld, Kirk!«

Ein anderer Starfleet-Mann, ein kleinerer, sagte mit einem ulkigen Akzent: »Wenn Sie glauben, der Captain hätte irgendwas damit zu tun…«

»Genug, Chekov«, sagte Kirk, der den Blick keine Sekunde von den Klingonen nahm.

Der kleine Junge zupfte an Krals Schärpe. »Ich dachte, ihr wollt uns beibringen, wie man tötet. Das habt ihr doch versprochen.«

Kral schaute das Bürschlein überrascht an. Dann richtete er den Blick auf Kirk, der sich nun nicht mehr die Mühe machte, seine Verärgerung zu verbergen. »Da sehen Sie, was Sie diesem Volk angetan haben«, fauchte Kirk. »Kein Wunder, daß Weyland nichts mit uns zu tun haben will. Sie sehen doch, was Sie in der kurzen Zeit angerichtet haben, in der Sie hier sind.«

Kbrex murmelte leise: »Er beleidigt uns! Ungestraft? Das ist doch nicht zu fassen.«

Er hätte keinen besseren Treffer landen können, nicht einmal dann, wenn er aus nächster Nähe seinen Phaser auf Krals Kopf gerichtet hätte. Als Kral seine monatelange Plackerei durch die Röhre gehen sah, entlud er seinen Zorn auf das Ziel, das ihm am nächsten war.

Er riß seinen Blaster heraus und feuerte auf Kirk.

Doch so schnell er auch war, die Sicherheitsleute der *Enterprise* waren schneller. Sie warfen sich vor Kirk, stießen ihn beiseite und erwiderten das Feuer mit ihren eigenen Phasern. Die Klingonen gingen sofort in Deckung und feuerten ihre Blaster ab. Die Männer der Föderation suchten ebenfalls ein Versteck.

Sekunden später war die Luft vom Krachen der Waffen erfüllt. Kbrex duckte sich neben Kral und sagte schrill: »Sie haben unsere Ehre klug verteidigt, Commander.«

»Maul halten!« fauchte Kral. Er feuerte blindlings hinter dem Felsen hervor, der ihnen als Deckung diente.

Kbrex löste etwas von seinem Gürtel. Kral musterte es mit einem Blick, dann lächelte er. Eine Plasmagranate. »Schnell«, sagte er. »Bevor sie wieder in Ihrem Schiff verschwinden.«

»Sie sind ehrlos«, sagte Kbrex. Er aktivierte die Granate und schleuderte sie fort. Da über seinem Kopf Phaserstrahlen dahinzischten, konnte er keinen Blick riskieren, um zu sehen, wie plaziert der Wurf ausgefallen war.

Dann hörten die Klingonen einen Warnschrei – der jedoch nicht von Angst kündete. Irgend etwas war schiefgegangen. Kral riskierte einen Blick um den Felsen.

Was er sah, ließ ihn erstarren.

Das Bürschlein, mit dem er gesprochen hatte, stand kaum einen Meter von der Stelle entfernt, an der sich die Starfleet-Männer hinter Felsen und Bäumen verschanzt hatten. Der Junge hielt die Plasmagranate in der Hand, drehte sie herum und musterte sie wie ein gerade gefundenes Spielzeug. Sein Gesicht zeigte ein fröhliches Grinsen.

Die Granate hatte einen Fünf-Sekunden-Zünder.

Kral stand auf der Stelle auf. Dann hechtete ein Mann der Föderation aus seinem Versteck. Kral vernahm Kirks warnenden Ruf. »Garrovick! Was machen Sie?!« Er hatte die Granate eindeutig nicht gesehen.

Der Mann namens Garrovick sprang auf den Jungen zu und griff nach der Granate. Seine Finger rutschten ab; der Junge riß sie mit überraschender Sturheit beiseite.

»Es gehört mir!« schrie er wütend. Es waren seine letzten Worte. Er preßte die Granate an seine magere Brust.

Garrovick warf sich mit einem panischen Wutschrei vor, seine Finger packten die Granate.

Sie ging hoch.

Eine Licht- und Hitzewelle umgab die beiden, und

der Gestank von Tod und verbranntem Fleisch hing in der Luft. Kral mußte den Blick von der Helligkeit des Lichts abwenden, und er schaute in seine Seele und empfand Beunruhigung – wegen der Schwärze, die er dort sah. Das Brüllen der Granate klang in seinen Ohren. Es war betäubend, aber es konnte den kurzen Schrei des Mannes Garrovick und den hoffnungslosen, verzweifelten Ruf Kirks nicht völlig übertönen. Der Junge hatte offenbar keine Zeit mehr gehabt, einen Schrei auszustoßen.

Kral blickte nun auf den Ort des Geschehens. Von dem Jungen war nur noch Asche übrig. Die Granate hatte den Hauptteil ihres Zorns gegen den Jungen gerichtet, der sie erstickt hatte.

Garrovick lag am Boden, schwelend, unbeweglich. Selbst aus der Entfernung konnte Kral erkennen, daß er tot war.

»Commander«, knirschte Kbrex. Er rüttelte an Krals Schulter. »Commander! Wir müssen sofort verschwinden!«

»Ja, ja, in Ordnung«, sagte Kral. Sein Geist war noch immer umwölkt. Wie, zum Teufel, war das alles nur passiert? Wieso war in dieser kurzen Zeit alles so schrecklich schiefgegangen? Noch während die Gedanken sich in seinem Kopf drehten, schnippte er seinen Kommunikator auf und alarmierte das Schiff.

Er hörte einen aufgebrachten Ruf Kirks, eine gefauchte Herausforderung, doch dann löschte das Summen des Transporterstrahls alles aus.

Der Tod eines Kindes, dachte er, als sich der Planet rings um ihn auflöste. Was kann daran ehrenhaft sein?

7

JAPAN, 1600

Als Sulu früher Geschichten über das feudale Japan gehört und versucht hatte, sich das damalige Leben vorzustellen, war ihm stets alles irgendwie verschleiert und unwirklich erschienen.

Momentan jedoch umgab ihn mehr Realität, als er auf einmal verkraften konnte. Das stand fest.

Sie waren gerade an arbeitenden Bauern vorbeigeritten, die ihn mit erstaunlicher Ehrfurcht angesehen hatten. Sulu gab sich Mühe, sich nicht von der ihm umgebenden Szenerie beeindrucken zu lassen, denn er spürte, daß die Blicke des grauhaarigen Sadayo ihn beobachteten. Der edle Samurai war eindeutig argwöhnisch.

Ob der stattliche Sadayo und die restlichen Soldaten wohl in der Lage gewesen wären, die Räuber auch ohne seine Hilfe zu besiegen? Aber sicher, dachte Sulu. Jeder andere Gedanke wäre zu folgenschwer gewesen – denn dann hätte er den Ablauf der Geschichte bereits verändert.

Er erlebte nichts anderes als den schlimmsten Alptraum, den die Erste Direktive einem servieren konnte. Hatte er den Tod der Räuber herbeigeführt? Nein. Er war sicher, daß er nicht dafür verantwortlich gewesen war. Nein. Ihr Tod war vorherbestimmt gewesen. Sie wären ohnehin bei dem Angriff umgekommen. Oder … Angenommen, die Frau wäre ums Leben gekommen. Angenommen, sie hätte sterben sollen. Hatte er sie vor einem vorherbestimmten Tod bewahrt? Konnte es sein, daß er damit jemanden in der Zukunft geschädigt hatte? Würde nun jemand geboren werden, der nicht dazu bestimmt war, in der Zukunft zu existieren? Es konnten sogar Dutzende oder Tausende sein. Sein Verstand bemühte sich, die zahlreichen Möglichkeiten zu berechnen. Was, zum Teufel, sollte er hier? Hätte er in dem Moment, als ihm noch nicht ganz klar gewesen war, ob er träumte oder wach war, einfach zuschauen sollen, wie man sie umbrachte? Sulu traute sich kaum, einen Schritt zu tun.

Nein, er hätte sie nicht sterben lassen können. Er mußte sich von seinem Instinkt leiten lassen und darauf vertrauen, daß er ihn weiterbrachte.

Sie erreichten nun die großartige, von Leben wimmelnde Stadt Kyoto. Es war nicht das moderne Kyoto, sondern eine verwirrend primitive Stadt voller Läden, Tempel und kleiner Häuser, die sich auf krummen Nebenstraßen aneinanderdrängten. Bei einem Besuch des Kyoto, das Sulu aus seiner Zeit kannte, hatte er sich gefragt, wie es wohl in der feudalen Vergangenheit ausgesehen hatte.

Irgendwie hatte er sich die Stadt weniger schmutzig und viel ordentlicher vorgestellt. Und in seiner Vorstellung hatte sie auch um einiges besser gerochen.

Sie ließen das Viertel des Mittelstandes hinter sich und kamen in einen Stadtteil, in dem elegante Privathäuser vorherrschten. Hier lebte der niedrige Adel und die treuen Gefolgsleute. Die Häuser hatten einst jenen großen Familien gehört, deren Frauen, Töchter und Söhne man als ständige Geiseln gehalten hatte, damit man die Treue zum jeweiligen Regenten nicht vergaß. Denn die japanische Geschichte bestand aus einem endlosen Kampf um die Macht. Doch nun hatte man die Hauptstadt nach Edo verlegt, und die Geiseln und die von ihnen praktizierte Kultur, mit der sie die endlosen Tage verbracht hatten, waren ebenfalls dorthin gezogen.

Kurz nach Mittag überquerten sie ein Geflecht nasser und ausgetrockneter Gräben sowie eine Reihe von Brücken, bis sie sich dem Tor eines großen Schlosses näherten. Sulu schaute erstaunt auf. Vor ihnen ragte ein von glatten Mauern umgebener Felsenberg auf. Dahinter lagen die sich von den Festungsmauern stark abhebenden Unterkünfte. Sulu erblickte weiße Mauern und rotgedeckte Dächer, die sich wie Pagoden nebeneinander aufreihten. Die Dächer wurden von Stützbalken gehalten, die mit phantastischen Tierschnitzereien verziert waren. Sie wirkten so lebensecht, als wollten sie jeden Moment zum Sprung ansetzen.

Wenig später befanden sie sich im Innenhof der Festung und saßen ab. »Folgt mir«, sagte Sadayo.

Sie gingen in eine Art Empfangshalle. Sadayo kniete vor einem Wandschirm nieder und meldete sich und Sulu an. Man ließ sie ein, und sie vollführten beide eine tiefe Verbeugung. »Herr«, sagte Sadayo. »Fürstin Onekos Reisegruppe wurde von Räubern überfallen. Doch ihr ist kein Leid geschehen. Dieser Mann, Suru Heihachiro, ist uns zu Hilfe gekommen.«

Sulu hielt den Atem an.

Es war Torii Mototada.

Der Fürst musterte Sulu mit unverhohlenem Interesse, als versuche er in Erfahrung zu bringen, was in seinem Kopf vor sich ging. Sulu bebte innerlich. Mototadas Ruf war legendär. Ihm gegenüberzusitzen, machte einen fast zu einem Teil seiner Legende.

Torii Mototada, die Legende. Der Ruf des Mannes war überlebensgroß.

Aber körperlich war er kleiner als Sulu.

Er hatte irgendwie einen Riesen erwartet, doch Mototada war einen halben Kopf kleiner als er selbst. Sulu mußte sich ein Lachen verbeißen. Doch ein Mototada brauchte keine körperliche Größe. Seine wahre Größe bestand aus seinem angeborenen Intellekt und seinem Charakter.

»Möchtest du mir dienen?« fragte Fürst Mototada.

Es war keine Frage, die man nur so dahinsagte.

Instinkt. Was riet ihm sein Instinkt?

Wenn er ablehnte, ergaben sich neue Fragen. Unangenehme Fragen, die er nicht beantworten konnte. Sulu fühlte sich noch immer so desorientiert, daß er das Risiko, den Mann zu beschwindeln, nicht eingehen wollte. Außerdem war die Weigerung, in die Dienste eines Fürsten zu treten, eine Mißachtung der Ehre.

Und Ehre war ein Begriff, den Sulu rein intellektuell gut verstand. Sie war ein gewichtiger Bestandteil seiner Erziehung gewesen. Aber irgendwie ging es hier nicht um das gleiche, denn im Grunde hatte er keine freie Wahl.

Ehre.

Es war sicher eine Ehre, unter Mototada zu dienen. Ein Teil der Legende zu werden. Die Sache hatte schon etwas Verlockendes. Er trieb hilflos im Strom der Zeit, und man warf ihm eine Schwimmweste zu.

»Ja, Herr«, sagte Sulu und verbeugte sich formell.

»Ich, Torii Mototada, mache dir das Geschenk eines neuen Namens. Von nun an bist du Okiri Heihachiro, der große Fechter. Dein Einkommen beträgt 100 Koku im Monat. Du gehörst nun zu meinem Gefolge und wirst in meiner Leibgarde dienen. Nimmst du an?«

Sulu sagte im abgehackten Tonfall eines Kriegers *»Hai«*, was nichts anderes hieß als Ja. »Ich bin für die große Ehre, die Ihr mir angedeihen laßt, unendlich dankbar. Ihr werdet mein Vorbild sein, auf daß ich mich Eurer würdig erweise.«

Gleich darauf sagte Sulu sich, daß er im Begriff war, den Verstand zu verlieren.

8

SCHOTTLAND, 1746

»Psst!«

Scotty griff sich stöhnend an den Schädel. Er drehte sich herum und schaute mit verschwommenem Blick in ein Gesicht, das er erst nach einer Weile richtig erkannte. Es war das Gesicht des Burschen, den er schon einmal gesehen hatte …

Gesehen hatte … aber wann?

Scotty runzelte die Stirn und versuchte sich zu erinnern. Er mußte die Ereignisse der vergangenen … Tage? Jahre? … auf die Reihe kriegen.

»Macht nicht so einen Lärm«, sagte der Junge warnend. »Sonst alarmiert Ihr noch die Soldaten. Oder den Wirt.«

»Ach so«, sagte Scotty. »Verstehe … Alles klar.« Natürlich war ihm rein gar nichts klar.

»Ich hole Euch was zum Anziehen«, raunte der Junge. »Ihr braucht andere Kleider. Hochländer im Kilt sind hier nicht sehr willkommen. Wer, zum Teufel, seid Ihr überhaupt?«

Scotty betastete das trockene Blut in seinem Gesicht. »Ich heiße …« Seine Stimme versagte. Er runzelte die Stirn und bemühte sich, es auszusprechen.

»Jedenfalls seid Ihr Schotte«, sagte der Junge ungeduldig.

»Scott! Ich heiße … Montgomery Scott.« Scotty setzte sich hin. Die Welt drehte sich um ihn. Er stützte sich mit den Händen auf dem Boden ab. »Montgomery Scott«, sagte er wieder, als suche er Zuflucht bei der einzigen Tatsache, derer er sich gewiß war.

»Woher kommt Ihr? Wie seid Ihr hierhergekommen?«

»Ich …« Scotty runzelte die Stirn. Vor seinem inneren Auge blitzten zusammenhanglose Bilder auf. »Ich weiß nicht. Ich habe keine Ahnung, wie ich hierhergekommen bin.« Er musterte den Jungen hoffnungsvoll. »Weißt du es?«

Der Junge wirkte verblüfft. »Das müßt Ihr doch wissen!«

»Ich habe es auch gewußt … Ich …« Scotty schüttelte den Kopf. Die einfache Bewegung führte dazu, daß er noch größere Schmerzen empfand. »Aber ich habe es vergessen. Ich …«

»Na gut, reden wir später darüber. Ich muß jetzt gehen.«

Scotty legte sich wieder hin. Als der Junge mit der Behendigkeit eines Affen die Leiter hinunterflitzte, stierte er an die Decke.

Scott.

Montgomery Scott.

Und er war …

Er suchte nach dem passenden Wort. Maschinen. Jetzt fiel es ihm ein. Er verstand etwas von Maschinen. Und er konnte …

Was konnte er?

Nach etwa einer Stunde kehrte der Junge zurück. Er hatte ein Bündel bei sich, das er Scotty reichte. »Da habt Ihr die Kleider«, sagte er.

Das Bündel enthielt Kniehosen aus rauher Wolle, ein sauberes weißes Leinenhemd, die dazugehörige Unterwäsche, Strümpfe und ein Paar Schuhe, die Scotty erst paßten, nachdem er die Spitzen mit Stroh ausgestopft hatte; Weste, Mantel und einen dreikrempigen Hut.

Scotty zog sich um, faltete den nassen Wollkilt und das übergroße Unterhemd zusammen und versteckte alles im Heu.

»Danke, Junge. – Erzählst du mir jetzt auch, warum

du deinen Herrn bestiehlst, um einem Fremden zu helfen?«

Die Augen des Jungen verengten sich. »Ich habe nicht gestohlen«, erwiderte er leicht empört. »Ein Untermieter hat die Sachen zurückgelassen. Und der Wirt ist nicht mein Herr. Ich arbeite nur hier. Was das Warum angeht: Ich habe meine Gründe.« Dann fügte er leicht verächtlich hinzu: »Ich habe Euch gestern abend beobachtet. *Ihr* wolltet stehlen!«

Scotty zuckte die Achseln. Sein Zustand ließ keine Diskussion zu. Er konnte sich kaum noch an den vergangenen Abend erinnern.

Obwohl der Junge kaum älter als vierzehn oder fünfzehn sein konnte, umgab ihn eine Aura erwachsener Zähigkeit.

»Tja, man soll nicht mit seinem Glück streiten«, erwiderte Scotty unparteiisch. »Sag mal, Junge, du hast von Soldaten gesprochen. Was sind das für welche?«

»Tja... Sie sind eigentlich noch nicht hier«, gestand der Junge ein. »Aber sie kommen bestimmt. Der dicke Billy und seine Burschen werden kommen und hier übernachten. Man sagt, sie jagen die Männer des Prinzen, seit sie bei London waren. Ehrlich gesagt... Ich glaube, nur ein Wunder kann Prinz Charles retten.«

Und plötzlich klickte es in Scottys Gehirn.

»Das ist es«, murmelte er.

»Was ist was?« fragte der Junge.

»Es ist mir eingefallen«, sagte Scott mit steigender Erregung. »Ich habe mich bemüht, mich an meinen Beruf zu erinnern. Wo meine Fähigkeiten liegen. Und gerade ist mir eingefallen, was ich bin.«

»Und was seid Ihr?«

Scotty lächelte zufrieden. »Ich kann Wunder wirken«, sagte er zuversichtlich.

9

STALINGRAD, 1942

Chekov saß neben Sulu, Scotty und Kirk, und alle lachten über den bizarren Urlaub, den er hinter sich hatte.

Chekov sah sich lächelnd und blutend im Kreis seiner Freunde sitzen und ihnen begeistert und schwärmend von den Einzelheiten berichten, die er durchgemacht hatte.

In der Schlacht um Stalingrad hatte sich die russische Entschlossenheit am deutlichsten gezeigt. Stalingrad – ein weitläufiges, doch schmales Band der Zivilisation und Industrie – lag am Westufer eines großen Stromes. Weiter westlich hatte das deutsche Militär den Don überquert, einen anderen großen Strom. Nun wollte es die Stadt einnehmen. Wenn Stalingrad fiel, so hofften die Deutschen, konnten sie die Wolga überqueren und den Angriff auf das Herz der Sowjetunion fortsetzen.

Welchen strategischen Wert die Einnahme Stalingrads haben mochte, war freilich im Kampf der Ideologien längst in Vergessenheit geraten. Hitler war fest entschlossen, die Stadt dem Erdboden gleichzumachen. Stalin wollte, daß sie um jeden Preis gehalten wurde. Und die Verluste waren auf beiden Seiten ins Astronomische gewachsen.

Das russische Volk organisierte einen Widerstand, den man in Berlin noch immer nicht glauben wollte. In Stalingrad tobte der Häuserkampf; es ging Mann gegen Mann, und man hielt die Stadt nur unter größten Mühen. Jede Kugel, jeder Stiefel, jedes Pfund Mehl und jeder Soldat, der für einen Gefallenen einsprang, mußte unter dem ständigen verheerenden Feuer deutscher Mörser sowie trotz der unaufhörlich Bomben werfenden Stuka- und Ju-88-Tiefflieger über die Wolga gebracht werden. Viele Männer und Frauen hatten die Reise ans Westufer nicht überlebt.

Chekov hatte seinen Gefährten noch mehr erzählen wollen. Zum Beispiel von der berühmten Statue des Steinkrokodils. Von Stalin, nach dem man die Stadt benannt hatte. Aber leider krabbelte in diesem Moment eine Ratte über sein Gesicht.

Er fuhr mit einem Ekelschrei hoch, schlug sich fest ins Gesicht und vernahm ein erschrecktes Quieken. Das Nagetier flog im hohen Bogen auf den schmutzigen Boden seiner Zelle.

Die lächelnden Gesichter seiner Freunde lösten sich auf und das wahre, verwirrende Grauen seiner wirklichen Lage brach erneut über ihn herein. Chekov kroch rückwärts über den Boden, bis sein Kopf gegen eine Mauer schlug.

Es war dunkel in der Zelle; seine Augen hatten sich noch nicht an die einsame, matte Glühbirne an der Decke gewöhnt. »Wo bin ich?« sagte Chekov auf englisch. »Was geht hier vor? Wie bin ich hierhergekommen?«

In der Dunkelheit der Zelle erklang ein leises Lachen. »Aber nicht mit mir, Kumpel!«

Chekov kniff die Augen zusammen. »Bin ich noch in Stalingrad?« Er hoffte noch immer, daß Sulu irgendwann aus der Finsternis hervorspringen und ihm lachend erzählen würde, daß er einem von langer Hand vorbereiteten Streich zum Opfer gefallen war.

»Nee«, sagte die Stimme, die nicht nur eindeutig einem Amerikaner gehörte, sondern ihm auch überraschend vertraut vorkam. »In Chicago. Siehst du das denn nicht, Mann? Wir sind im Hilton.«

Chekov schaute sich um. »Ich glaube, Sie wollen mich verarschen.«

»Und ich glaube«, sagte die Stimme, »daß ihr Krauts mich für einen kompletten Idioten haltet.«

Ihr Krauts? Als erstes fiel Chekov Sauerkraut ein; das Zeug, das die Amerikaner auf ihre Hot Dogs klatschten. Doch dann begriff er. »Ich bin kein Deutscher. Ich bin Russe. Ich heiße Chekov.«

»Ach, wirklich? Tschechow? Wie der Dichter? Sein *Onkel Wanja* hat mir gefallen. – Hör mal, für wie blöd haltet ihr mich? Du kommst hier rein und nuschelst mir was mit 'nem russischen Akzent vor. Glaubt ihr etwa, ich wäre nach der ganzen Prügel und Folter leichter hinters Licht zu führen? – Stecken die mir 'n Spion hier rein! Aber nicht mit mir.«

»Aber nicht mit mir«, wiederholte Chekov geistesabwesend. Er sah sich noch einmal um. Die Zelle war so finster wie die Hölle. Und sie roch auch nicht sehr fein.

Aus purer Gewohnheit griff er nach seinem Kommunikator. Aber der war natürlich weg.

»Scotty«, sagte er leise. »Beam mich rauf, zum Henker.«

»Ich heiß nicht Scotty, Kumpel«, sagte der andere Gefangene. »Willst du meinen Namen wissen? Willst du meinen Dienstgrad wissen? Die Nummer auf meiner Hundemarke? Das ist alles, was du zu hören kriegst. Und falls ihr es noch nicht leid seid, es zu hören – ich bin es noch nicht leid, es zu wiederholen.« Der Amerikaner klang verbittert und erschöpft. Er strahlte die Aura eines Menschen aus, der seinen Frieden mit der Tatsache geschlossen hat, daß er sterben muß. Er schien nur noch darauf zu warten, daß man ihm den Termin nannte.

Als der Mann erneut das Wort ergriff, riß Chekov die Augen auf.

»Mein Name ist John C. Kirk. Lieutenant. United States Air Corps, Personenkennziffer 0-159466. Und das, mein Freund, ist alles, was du aus mir rauskriegst.«

10

Es war nur wenig Zeit vergangen, seit Kirk in seiner Kabine gesessen, das Glas in der Hand gehalten und Dr. McCoy mit äußerster Zuversicht und Bestimmtheit erklärt hatte, er wolle sich zu Spock in den Konferenzraum gesellen, damit sie zusammen einen Ausweg aus diesem Chaos fanden.

Und ein Chaos war es wirklich. Garrovick war tot. Die Waffensysteme waren außer Betrieb. Sie kreisten hilflos um Cragon V, und Weyland bereitete sich auf wer weiß was vor. Und das allerschlimmste: Man vermißte Sulu, Scotty und Chekov.

Kirk lehnte sich an das Geländer des Turbolifts und ließ einige der Selbstzweifel, die er gelegentlich empfand, über sich hinwegschwappen.

Die erste Regel, die man auf der Kommandeursschule lernte, lautete: Hat man einmal eine Entscheidung getroffen, richtet man sich nach ihr. Auch wenn sie sich als falsch erweist: Führ sie durch. Jeder trifft falsche Entscheidungen. Den perfekten Commander gibt es nicht. Alle wissen es. Aber ein Commander, der Entscheidungen widerrief oder der Mannschaft seine Zweifel zeigte, war nicht akzeptabel. Nicht tolerierbar.

Deswegen wurde seine Mannschaft nie Zeuge seiner Unentschiedenheit oder seines Bedauerns. Sie bekam nur den gelassenen, zuversichtlichen Captain zu Gesicht, der ihnen Kraft und Zuversicht verlieh. Nur wenn Kirk allein war, konnte er seine Entscheidungen überdenken: die endgültigen, unveränderlichen Beschlüsse, die er faßte, die seine Leute manchmal das Leben kosteten. Männern wie Garrovick, Scotty, Chekov – und Sulu.

»Sie schießen auf uns, Captain!« rief Sulu laut und hielt sich an der Steuerkonsole fest.

Kirk und die Landeeinheit waren gerade zur *Enterprise* hochgebeamt. Im Transporterraum hatte sie eine medizinische Einheit in Empfang genommen. McCoy war natürlich als erster dagewesen. Er hatte sein Entsetzen beim Anblick Garrovicks, den Kirk auf den Armen trug, unterdrückt. Er hatte sich nicht nach Einzelheiten erkundigt – nicht einmal nach dem, was geschehen war. Er hatte auch nicht die verflucht, die für die Tat verantwortlich waren. Er hatte vielmehr sofort nach einer Antigravtrage gerufen. Kirk hatte Garrovick wortlos niedergelegt und mit heiserer Stimme gesagt: »Tu, was du für ihn tun kannst, Pille.«

Während Kirk sprach, war McCoy schon mit seinen Diagnoseinstrumenten über Garrovick hergefallen. Er wollte sein möglichstes tun, bevor er in die Krankenstation kam. Doch die Resultate sagten ihm, daß es keinen Sinn mehr hatte, sich zu beeilen. Der Blick in McCoys Augen sagte wiederum Kirk alles.

»Er wollte einen Jungen retten«, sagte Kirk leise.

»Wo ist der Junge?« fragte McCoy.

»Es war nicht mehr genug von ihm übrig, um ihn mitzubringen«, sagte Scotty leise.

»Wer hat es getan?« fragte McCoy und musterte die Männer der Landeeinheit.

Statt einer Antwort trat Kirk schnell an eine Kom-Einheit und aktivierte sie. »Kirk an Brücke.«

»Hier ist Spock«, kam die rasche Antwort. »Sie sind keine Sekunde zu früh zurückgekehrt, Captain. Ein klingonisches Schiff hat seinen Tarnschirm abgeschaltet und kommt näher.« Spock hielt kurz inne. »611, Spur fünf.«

»Sie möchten die Sache hinter sich bringen«, fauchte Kirk. »Das können sie haben. – Schilde aktivieren.«

»Sind bereits aktiviert, Sir. Phaser sind geladen.«

»Wenn sie die Tarnung abgelegt haben, werden sie auch feuern. – Ausweichmanöver. Ich bin schon unterwegs.«

Sie rasten zur Brücke hoch. Kirk hörte, daß die klingonischen Disruptorschüsse gegen die Schilde der *Enterprise* knallten. Neben sich im Turbolift sah er, daß Sulus Finger leicht zuckten, als sei er schon dabei, das Feuer zu erwidern. Chekov hatte eine starre Miene aufgesetzt; Scottys Gesicht war ähnlich ausdruckslos. Unter normalen Umständen hätte Scotty sich unten im Maschinenraum aufhalten müssen, doch seinem Gesicht konnte man deutlich ansehen, daß er die Absicht hatte, die Hauptsteuerkonsole auf der Brücke zu bemannen. Offenbar wollte er die anstehende Begegnung aus erster Hand miterleben.

Die vier Männer stürmten förmlich auf die Brücke. Die ihnen untergebenen Offiziere machten sofort die Stationen frei, um sie ihnen zu überlassen. Spock stand geschmeidig aus dem Kommandosessel auf; Kirk nahm Platz. Sulu und Chekov hatten kaum die Zeit, sich hinzusetzen, als Sulu auch schon die Warnung schrie, daß das Klingonenschiff erneut auf sie schoß.

Die *Enterprise* bebte, und im gleichen Augenblick, in dem Kirk den Befehl »Feuer!« ausstieß, verschwand der klingonische Kampfkreuzer vom Bildschirm. Sulu feuerte eine Torpedosalve in das Gebiet ab, in dem er kurz zuvor gewesen war, aber die Instrumente meldeten, daß er vorbeigeschossen hatte.

»Er hat geschossen, um uns zu verwirren«, murmelte Kirk, »und er hat sein Verschwinden perfekt geplant.«

»Der Mann ist gut, Captain«, sagte Sulu mit ruhiger Stimme. Doch trotz seiner Gelassenheit deutete nichts an seiner Haltung darauf hin, daß er diese Schlacht für eine beiläufige Angelegenheit hielt.

»Ruder dreißig Grad Steuerbord«, befahl Kirk.

Sulu wendete das Schiff. Plötzlich wurden der Maschinenraum und die Gondelunterseiten von heftigem Phaserfeuer traktiert. Das Klingonenschiff war genau unter der *Enterprise* rematerialisiert. Und es verschwand wieder. Wie jemand, der Fahrerflucht beging.

Kirk wurde allmählich wütend.

»Manöver beenden. – Schildzustand?«

»Schilde auf zweiundvierzig Prozent und fallend, Sir«, meldete Chekov steif.

»Ruder reagiert schleppend, Sir«, warf Sulu ein.

Scotty krümmte sich sichtlich, als er die Meldung hörte, denn er wußte, welche Frage der Captain ihm nun stellen würde.

»Scotty, warum nehmen wir keine Fahrt auf?«

»Das rechte Triebwerk arbeitet nur noch mit fünfzehn Prozent, Sir. Und das andere überhitzt. Mehr Manövrierbarkeit ist nicht drin. Ich weiß nicht mal, ob's für den Warp reicht.«

»Captain«, meldete Sulu, »es ist zwar nur eine Annahme, aber ich glaube, ich habe ihn auf dem Bewegungsdetektor.«

»Dann geben Sie ihm Zunder, Mr. Sulu. Phaser abfeuern.«

Dies war genau der Augenblick, in dem die Mission, von der man angenommen hatte, sie könne nicht mehr schlimmer werden, noch schlimmer wurde.

Sulu stieß einen Schrei aus und riß die Hände zurück. Seine Haut warf Blasen, seine Handflächen runzelten sich. Als er erschreckt keuchte, nahm Chekov an, Sulus Konsole hätte sich irgendwie überhitzt, und wollte die Phaserkontrollen auf die seine legen. Ein Vorgehen, das zwar der Mühe wert, doch nutzlos war, denn plötzlich stellte auch Chekov fest, daß seine Instrumente sich nicht mehr bedienen ließen. Ihre Temperatur war innerhalb einer Nanosekunde von normal auf glühendheiß gestiegen.

Chekov und Kirk empfanden vorübergehende Verwirrung, doch Sulu verband das Gefühl auf der Stelle mit unangenehmen Erinnerungen.

»Was, zum Teufel, ist los, Sulu?« fragte Kirk.

»Oberflächentemperatur der Geschützkonsole im Novabereich, Captain«, meldete Sulu. »Wie damals, auf Organia!«

»Antrieb ausgefallen, Captain«, meldete Scott. »Wir stehen.«

»Die Organianer?« sagte Kirk. »Das ist ja ... einfach wunderbar.«

Uhura schaute auf. Sie war leicht überrascht, da ihr Kommunikationsbord noch funktionierte. Damals, als es ihnen ähnlich ergangen war, hatte sich ihre Konsole ebenso überhitzt wie die anderen. »Empfange Funkspruch der Klingonen, Captain«, meldete sie.

Kirk schaute zum Bildschirm hoch. Und siehe da, das klingonische Schiff schwebte in Sichtweite heran. Es war eindeutig ebenso manövrierunfähig. Doch nach allem, was man auf der *Enterprise* im Augenblick wußte, hätte es weiterhin getarnt und steuerbar sein müssen.

Waren die Kontrollen der Klingonen etwa ebenfalls zu heiß, um sie anzufassen? Kirk fühlte sich verlockt, es mit Schutzhandschuhen zu versuchen, aber er hatte das Gefühl, daß es ihm nichts bringen würde. Wer sie auch behinderte – offenbar die Organianer –, würde wahrscheinlich nicht freundlich darauf reagieren. Vielleicht konnte dieser Jemand die Phaserbänke dazu bringen, sich selbst zu vernichten. Und die *Enterprise* dazu.

»Legen Sie ihn auf den Schirm, Uhura«, sagte Kirk.

Auf dem Bildschirm tauchte das knurrige, wütende Gesicht des klingonischen Commanders auf. Wie hieß er noch gleich? – Ach ja, Kral.

»Na schön, ihr Föderationslumpen«, fauchte er. »Ihr habt gewonnen! Ihr habt uns ausgetrickst! Vernichtet uns! Bringt es hinter euch!«

Kirk riß kurz die Augen auf und warf Spock einen

Blick zu. Spocks Antwort war klar: Die Klingonen glaubten, die *Enterprise* hätte irgendeine neue Waffe gegen sie eingesetzt und sie so manövrierunfähig gemacht. Ihnen fiel überhaupt nicht auf – beziehungsweise war ihnen noch nicht aufgefallen –, daß sich die *Enterprise* in der gleichen Lage befand.

»Nein«, sagte Kirk scharf. Er konnte seinen Zorn kaum verhehlen. »Wir bringen Sie erst um, wenn wir Lust dazu haben!«

»Verfaulen Sie in Dargoths Hölle, Kirk«, schäumte der Klingone. Dann wurde die Verbindung unterbrochen.

Kirk musterte die Brückenmannschaft. »Na schön, dann warten wir mal darauf, daß der nächste Schuh zu Boden fällt.«

Im gleichen Moment fing vor ihnen auf dem Bildschirm etwas an zu flimmern. Das All schien sich zu bewölken, und allmählich nahm der Dunst Gestalt an.

»Ich glaube«, sagte Spock trocken, »daß das zweite von Ihnen erwähnte Stück Fußbekleidung zu fallen im Begriff ist, Captain.«

Kirk wußte nicht genau, wen er erwartet hatte. Vielleicht Ayelborne oder einen anderen Angehörigen des Rates von Organia. Vielleicht auch einen Neuling. Doch mit dem, was er zu sehen bekam, hatte er keinesfalls gerechnet. Viel später würde er sich sogar die Frage stellen, wieso er es nicht vorausgesehen hatte.

Der Schirm wurde dunkler und blockte den größten Teil des schmerzhaft grellen Leuchtens ab. Ein uralter, aber kräftiger Mann mit Vollbart musterte sie mit durchdringendem Blick.

»Weyland ...!« murmelte Kirk.

Spock hob eine Braue. »Ich nehme an, es ist der gleiche Weyland wie der sogenannte Gott der Bewohner Cragons.«

»Er ist etwas mehr als ein ›sogenannter‹ Gott, würde ich sagen«, erwiderte Kirk.

Weylands festes Gesicht füllte den Bildschirm aus.

»Was… sind Sie?« fragte Kirk.

»Verantwortlich«, erwiderte Weyland mit düsterer Stimme.

»Undeutlich«, bemerkte Spock, »aber akkurat.«

Kirk hatte weder die Zeit noch den Enthusiasmus, um sich an Weylands Knappheit zu ergötzen.

»Sie haben ein Verbrechen an meinem Volk begangen«, sagte Weyland. »Ein Kind ist gestorben.«

»Ja«, sagte Kirk leise. »Wir wissen es. Wir haben es gesehen. Und wir bedauern, was geschehen ist.«

»Das Geschehene war ein direktes Ergebnis Ihrer Barbarei«, sagte Weyland, dessen Zorn nun deutlich zunahm. »Sie halten mein Volk zweifellos für primitiv – aber die Taten der Klingonen bei der ›Ausbildung‹ haben seinen Sinn für die Schönheit vernichtet.«

»Und wo waren Sie?« fragte Kirk. »Sie behaupten, Ihr Volk zu lieben und zu beschützen. Und doch lassen Sie es monatelang allein und erlauben den Klingonen, das zu tun, was ihnen paßt.«

Weyland runzelte die Stirn. »Damit Sie eventuell besser verstehen, was nun mit Ihnen passieren wird«, sagte er dann, »möchte ich Ihnen sagen…«

»Was soll das heißen, was mit uns passieren wird?« fragte Kirk.

Weyland überging ihn. »Ich war Teil eines Kontinuums von Wesenheiten«, sagte er. »Wesenheiten, die so hochentwickelt und mächtig sind, daß sie das Leben in den verschiedenen Universen nur noch beobachten, statt ihre Fähigkeiten dazu einzusetzen, niedrigeren Geschöpfen beizustehen. Ich habe mich eine Weile im hiesigen Universum aufgehalten und dabei beinahe zufällig das gute, einfache Volk Cragons entdeckt. Es hat irgend etwas in mir ausgelöst, und ich wußte plötzlich, daß ich nie wieder fähig sein würde, Teil einer Wesenheit zu sein, die nur existiert, um die Existenz zu ignorieren. Ich bin zu dieser Wesenheit zurückgekehrt, um mein Ausscheiden aus dieser Allianz bekanntzugeben. Doch die Zeit ist ein subjektives Ding, und zwar weit mehr, als ich dachte. Ich glaubte, nur wenige Sekunden bei meinen Genossen gewesen zu sein, doch auf Cragon sind Monate vergangen. Monate, die die Klingonen für sich genutzt haben und die ihr aus der Föderation verschlimmert habt. Ihre Feindseligkeiten haben zum Tod eines Kindes geführt, Captain Kirk.«

»Eine klingonische Granate hat es umgebracht!« sagte Kirk. »Auch ich habe einen Mann verloren!«

»Sie aber haben mit Ihr Ehrenwort gegeben, dafür zu sorgen, daß keiner meiner Untertanen Schaden erleidet.«

»Sie haben doch gesagt, Sie brauchen unsere Hilfe nicht!« erinnerte Kirk ihn.

»Das ist irrelevant«, sagte Weyland spitzfindig. An dieser Stelle verdichtete sich in Kirk die Überzeugung, daß sie es nicht mit einem Lebewesen zu tun hatten, das fest in der Wirklichkeit verankert war. »Ein Angehöriger meines Volkes ist tot – aufgrund einer Auseinandersetzung zwischen den Klingonen und der Föderation. Die Föderation ist der bei weitem schlimmere Aggressor – wegen ihrer moralischen Haltung und ihrer hehren Ideale ... Doch in Wirklichkeit sind Sie nicht besser als sie Klingonen.«

»Das stimmt nicht«, protestierte Kirk. Allmählich kam er sich wie eine schadhafte Schallplatte vor.

»Dann streiten Sie die Wahrheit also ab? Daß aufgrund der Kooperationsunfähigkeit der Föderation und der Klingonen sowie der Unfähigkeit, sich auf eine Weise zu verhalten, die Ehre für alle bedeutet, ein Kind sterben mußte? Streiten Sie es ab?«

Kirk hielt inne. Im Grunde hatte Weyland recht. Bei dem Schußwechsel war ein Kind ums Leben gekommen. Zwar hatten die Klingonen angefangen und auch den Grund für die Schießerei geliefert, aber die Starfleet-Offiziere waren das Ziel gewesen. Wie oft waren in der menschlichen Vergangenheit Unschuldige zwischen das Feuer geraten, weil zwei Gruppen zu stur gewesen waren, ihre Differenzen beizulegen?

Aber es waren doch die Klingonen, verdammt …

Aber sie gehörten zur Föderation. Sie glaubten an die Freiheit, die Selbstbestimmung und das Recht der Schwachen, verteidigt und beschützt zu werden …

Aber für den zerfetzten Leib des Jungen auf dem sich unter ihnen drehenden Planeten – oder für seine Eltern, die seinen Tod zweifellos in diesem Moment beweinten – machte all dies keinen Unterschied.

»Ich streite es nicht ab«, sagte Kirk leise, »aber …«

»Gut«, sagte Weyland. »Dann erfolgt nun die Strafe.«

Drei Töne erklangen, alle gleich und gleichzeitig. Kirk schaute sich verwirrt um und versuchte herauszufinden, woher sie kamen.

Spock stand schon auf den Beinen – mit gerunzelter Stirn, was in seinem Fall bedeutete, daß er überrascht war. Uhura keuchte erschreckt auf. Dann wurde es auch Kirk klar.

Sulu war weg. Chekov war weg. Und Scotty. Weg, als wären sie nie dagewesen.

»Was haben Sie getan?« schrie er. »Ich verstehe nicht! Wenn Sie wütend auf mich sind, bestrafen Sie mich! Ich bin der Commander! Ich bin hier verantwortlich!«

»Ich bestrafe Sie doch«, sagte Weyland ruhig. »Ihre Strafe besteht darin, daß Sie nicht wissen, was mit Ihren Männern passiert. Einen Befehlshaber diszipliniert man auf wirkungsvollste Weise, indem man … seine Leute bestraft, ohne daß er etwas dagegen tun kann.«

»Wo sind sie?!« schrie Kirk.

»Sie sind vor undenklichen Zeiten verschollen«, sagte Weyland. »Und Sie können nun Platz nehmen, auf ihre Rückkehr warten und dabei verfaulen. Die Audienz ist beendet.«

Weyland löste sich auf.

11

SCHOTTLAND, 1746

Montgomery Scott saß auf der gemütlichen Tenne, verzehrte das Essen, das der Junge ihm gebracht hatte, und schwelgte in seinem neuen Selbstverständnis.

Er konnte Wunder wirken. Er wußte es. Er hatte die Fähigkeit, bestimmte Dinge zu tun … Dinge, die kein anderer tun konnte.

Anfangs hatte er nicht genau gewußt, was diese Dinge waren. Er hatte sich an seine Worte geklammert wie an eine Schwimmweste, doch dann waren die Tatsachen allmählich in seinen Kopf geströmt. Sie schienen einer anderen Zeit und einem anderen Land zu entstammen.

Fakten über seine Situation.

Sie wälzten sich durch seinen Kopf. Namen brachten ihm die Erinnerungen zurück. Der Junge hatte von einem ›dicken Billy‹ gesprochen. Er hatte den Namen ›Prinz Charles‹ erwähnt.

Der dicke Billy mußte William Cumberland sein.

Prinz Charles … war auch als ›Bonnie Charlie‹ bekannt gewesen. (Bekannt *gewesen?* Was dachte er denn da?) Prinz Charles war …

Tja, wer war er?

Scotty zermarterte sich das Gehirn.

Er war besiegt worden. William Cumberland wurde von seinen Feinden ›der dicke Billy‹ genannt. Seine Freunde nannten ihn ›den lieben William‹. Man hatte auch eine Blume nach ihm benannt. (Oder *würde* man sie nach ihm benennen?). Egal. William hatte dem hübschen Charlie eine Niederlage bereitet. (Oder *würde* er sie ihm bereiten?)

Scottys Erinnerungen an die Vergangenheit und die Zukunft überlappten sich. Er dachte vorwärts und rückwärts.

Prinz Charlie war in einem abgelegenen Teil Schottlands an Land gegangen und hatte sich monatelang versteckt gehalten, um ein Heer aufzustellen – mit Hilfe der auf Unabhängigkeit bedachten Clans, die das schottische Hochland in einen Flickenteppich aus Besitztümern teilten, die halb feudale Lehen und halb barbarische Stammesgründe waren. Er hatte sich zum rechtmäßigen König von Schottland und England ernannt und war gen Süden marschiert. Natürlich war London darüber nicht erheitert gewesen, aber der Ärger, den die keltischen, schottischen, irischen und walisischen Völker machten, hatte die englische Krone eigentlich noch nie amüsiert. In den folgenden Monaten hatte es Krieg gegeben.

Man redete von der Großen Rebellion.

»Man *wird* davon reden«, murmelte Scotty.

»Was sagt Ihr?«

Scotty schaute auf. Der Jungen musterte ihn mit einem komischen Blick. »Ich erinnere mich an Dinge … die noch nicht passiert sind.«

Die Kinnlade des Jungen sackte herunter. »Soll das etwa heißen, Ihr habt das Zweite Gesicht?«

Scotty rieb sinnierend seine Augen. »Falls es so ist, ist mein erstes nun rechtschaffen müde. – Trotzdem, ich kann nicht ewig hier auf der Tenne bleiben.« Er schaute den Jungen neugierig an. »Sag mal, Junge, wie heißt du eigentlich?«

»Ich heiße Seamus McIntyre. Aber als ich hier anfing, habe ich gesagt, man soll mich James nennen. Die Leute hier sind Tiefländer und nicht *besser* als Engländer. – Verdammte Sachsen«, fauchte er und verwendete die gälische Bezeichnung für Engländer, die eher ein Fluch als eine Übersetzung war.

Scotty verzog innerlich das Gesicht. Tiefländer. Hochländer. Clan für Clan würde die Vision eines geeinten Schottlands unter dem Kommando von Prinz Charlie hochhalten und kaputtmachen.

Zu seinem Erstaunen wurde ihm klar, daß man seinen Nachnamen – Scott – im allgemeinen für einen typischen Tiefländernamen hielt. Da dieser Seamus die Tiefländer allem Anschein nach nicht liebte, war es sonderbar, daß er sich noch nicht dazu geäußert hatte. Scotty zuckte insgeheim die Achseln.

»Tja, Mr. McIntyre, was schlagt Ihr nun vor?«

»Tja, Mr. Scott, ich glaube, es ist am besten, wenn Ihr durch den Haupteingang hereinkommt und Euch um eine Tagesarbeit bewerbt. Ihr wart doch derjenige, der neulich das Spülwasser abbekommen hat, nicht wahr? Aber ich wette, die Herrin wird Euch nicht erkennen. Sie ist kurzsichtig. Wenn man in einer Zeit, in der sich der Herzog angekündigt hat, als Arbeitssuchender kommt, ist man, so wette ich, willkommen, und kann einen Penny verdienen.«

»Aye, und vielleicht auch etwas aufschnappen? Ein listiger Plan, Seamus. Und danach?«

»Danach brenne ich durch, um an der Seite des Prinzen zu kämpfen. Und Ihr?«

»Ich glaube, auch das ist kein schlechter Plan«, sagte Scotty und reichte Seamus die Hand. Der Junge zögerte kurz, dann nahm er sie, um sie zu schütteln. Er verbeugte sich dabei mit der Höflichkeit eines Gentleman.

»Der Prinz kann bestimmt einen Hellseher brauchen. Sagt mal, Zauberer...« Seine Stimme wurde eifrig. »Wann wird der Prinz siegen?«

Nicht *wird. Wann* wird. Seamus' Zuversicht war grenzenlos.

Wer war er denn, daß er ihm schon jetzt die Wahrheit sagen konnte? Noch immer wirbelten Fakten und Daten in Scottys Kopf umher. Zwar vermutete und glaubte er gewisse Dinge, aber absolut sicher war er sich in keinem Fall.

Scotty legte dem Jungen eine Hand auf die Schulter. »Zur rechten Zeit«, sagte er. »Zur rechten Zeit.«

Während Seamus Schmiere stand, gelang es Scotty, sich vom Hof zu schleichen. Er ging über eine Wiese, und als er außer Sichtweite war, drehte er um und marschierte auf die Haustür zu. In seinen neuen, trockenen Kleidern sah er ganz manierlich aus und fühlte sich wie neugeboren.

Seine zweite Begegnung mit Mrs. Nesbit – so hieß die grobschlächtige Frau – fiel etwas freundschaftlicher aus. Zwar gab sie ihm knurrend zu verstehen, daß sie die Herrin des Hauses sei und keine Nachlässigkeiten dulde, aber sie stellte ihn ein. Ihr Gatte ahnte nicht, daß Scotty der Mann war, mit dem er sich noch vor wenigen Tagen gerauft hatte. Seamus' Beschreibung des Einbrechers stimmte nicht im geringsten mit Scottys Äußerem überein. Es fragte auch niemand nach dem Verband, der seinen Schädel zierte, denn in einer Zeit, in der überall gekämpft wurde, begegnete man nur selten einem Burschen, der nicht irgendeine Verletzung davongetragen hatte. Und so begann Commander Montgomery Scotts – ehedem Starfleet – Karriere als Kellnerlehrling in der Schänke *Zur Gehenkten.*

12

STALINGRAD, 1942

»Oh, mein Gott!« murmelte Chekov auf englisch. Eiseskälte lief durch seinen Leib. »Haben Sie Kirk gesagt?«

Der Mann schwieg.

»Lieutenant Kirk, bitte... Sind Sie in Ordnung?« fragte Chekov aufgeregt und tastete in der Finsternis nach dem schweigenden Mann.

»Yeah«, sagte der Pilot. »Aber wie schon gesagt: Mehr kriegt ihr nicht aus mir raus.«

Es konnte nicht sein. Es war Wahnsinn. John C. Kirk. Vielleicht, dachte Chekov panisch, ist das »C« eine Abkürzung für »Captain«. Es wäre nicht viel verrückter gewesen als das, was ihm durch den Kopf ging.

Kirk war kein seltener Name. Es mußte Zufall sein. Was auch mit ihm geschehen war, welches Schicksal ihn auch ohne Erklärung in eine andere Zeit und an einen anderen Ort versetzt hatte, so grausam konnte es nicht sein.

Oder doch?

Chekov dachte an einige Lebewesen, denen er im Lauf seiner Existenz begegnet war – an alle, von Apollo bis V'ger. War es möglich?

»Was bedeutet das C?« fragte er tonlos.

»Claudius«, erwiderte der Mann. Das Wort kam leicht verlegen über seine Lippen. »Mein Großvater hatte was für die alten Römer übrig. Ist 'ne Art Familientradition. Damit verrat ich wohl nicht viel. Onkel Adolf kann jedenfalls nichts damit anfangen.«

»Es braucht Ihnen nicht peinlich zu sein«, sagte Chekov.

»Es ist mir nicht peinlich«, sagte Kirk. »Jedenfalls jetzt nicht mehr. – Klar, ich geb zu, in der Schule war's 'ne echte Last. Hab immer verschwiegen, was es bedeutet. – Gott, es ist gut, mit jemandem zu reden. Wer's auch ist.« Dann sagte er: »Aber ich halt lieber die Klappe, bevor ich noch redselig werde.« Er schwieg wieder. Nach einer Weile sagte er dann: »Wenn du 'n Spion bist, den die Nazis hier eingeschleust haben, stirbst du wahrscheinlich an Langeweile, bevor du irgendwas Nützliches von mir zu hören kriegst.«

Chekov nahm an, daß er recht hatte. Er nahm eine Menge Dinge an, doch nichts davon gefiel ihm.

Der komische lateinische zweite Vorname Kirks war ein bißchen zuviel des Zufalls. Wie James Tiberius Kirk. Chekov gab sich alle Mühe, ruhig zu bleiben. Wie paßt die Erste Direktive zur gegenwärtigen Lage? fragte er sich. Der Ur-Ur-Ur-und-noch-was-Großvater seines Captains? War es möglich?

»Hast du irgendwelche Brüder oder einen Onkel?« fragte Chekov nach einer Weile. »Oder einen Sohn?«

Zuerst wollte der Mann nicht antworten, dann murmelte er: »Was geht dich das an?«

»Nichts«, sagte Chekov mit einem gleichgültigen Achselzucken. »Ich will doch nur die Zeit totschlagen.«

Nichts brachte Menschen mehr zum Reden als die Annahme, man interessiere sich nicht die Bohne für sie.

»Na schön«, sagte Kirk schließlich bereitwillig. »Weitere wichtige Neuigkeiten für Onkel Adolf: Mein Vater lebt nicht mehr. Ich habe keine Brüder. Ich habe eine Schwester, die bei der U.S.O. arbeitet; sie ist mit einem Burschen namens Capelli verlobt. Okay? Ich bin ledig, und unter den gegenwärtigen Umständen ist die Wahrscheinlichkeit, daß sich daran bald was ändert, ziemlich mager. Es sei denn, du beeindruckst mich, indem du dich auf der Stelle in Betty Grable verwandelst und meiner Laune Auftrieb gibst.«

»Ich fürchte, das kann ich nicht«, sagte Chekov.

Doch innerlich raste sein Verstand. *Oh, Gott! Der Captain …* Wenn er sich nicht irrte, war der Mann einer seiner Vorfahren.

Schon wieder das Planspiel, das nicht zu gewinnen war. Er durfte sich nicht einmischen. So lautete die Erste Direktive. Es sei denn, er hatte es schon getan, um zu verhindern, daß man die beiden Russen nicht wie Hunde niederschoß. Sein Eingreifen mußte sich auf grauenhafte Weise rächen – aber andererseits hatte es ihn mit einem Mann zusammengebracht, der dringend seiner Hilfe bedurfte, weil sonst die Möglichkeit bestand, daß Chekovs Zukunft nie zustande kam. Nur durfte er nicht eingreifen … Doch wenn er nicht eingriff …

Chekov ächzte leise.

»Hast du 'n Problem?« fragte Kirk.

»Die Zeit«, erwiderte Chekov.

»Tja, Zeit ist alles, was ich habe«, sagte Kirk.

Die Tür ging knarrend auf. Ein Mann in einer zerfetzten Wehrmachtsuniform stolperte herein. Chekov wollte aufstehen, aber seine Beine zitterten. Bevor er etwas tun konnte, knallte die Tür zu.

Was hätte er tun sollen? Sich umlegen lassen?

»'n Freund von dir?« fragte Kirk.

Der amerikanische Flieger beugte sich vor. Das schwache Licht der Deckenbeleuchtung erhellte ihn. Jetzt gab es keinen Zweifel mehr. Trotz der böse angeschwollenen Schrammen, die sein Gesicht verunzierten, sah Chekov sich einem jungen Captain Kirk gegenüber.

Der Mann in der Wehrmachtsuniform fiel zu Boden und sah Kirk und Chekov benommen an. Sie erkannten sich in der gleichen Sekunde.

»Oh, Gott«, stöhnte der Soldat auf russisch. »Du bist doch der Bursche, auf den ich geschossen habe.«

Kirk schaute zu Chekov auf und sagte in fehlerlosem Russisch: »Du scheinst ja sehr beliebt hier zu sein.«

»Ist so meine Art«, erwiderte Chekov. Er blieb, wo er war, und musterte den Neuankömmling. »Du hast eine merkwürdige Art, deinen Dank auszudrücken, Genosse.«

»Tut mir wahnsinnig leid«, sagt der Soldat und setzte sich hin. »Ich weiß nicht, was ich sagen soll.« Rein äußerlich schien er besser in Form zu sein als Kirk. »Ich heiße Iwan. Iwan Romanoff. Bin Feldwebel.« Er schaute sich traurig um. »Auch wenn's mir nicht viel genützt hat.«

»Warum hast du auf mich geschossen, Romanoff?«

»Ich hab dich auf uns zukommen sehen. Ich war verwirrt, es ist ganz automatisch passiert. Als ich abzog, wurde mir klar, daß du doch das Durcheinander veranstaltet hattest. Was, im Namen der geistigen Gesundheit, machst du in einem deutschen Lager?«

Chekov dachte rasch nach. »Ich wollte nur das Beste für mein Land tun.«

»Hübsche Antwort«, sagte Kirk. »Aber 'n bißchen glatt.«

Chekov antwortete nicht. Er sah keinen Grund dazu. »Und was wolltet ihr hier?«

Iwan schürzte kurz die Lippen, dann zuckte er die Achseln. »Hier auf dem Gelände steht eine Transportmaschine. Wir dachten, sie wäre eine hübsche Beute.«

Kirk schaute von einem zum anderen. »Verhalten wir uns nicht 'n bißchen zu vertraulich, Romanoff? Wir zwei kennen uns ja von früher her, aber woher weißt du, daß er kein Spitzel ist?«

Iwan zuckte die Achseln. »Ich kann eben Freunde von Feinden unterscheiden. Die Geheimpolizei kann ich förmlich riechen. Ich hab den sechsten Sinn. Und der sagt mir, daß dieser Mann in Ordnung ist.«

»Geheimpolizei?« fragte Chekov.

Iwan schaute ihn merkwürdig an, und Chekov

wurde schlagartig klar, daß seine offensichtliche Verwirrung über die Geheimpolizei allem Anschein nach etwas war, das im gegenwärtigen Rußland auffiel. Er grub flink sein Wissen über die alten Zeiten aus und sagte, ohne eine Pause einzulegen: »Du kannst wirklich erkennen, ob jemand von der Geheimpolizei ist? Kaum zu glauben. Und woher kennt ihr zwei euch?«

Kirk und Iwan tauschten einen Blick. »'ne wüste Nacht in Moskau«, sagte Kirk mit einem Lächeln, das ihn zweifellos an angenehmere Dinge erinnerte.

»Hm, hm«, machte Chekov. »Dann sagt mir eins: Wieso sollte *ich* euch eigentlich trauen? Woher weiß ich, daß ihr keine Spitzel seid, die mich reinlegen wollen?«

Kirk grinste breit. »Er hat den Verfolgungswahn«, sagte er.

»Das beweist, daß er Russe ist«, sagte Iwan.

Chekov schüttelte den Kopf. »Verfolgungswahn... Geheimpolizei... Ich kann kaum glauben, daß das etwas typisch Russisches sein soll.«

»Willkommen im zwanzigsten Jahrhundert«, sagte Iwan.

Chekov, der Mann aus dem 23. Jahrhundert, wäre auch ganz gut ohne diesen Willkommensgruß ausgekommen.

13

Sladra von der wissenschaftlichen Abteilung der *Ghargh* schaute überrascht auf, als die Tür ihrer Kabine aufglitt. Doch noch überraschter war sie, als Kbrex rasch eintrat und den Blick in alle Ecken schweifen ließ, als suche er nach einer Falle.

»Ich kann mich nicht erinnern, Sie eingeladen zu haben, Kbrex«, sagte sie, gespielt ungezwungen.

Die *Ghargh* kreiste nun seit zwölf Stunden hilflos um Cragon V. Vladra und ihr Team hatten alle Möglichkeiten untersucht, um sich der momentanen Situation zu entziehen, doch bisher hatten sich sämtliche Bemühungen als fruchtlos erwiesen.

»Ich glaube, Sie wissen, warum ich hier bin«, sagte Kbrex. Hinter ihm schloß sich zischend die Tür.

»Gewiß. Sie sind hier, um mich zu tadeln, weil ich zum ersten Mal seit Stunden eine kurze Pause einlege. Tut mir leid, daß ich so faul bin.« Ihre Worte troffen vor Häme.

Kbrex trat vor und legte beide Hände auf die Schultern der aristokratisch wirkenden Frau. »Genug des Unsinns. Ich habe Sie auf indirekte Weise über meine Pläne in Kenntnis gesetzt. Sie haben sich entschieden, sie zu übersehen. Also will ich offen sein: Ich finde dich zwar anziehend, Weib, aber die Aussicht, ein Schiff zu kommandieren, wirkt noch attraktiver auf mich. Ich hätte gern beides, deswegen möchte ich wissen, ob du unserem gegenwärtigen Commander treu ergeben bist.«

Vladra schaute weg und verschränkte die Arme. »Ich bin nur mir selbst treu. Wie alle Klingonen.« Sie drehte sich um und maß Kbrex mit einem eisigen Blick. »Sie müssen es schon darauf ankommen lassen.«

Kbrex starrte sie eine geraume Weile an. Dann nickte er rasch, drehte sich um und ging hinaus.

Nachdem er gegangen war, wartete Vladra eine Minute ab. Ihr Verstand raste. Kbrex' Gemurmel und Andeutungen hatten überhaupt erst dazu geführt, daß sie zu Kral gegangen war. Nun stand fest, daß Kbrex für sich aus dem Cragon V-Debakel einen Nutzen ziehen wollte.

Nichts an diesem Debakel – rein gar nichts – ist Krals Schuld, sagte sich Vladra. Er hat alles unternommen, was man von einem vernünftigen Commander erwarten kann. Aber all das spielte keine Rolle. Im klingonischen Imperium zählten nur Resultate. Resultate führten zu Beförderungen, Kommandos und Ansehen. Wer keine Resultate erzielte, war eine Leiche.

Und genau das stand Kral bevor. Er würde als Leiche enden.

Vladras Gedanken überschlugen sich. Kbrex war aggressiv und erfahren. Erfahrener als Kral. Dies hatte seinen Neid entfacht und ihn dazu getrieben, an Krals Stuhl zu sägen. Wie viele Angehörige der Mannschaft mochten auf seiner Seite stehen? Manche Leute suchten immer nach Ausreden und waren stets flink dabei, einem bestimmten Klingonen die Schuld an einem Versagen in die Schuhe zu schieben. Damit sie sich einreden konnten, daß ihr Versagen auf die Schwäche eines einzelnen zurückzuführen und nicht typisch für ein ganzes Volk war.

Möglicherweise war es zweckdienlicher, sich auf Kbrex' Seite zu schlagen. Sein Verhalten und seine Worte – selbst die unausgesprochenen – zeigten, daß er weit mehr in ihr sah als nur eine potentielle Verbündete. Kbrex war aggressiv und stark. Damit hatte er alles, was einen Klingonen anziehend machte.

Kbrex war der Mann, der einem den Weg in die Zukunft ebnen konnte. Aber trotzdem war in ihrem Geist das Bild Krals. Er war jung, vital, muskulös und lebendig ... sehr lebendig ...

Und er würde sterben.

Aber nicht, wenn sie etwas dagegen unternahm.

Nun, da Vladra sich entschieden hatte, griff sie nach der Kom-Einheit. Doch das wäre nicht klug, wurde ihr klar. Man konnte alle Gespräche mithören. Sie verließ ihre Kabine und ging durch den Korridor – zuerst mit festem Schritt, dann rannte sie. In ihrem Kopf schlug irgendein Alarmsignal an, eine Warnung, daß die Zeit abgelaufen war, und zwar viel schneller, als sie vermutet hatte.

Sie bog um eine Ecke und klopfte an die Tür von Krals Quartier. Die Tür ging zischend auf; sie wurde von innen aktiviert.

»Commander, ich kann nicht mehr warten. Ich muß Sie vor Kbrex warnen ...«

Sie blieb wie erstarrt stehen.

Kbrex saß lässig in der Kabine, seine Beine lagen auf einem Tisch. Er hielt einen Blaster im Schoß. Er lächelte breit.

»Wie lieb von dir, deinen geliebten Commander zu warnen«, sagte er voller Erheiterung. »Leider ist er wieder auf die Brücke gegangen.«

Er stand auf und kam langsam auf sie zu. Vladra schaute ihn an. Sie schob das Kinn vor, ihr Blick war trotzig.

»Du hast also deine Wahl getroffen«, sagte er kopfschüttelnd. »Wie schade. Dann will ich dir mal zeigen, was dir entgangen ist.«

Er packte sie grob und drückte seine Lippen auf ihren Mund. Vladra setzte sich gegen seinen Griff zur Wehr; ihre Hände tasteten nach ihrem Dolch. Kbrex packte ihre Handgelenke, schob sie rückwärts aufs Bett und warf sich mit seinem ganzen Gewicht auf sie. Vladra fluchte und spuckte ihn an. Sie bäumte sich wütend auf; ein kehliger Schrei entrang sich ihrer Kehle, er war voller Gift und Galle.

»Ich bring dich um!« fauchte sie.

»Glaub ich nicht«, erwiderte Kbrex. Er lachte leise und griff ihr zwischen die Beine.

Dann legte sich von hinten eine feste Hand um seine Kehle.

Das war die einzige Warnung – der Griff und ein wütender Aufschrei. Kbrex wurde von Vladra heruntergerissen und krachte gegen die Kabinenwand. Trophäen und Andenken fielen scheppernd zu Boden. Kbrex schaute auf und erblickte den wutschäumenden Kral, der keine zwei Meter von ihm entfernt stand.

»Du bist tot«, keuchte Kral.

Kbrex stürzte sich mit unheimlicher Schnelligkeit auf ihn, und Kral parierte. Sie taumelten zurück, und da die Tür weit genug offenstand, landeten sie in einem Knäuel auf dem Korridor.

Sie wälzten sich einen Moment auf dem Boden, dann war Kbrex oben. Er stieß sein Knie gegen Krals Kehle und fing an zu drücken.

Mehrere Angehörige der Besatzung, die gerade durch den Korridor gingen, blieben auf der Stelle stehen. Sie wußten, was dort vor sich ging und was auf dem Spiel stand. Sie rührten sich nicht. Es stand ihnen nicht zu, sich einzumischen.

Vladra empfand keine Gewissensbisse dieser Art. Sie sprang auf den Gang hinaus und machte einen Versuch, Kbrex von Kral herunterzuzerren. »Du Schweinehund!« kreischte sie.

Maltz, der zweite Offizier, packte sie von hinten und riß sie fort. »Entehren Sie ihn nicht!« fauchte er. Vladra wußte, daß er recht hatte: Wenn Kral aufgrund ihrer Einmischung überlebte, würde er ein ehrloses Dasein führen. Da war der Tod schon besser.

Der Tod stand allerdings nicht auf Krals Terminplan. Es gelang ihm, sein Gewicht soweit zu verlagern, daß

Kbrex von ihm herunterfiel. Kral rappelte sich auf und zielte einen Tritt auf Kbrex' Gesicht. Er traf, und der ältere Klingone streckte alle viere von sich.

Kral griff an. Er saugte die Luft durch seine noch immer schmerzende Kehle ein. Kbrex kam wieder auf die Beine und stellte sich ihm entgegen. Die beiden Klingonen rangen grunzend und fluchend miteinander und versuchten, den jeweils anderen aus dem Gleichgewicht zu bringen.

Kbrex trat urplötzlich zurück. Die Bewegung ließ Kral zeitweilig das Gleichgewicht verlieren. Kbrex nutzte die Gelegenheit. Er packte ihn am Genick und vorn an der Rüstung, drehte ihn schnell und schleuderte Kral mit dem Kopf gegen ein Schott. Es knirschte und knallte so laut, daß es Vladra beinahe übel wurde.

Kral sackte zusammen, drehte sich um, schaute Kbrex an und schwankte leicht. Kbrex versetzte ihm einen brutalen Hieb ins Gesicht, der den klingonischen Commander zu Fall brachte. Kral fiel, nach Luft ringend, zu Boden. Die Welt drehte sich um ihn.

Als er den Lauf eines Blasters an seinem Hinterkopf spürte, sprach er ein kurzes Gebet zu seinem Gott. Dann schaute er auf und sah, daß Vladra sich auf die Unterlippe biß. Ihr Blick zeigte eine so starke Trauer, daß Kral seinen bevorstehenden Tod weniger bedauerte als die Tatsache, sie nicht erhört zu haben.

Kbrex schaute von Vladra zu Kral und wieder zurück. Sein Finger spannte sich um den Abzug des Blasters …

… und entspannte sich wieder.

Er trat zurück und schwenkte die Waffe. »Aufstehen«, sagte er.

Kral wischte sich das Blut von den Lippen und stand langsam auf. Seine Beine zitterten.

»Sie sind mein Gefangener«, sagte Kbrex. »Sie sind festgenommen – wegen Inkompetenz und Versagen bei der Durchführung eines Unternehmens. Sie stehen unter Arrest. Man wird sich später um Sie kümmern.«

Die restlichen Klingonen blinzelten überrascht, sagten jedoch nichts. Kral funkelte Kbrex furchtlos an. Kbrex drehte sich langsam um und musterte Vladra. »Sind Sie auf seiner oder meiner Seite, Vladra?« fragte er.

Vladra sagte zuerst nichts, dann ging sie wortlos zu Kral, der sich an der Wand aufrecht hielt. Sie nahm seinen Arm und stützte hin.

»Tu's nicht«, flüsterte er ihr zu.

»Sie sind nicht mehr mein Vorgesetzter«, sagte sie mit überraschender Milde. »Sie können mir keine Befehle mehr erteilen. Ich tue, was ich will... und mit wem ich will.« Sie erdolchte Kbrex mit einem Blick.

Kbrex gab keine Antwort. Er nickte nur. Dann wandte er sich an Maltz, den Zweiten Offizier, der nun Erster Offizier werden würde. »Steckt sie ins Loch«, sagte er. Maltz nickte und nahm sie mit vorgehaltenem Blaster mit.

»Sie haben ihn leben lassen«, sagte ein Besatzungsmitglied, das den Kampf beobachtet hatte. Der Satz war keine Frage. Es war sehr ungesund, die Handlung eines Commanders zu hinterfragen, speziell eines solchen, der eben erst an die Macht gekommen war und sich zweifellos wichtig vorkam.

»Ich will die Frau«, erwiderte Kbrex. »Wenn ich ihn jetzt töte, macht sie einen geistigen Märtyrer aus ihm. Indem ich sie zusammen einsperre, gebe ich ihr die Gelegenheit, aus der Nähe zu beobachten, wie ihn der Verlust seines Kommandos vernichtet – und die Demütigung, am Leben geblieben zu sein. Ich möchte, daß sie nicht vergißt, daß er die letzten Stunden nicht im Kampf verbracht hat, sondern im Elend der Peinlichkeit. So wird sie freiwillig zu mir kommen.«

»Wie Sie meinen«, sagte der andere Klingone und fügte ehrerbietig hinzu: »... Commander.«

Der Klang dieses Wortes gefiel Kbrex sehr gut.

14

JAPAN, 1600

Als sie den großen Innenhof des Schlosses durchquerten, lauschte Sulu angespannt den Worten des furchterregenden Samurai. Sadayo hatte Sulus leichte Desorientierung gespürt und sich wohl entschlossen, ihm ein wenig auf die Sprünge zu helfen.

»Dies hier ist Schloß Fushimi«, sagte Sadayo. »Es ist das letzte, das unter der Herrschaft des Fürsten Hideyoshi, des großen Taiko, erbaut wurde. Hier ist die Hauptfestung, aber die Garnison verfügt noch über fünf weitere Befestigungen. Unsere momentane Stärke beträgt achtzehnhundert Mann. Das Schloß wurde Fürst Torii von seinem Herrn zugewiesen, dem Fürsten Tokugawa Ieyasu. Unser Herr hatte die Ehre, ihm seit seiner Kindheit zu dienen, wie schon sein Vater zuvor, und wie seine Söhne es in Zukunft tun werden.«

Als sie an dem Gebäude vorbeikamen, in dem die Gattin und die Familie des Fürsten untergebracht waren, hörte Sulu Frauenstimmen. Er ertappte sich dabei, daß er sich bemühte, die Stimme von Fürstin Oneko herauszuhören.

Die Wachen waren in Schlafsälen untergebracht, und dort fand Sulu sich als nächstes wieder. Der Raum, der nachts voller Männer und Schilfmatten war, erschien ihm bei Tage leer und einsam. Man händigte Sulu zwei Kimonos, passende Unterwäsche und eine *Kami-shimo* aus – die aus zwei Teilen bestehende Uniform, die er im Dienst ohne Rüstung tragen würde. Sie bestand aus Hosen, die bis an die Knöchel reichten und *Hakama* genannt wurden, sowie einer Weste mit steifen Schultern.

Als er allein war, ging er zum Badehaus und prägte sich murmelnd die vielen komplizierten Wege ein, um sich nicht zu verlaufen. Dabei versuchte er, alles in sich aufzunehmen – das Wissen eines ganzen Lebens, von dem man erwartete, daß er es kannte. Irgendwie kannte er es schon – aber natürlich kannte er es nicht wirklich.

Dann erblickte er einen alten Gärtner, der in seiner Normalität irgendwie ungewöhnlich wirkte. Eine Narbe zog sich über seine linke Gesichtshälfte. Sie sah aus wie eine Schwertwunde und schien ziemlich alt zu sein. Der Alte schaute schnell weg und wandte sich wieder den verwelkten Kamillen zu, um sie zu schneiden.

Das Badehaus war zu seinem Glück leer und ruhig, doch das Wasser im Schrubbfaß war schrecklich kalt. Sulu stieg in die heiße Einweichwanne und schaute zu, wie der Dampf in trägen Spiralen aufstieg. Das heiße Wasser entspannte seine verkrampften Schultern. Er hatte die Waffen zur Instandsetzung und Säuberung abgegeben. Sie waren voller Blutflecken.

Blut. Blut aus einem Kampf.

Er erinnerte sich daran, daß er vor Jahren vor dem Bild eines Samurai geflüchtet war. Nun war er zu dem geworden, was ihn erschreckt hatte.

Und er nahm sein Schicksal hin.

Irgendwas stimmte hier nicht.

Sulu saß still da und dachte nach. Welchen Schaden er auch für die Zukunft angerichtet hatte. Welche Schäden er noch anrichten würde ... Er schüttelte den Kopf, als könne er die Verwirrung so aus sich herausschütteln. Er hatte kaum eine andere Wahl, als dieses Spiel mitzuspielen und so weiterzuleben. Falls es irgendwo einen Ausweg gab: Er konnte ihn nicht sehen.

Im dem Halbschlaf, in den ihn das heiße Badewasser versetzte, wurde ihm klar, daß er ohne Hilfe nie wieder in seine Zeit zurückkehren konnte. Schließlich war es nicht damit getan, sein *Katana* zu schwingen – eine übrigens ausgezeichnet geschliffene Klinge – und »Sesam, öffne dich« oder etwas Ähnliches zu rufen, um wieder auf der Brücke der *Enterprise* zu erscheinen. Aber vielleicht, dachte er sarkastisch, sollte ich es mit einem anderen Zauberspruch versuchen.

In seiner Magengrube schienen kleine Nadeln aktiv zu werden. Er würde nie wieder zurückkehren... Nie wieder. Er holte tief Luft und drängte die aufsteigende Panik zurück. So übel ist es hier doch nicht, redete er sich ironisch ein. Hier war doch der Ort, an dem er in seinen romantischen Phantasien immer hatte sein wollen.

Aber... Nie wieder durchs All reisen? Konnte er ohne all die Bequemlichkeiten auskommen, an die er gewöhnt war? Ohne Reisen per Transporterstrahl? Ohne heiße Dusche? Getrennt von allen, die er kannte? Er würde Jahrhunderte vor ihnen sterben – vor seiner eigenen Geburt.

Sulu ließ die durch seine ängstlichen Gedanken entstanden Verkrampfungen vom heißen Wasser wegspülen und dachte über alles nach, was bisher geschehen war. Aber er konnte sich nicht an die letzten Augenblicke oder Stunden auf der *Enterprise* erinnern. Dann war ihm, als sähe er im aufsteigenden Wasserdampf die bezaubernde Gestalt der jungen Fürstin Oneko; er hielt die Luft an und stellte sich ihre natürliche Schönheit vor.

Er sah ihr liebreizendes Gesicht im Laufe des Tages, als er für Mototada Wache hielt.

Man hatte ihn vor einem Privatbereich stationiert, und Sulu war froh, daß dieser geöffnet wurde, so daß man einen leichten Luftzug abbekam. Allerdings war der Luftzug bei der sommerlichen Hitze keine große Erleichterung. Freilich ließ ihn die disziplinierte Ruhe seiner Wachtätigkeit nur noch befangen schauen, als die Frau und ihr Gefolge eintraten. Sie glitten graziös vorbei, in ein Meer aus Seide gehüllt, das um ihre Füße tanzte wie Schaum auf einer Brandungswoge.

»*Tono,* Herr,« sagte sie, als sie sich niederkniete, vor Mototada verbeugte und mit zarten Fingern den Boden berührte. Zwei Wachen begleiteten die Frauen; sie sanken ebenfalls zu Boden. Allerdings nahmen sie, wie bei Männern üblich, die Lotushaltung ein. Sie verbeugten sich mit choreographischer Präzision, als sich zwei Damen neben Oneko niederließen und sich mit ihr zusammen verneigten.

»Wie geht es dir, Oneko?« fragte Mototada.

»Gut, Herr«, entgegnete sie, legte die Hände auf ihren Bauch, maß ihn mit einem warmen Lächeln und hob den Blick, um ihn anzusehen. »Vergebt mir«, sagte sie mit einer tiefen Verbeugung, »weil ich Euch Ärger bereitet habe. Es war nicht meine Absicht. Es war eigennützig von mir, Euch zu bitten, mir die Reise zum Tempel zu erlauben.«

»Nein, es war mein Fehler, dir nicht mehr Soldaten mitzugeben. Der Arzt hat gesagt, du solltest zum Tempel reisen, um dich dort auszuruhen, aber ich habe dich nur in Gefahr gebracht.« Er bedachte sie mit einem Lächeln. »Mit zweiundsechzig hatte ich zwar nicht mehr mit einem Kind gerechnet, aber ich freue mich, Oneko.«

»Ich bete um einen weiteren Sohn für Euch, Herr«, sagte Oneko lieb.

Mototada lachte. »Ich habe so viele Söhne, daß es für zehn Männer reicht. Solange du und das Kind gesund sind ...«

Aber das herzliche Wiedersehen zwischen dem Daimyo und seiner jüngsten Konkubine wurde jäh durch die Meldung unterbrochen, daß sich mehrere Reiter der Festung näherten.

Ein Lakai führte einen Kurier herein. Er war verschwitzt und von einem langen Ritt außer Atem.

»Tokugawa Ieyasu kommt«, verkündete er.

Als Sulu dies hörte, riß er die Augen auf.

Mototadas Herr, Tokugawa Ieyasu, war hierher unterwegs! Es war, als gäbe Uhura Captain Kirk bekannt, der legendäre Admiral Nogura käme vorbei, um ein Schwätzchen mit ihm zu halten. Sulu empfand zwar einerseits Ehrfurcht, doch andererseits fragte er sich, was hier eigentlich vor sich ging.

In der Stunde darauf kam es zu einem regelrechten Ordnungschaos, dann saß der Herr des Hauses mit gekreuzten Beinen in dem weiträumigen Empfangsraum, und seine engsten Berater reihten sich links und rechts von ihm an den Wänden auf. Sulu war nun hinter einem Wandschirm postiert, der ihm zwar die Sicht versperrte, doch sah er die Schatten der Akteure und konnte alles hören.

Als Tokugawa eintrat, knieten alle nieder und verneigten sich so ehrerbietig, wie es Ihrem Gebieter zustand. Tokugawa ließ sich dort nieder, wo normalerweise Mototada Hof hielt.

Sulu beobachtete mit dem steinernen Blick einer Wache die schemenhafte Gestalt des Mannes, der Japan vereinigen wollte. Der Mann, der auf Gedeih und Verderb eine neue Gesellschaft erschaffen wollte, eine Gesellschaft der Kunst und Kultur, die Japan ein halbes Jahrtausend lang prägen würde.

Tokugawa nahm gelassen, beinahe kalt, Platz. Als er sprach, klang seine Stimme ruhig und weise. Bei anderen inspirierte sie Wahrheit, oder zumindest Ehrlichkeit. Er hatte eine Stimme, die es seinen Freunden gestattete, ihren Wert zu beweisen. Seinen Gegnern gestattete sie, Fehler zu machen. Doch wer Tokugawa für einen Menschen hielt, der sich nur für die Falknerei und die Künste interessierte, war zu dumm, um zu leben. Viele hatten diesen Fehler bereits gemacht.

»Mototada, alter Freund, es ist soweit«, brummte er.

»Es wird dich kaum überraschen, aber Ishida Mitsunari ist im Begriff, ein Westheer gegen uns zu führen.«

Sulu dachte an das, was er über das politische Klima dieser Zeit wußte. Es hatte damals einen großen Machtkampf zwischen dem unglaublicherweise nur wenige Meter von ihm entfernt sitzenden Tokugawa Ieyasu und einem Mann namens Ishida Mitsunari gegeben. Dabei hatte sich alles um den Sohn des vorherigen Regenten gedreht. Schließlich hatte ... Verdammt, er mußte aufhören, über diese Dinge nachzudenken, als seien sie in der Vergangenheit passiert. Mitsunari hatte sein Westheer zur alten Hauptstadt Kyoto und daran vorbei nach Edo geführt.

»Schloß Fushimi liegt an der Straße, die zu meiner Hauptstadt Edo führt«, erläuterte Tokugawa. »Hätte ich einen Besseren wählen können, um es zu halten?« Er lachte, aber seine Stimme wurde ernst und kalt, als er fortfuhr. »Ich habe beschlossen, mich dem Feind bei Sekigahara zu stellen, dort, wo die Nakasendo-Straße zwischen den Flüssen Ai und Makita verläuft. Aber es wird einige Zeit dauern, bis ich meine Truppen gesammelt habe. Nicht alle Untertanen sind mir so ergeben wie du, alter Freund. Einige werden sich so lange zurückhalten, bis sie sehen, wer gewinnt, um sich dann dem Sieger anzuschließen. Du mußt Schloß Fushimi halten und Mitsunaris Heer so lange wie möglich aufhalten. Ich werde dir weitere Truppen schicken ...«

»Nein, mein Gebieter«, erwiderte Mototada mit vor Aufregung belegter Stimme. »Das braucht Ihr nicht. Ich habe genug Truppen, um den Auftrag zu erfüllen. Würdet Ihr mehr Truppen schicken, könnte es Eure eigene Kampfkraft erheblich schwächen. Wir werden tun, was wir können, und so lange wir es können, aber ich bitte Euch, opfert in diesem Kampf nicht noch mehr Männer.«

»Nun denn«, sagte Tokugawa und nickte zustimmend. »Dann ist es also beschlossen. Ich danke dir.« Er nickte leicht, was seinen Untergebenen dazu veranlaßte, sich ehrerbietig nach vorn zu neigen, denn die Ehre, daß sein Gebieter ihm dankte, machte Torii sprachlos. Tokugawa erkannte in dieser Geste, daß Torii ein treuer Untertan war, der sein Schicksal akzeptierte.

In diesem Moment fiel Sulu etwas ein.

Schloß Fushimi, das Zuhause Torii Mototadas, war bis zum September 1600 belagert worden. Man hatte zehn Tage lang gegen ein übermächtiges Heer gekämpft, um Zeit für Tokugawa Ieyasu herauszuschinden.

Man hatte diese Zeit mit dem Leben jener Menschen erkauft, die auf Schloß Fushimi lebten.

Sulu hatte bei seiner Ehre geschworen, Leibwächter eines Toten zu sein.

Doch so schade es auch war – er war nun mal kein Samurai des 16. Jahrhunderts. Er war Starfleet-Offizier. Die ganze Sache hier war kein Traum. Er war ein Selbstmordkandidat.

Pfeif auf die Ehre. Er mußte hier raus, und zwar auf der Stelle.

15

Sarrovicks erkaltete Leiche lag in der Krankenstation; Sulu, Chekov und Scotty hatten sich buchstäblich in Luft aufgelöst. Es ist höchste Zeit, dachte Kirk, daß wir etwas unternehmen.

Er verließ den Turbolift und betrat den Konferenzraum. Spock erwartete ihn schon. McCoy stieß wenige Sekunden später zu ihnen.

McCoy zeigte sich von der Tatsache beeindruckt, daß der mürrische und von Selbstzweifeln geplagte Kirk, mit dem er sich zuvor unterhalten hatte, offenbar in seiner Kabine zurückgeblieben war. Der anwesende Kirk agierte sachlich und in der Zuversicht, daß man ihm Optionen und Methoden anbieten würde, die durchführbar waren und aus denen man einen Aktionskurs festlegen konnte. Kirk kniff die Augen zusammen, seine Fingerspitzen trommelten leise auf den Tisch des Konferenzraums.

Es war eine Besprechung jener Art, an der normalerweise auch Scotty, Sulu und Chekov teilgenommen hätten. Ihre Abwesenheit bezeugte, daß in der Tat Bedarf für eine Konferenz bestand.

»Analyse«, sagte Kirk ohne Einleitung. »Wo sind meine Offiziere?«

»Keine genaue Aussage möglich, Captain. Zuwenig Daten.«

»Zuwenig?« Kirk kam sich vor, als klammere er sich an einen Strohhalm. Wenn man es genau betrachtete, gab es eigentlich überhaupt keine Daten. Sie tappten völlig im Dunkeln.

»Ich glaube, die einzigen Mutmaßungen, die wir treffen können, basieren auf dem, was wir von Weyland persönlich erfahren haben.«

»Ja, Weyland ist *wirklich* ein verläßlicher Informant«, sagte McCoy verärgert. »Wer, zum Henker, ist er überhaupt?«

»Es besteht kein Grund zu der Annahme, daß er etwas anderes als das ist, was er vorgibt zu sein«, sagte Spock. »Ein Wesen mit gewaltiger Macht, das aus einer recht eigenartigen Definition von Ehre und Verpflichtung heraus handelt.«

»Unseren Leuten gegenüber fühlt er sich aber allem Anschein nach nicht verpflichtet«, merkte McCoy an.

»Dazu hat er auch keinen Grund«, sagte Kirk. »Seine Sorge gilt den Bewohnern von Cragon V. Trotzdem ...« Seine Finger trommelten auf die Tischplatte. »Vor undenklichen Zeiten ...«

»Wie?« sagte McCoy.

»Das hat er gesagt. Er hat gesagt, unsere Leute seien vor undenklichen Zeiten verschollen.«

»Es könnte zweierlei bedeuten«, sagte Spock. »Da haben wir die bildliche Definition dieser Aussage. ›Vor undenklichen Zeiten‹ wendet man im allgemeinen an, um einen unvorstellbaren Zeitraum zu beschreiben. Eine Zeit, die das menschliche Begriffsvermögen übersteigt.«

»Sie meinen«, sagte McCoy entsetzt, »sie könnten für alle Zeiten, ohne etwas dagegen tun zu können, in die Zukunft oder die Vergangenheit rasen?«

Angesichts dieser Vorstellung fröstelte Kirk wider willen.

»Es ist möglich«, sagte Spock so unbewegt, als bedeute es nichts für ihn. Ebensogut hätte er irgendwelche Sternkarten oder Schwerkraftströme diskutieren können. Falls er doch etwas empfand, verbarg er es unter seiner üblichen Selbstdisziplin. »Die zweite Möglichkeit: Man nimmt Weylands Aussage ein bißchen wörtlicher. Die drei halten sich in Zeiten auf, die zwar für uns unvorstellbar sind, aber nicht für sie. Weil er sie ihrem Bewußtsein entnommen hat.«

Kirk nickte langsam. Er wollte die Sache logisch sehen. Dann riß er die Augen auf. »Natürlich! Als wir auf Cragon waren, haben sie über verschiedene Epochen der jeweiligen Vergangenheit ihrer Länder gesprochen. Wenn Weyland irgendwie in der Lage war, ihre Erinnerungen anzuzapfen, hat er sie möglicherweise in die Vergangenheit geschickt.«

»Wenn... Möglicherweise...«, sagte McCoy. »Wie kriegen wir raus, ob er dazu fähig ist?«

»Wir haben ihn bisher laufend unterschätzt«, sagte Kirk. »Es hat uns nur Probleme gebracht. Es wäre besser, wenn wir anfingen, ihn etwas ernster zu nehmen. Wenn er sie wirklich in die Vergangenheit versetzt hat, können wir sie auch zurückholen. Ich weiß noch, über welche Epochen sie sich unterhalten haben. Wir haben doch die Möglichkeit zur Zeitreise.«

»Darf ich darauf hinweisen, daß die Maschinen dank des unsterblichen Weyland noch immer nicht funktionieren, Captain?« sagte Spock. »Und darf ich außerdem darauf hinweisen, daß Sie und ich, als wir 1938 in die irdische Vergangenheit zurückkehrten, Dr. McCoy nur mit viel Glück ausfindig gemacht haben? Wir haben den Geschichtsverlauf nur zum Preis einer persönlichen Tragödie erhalten können. Alles befindet sich im Gleichgewicht, Captain, wir können nichts daran ändern. Es ist zwar schade, aber auch logisch. Entweder haben die Vermißten keine signifikanten Geschichtsveränderungen hervorgerufen – dann sind sie in ihrer jeweiligen Zeit längst gestorben –, oder sie kehren zu uns in die Zukunft zurück. Wir müssen warten.«

»Das kann ich nicht hinnehmen. Und ich nehme es auch nicht hin.« Kirk stieß einen dumpfen Seufzer aus und senkte den Kopf. Er schloß die Augen, als wolle er die klaren und unwiderlegbaren Argumente von Spocks Analyse vergessen. Dann schaute er wieder auf und fixierte Spock. »Gibt es denn nichts, was wir tun können?« fragte er ruhig.

»Wir können die Computer nach Hinweisen auf ihren tatsächlichen Aufenthaltsort in der Vergangenheit suchen lassen, aber ... die Daten aus der Zeit vor der Existenz von Computern sind alles andere als üppig. Ich glaube allerdings nicht daran, daß wir ihre Zeitreise irgendwie rückgängig machen können.«

»Dann muß ich versuchen, mit Weyland zu sprechen – und ihn davon überzeugen, daß er diese schreckliche Sache rückgängig macht.«

16

SCHOTTLAND, 1746

Es dauerte genau einen halben Tag, dann kam der Kommandostab William Hanovers, des Herzogs von Cumberland, angeritten. In seiner Begleitung befand sich eine Anzahl junger Burschen in teuren und schick geschnittenen Mänteln. Ihnen folgte eine noch größere Anzahl von Hilfspersonal, das weniger gut gekleidet war.

Scotty musterte fasziniert den berühmten General. Sein Spitzname war eine Untertreibung. Der in eine schicke Uniform mit Rüschenhemd gekleidete Mann war nicht nur riesig von Statur, sondern auch ein Produkt des guten Lebens. Sein Roß war so groß, wie ein Rennpferd nur werden konnte, ohne sich als Zugpferd zu qualifizieren.

Der Herzog rief den versammelten Soldaten ermutigende Parolen zu – die billigste Form von Großmut –, und man dankte ihm mit lautem, doch leidenschaftslosem Jubel und geschwenkten Mützen. Als er auf dem Hof der *Gehenkten* tatsächlich von seinem Pferd stieg, waren Mr. und Mrs. Nesbit außer sich, daß er ihnen diese Ehre erwies.

Scott erkannte in Herzog William trotz dessen großtuerischer, geckenhafter Art einen rasiermesserscharfen Geist. Er hatte zudem die Körperhaltung eines Soldaten, der trotz seiner Schwächen viel Tod und Entbehrungen gesehen hatte.

»Ich bezahle euch nicht dafür, daß ihr den Herrn anstarrt«, blökte die Wirtin und riß das versammelte Personal aus seinen Träumen. Scott beschäftigte sich mit dem Abladen von Weidenkörben voller Leckereien und Kisten mit frischen Kleidern, die der edle Herzog und sein Gefolge für die Übernachtung mitgebracht hatten.

Die Nervosität der hochwohlgeborenen Gesellschaft war für Scotty ein Segen, und so tauchte er rasch im Gewimmel unter. Er merkte bald, daß seine Arbeitswilligkeit und sein vornehmes Benehmen ihm eine gewisse Akzeptanz eintrugen.

Dies verschaffte ihm auch eine Gelegenheit, den Gesprächen der Großen zu lauschen – ganz im Gegensatz zu Seamus, der in der Küche beschäftigt war und den hohen Gästen nicht über den Weg laufen durfte.

Die am Tisch versammelte Gesellschaft war durchaus beeindruckend. Ein Großteil der Stabsoffiziere des Herzogs und andere wichtige Persönlichkeiten der ihm unterstehenden Heere hatten sich zu einer ernsthaften strategischen Sitzung versammelt. Und obwohl klar war, daß die Geheimgespräche unter privateren Umständen stattfinden würden, redete man am Tisch dennoch genug, um Scott vor Aufregung fast zittern zu lassen.

Doch die Nervosität, die er empfand, wurde schnell zu einer sorgfältig beherrschten, aber ziemlich realen, nach innen gewandten Wut. Die englischen Offiziere, die einander pausenlos überboten, um des dicken Billy Gunst und Beachtung auf sich zu ziehen, hatten nicht die geringsten Skrupel, die Leistungen anderer herunterzumachen und im gleichen Atemzug die eigenen hervorzuheben. William Hanover hingegen schien sich köstlich zu amüsieren, die Herren gegeneinander auszuspielen und erheitert zuzuschauen, wie sie sich in die Pfanne hauten.

In jeder Erzählung und Anekdote, die die Gentlemen zum besten gaben, kamen ihre Gegner, die Schotten, immer nur als »Hundesöhne«, »verdammte Barbaren« und ähnliches vor, so daß Scotty innerlich bald der Kragen platzte.

Schließlich hob einer der Herren – ein gewisser Lord Bury – die Hand und machte einen Versuch, die Heimtücke zu unterbinden. »Wenn wir mit diesem Gezänk fortfahren«, sagte er mit einem selbstzufriedenen Lächeln, »sind wir auch nicht besser als der Kelte. Dann stolzieren wir nur noch herum und blöken wie alle anderen Esel.«

»Das Blöken eines Esels ist verglichen mit ihrer viehischen Sprache Musik«, warf ein anderer junger Geck ein und imitierte das erwähnte Grautier, um seinen Standpunkt zu verdeutlichen. Sein Geblöke wurde von seinen Kameraden mit Pfiffen und Ausgelassenheit begrüßt.

»Wir sollten die Campbells loslassen, oder irgendwelche anderen Tiefländer. Sie könnten den Hochland-Kelten wie einen blökenden Esel führen – mit einer Möhre an einem Stock«, sagte ein anderer. »Gibt es etwa einen Mac, der sein Futter wert ist, der nicht mit nackten Füßen und nacktem Hintern durch die Heide rast, wenn ihm ein Campbell eine Möhre hinhält? Und gibt es ein besseres Futter für einen aufgeblasenen Esel als eine Möhre, die ein Schotte in der Hand hält?«

So wütend ihr Gerede Scotty auch machte, ein Körnchen Wahrheit war daran. Der größte Feind der Schotten waren die Schotten selbst. Der Interessenkonflikt zwischen den Häuptlingen, die den alten Clan-Methoden anhingen, und jenen, die sich ihren englischen Herren anpaßten, hatte im Aufstand von 1715 seinen Höhepunkt erreicht – beim Massaker von Glencoe. Der Streit zwischen den Donalds und den Campbells würde noch bis ins nächste Jahrtausend dauern, nicht nur die knapp dreißig Jahre, die er schon währte.

Während die jungen Gecken über ihre Scherze und ihre gerissene Schlagfertigkeit lachten, spürte Scotty das Erröten der Demütigung. Er fand die Kerle herablassend und seicht zugleich. Und er schämte sich für die adeligen Clans, über die sie mit solcher Ehrlosigkeit herzogen.

Dann zogen sich die hohen Offiziere in die Privatsphäre der Zimmer im oberen Stockwerk zurück. Einige jüngere Gecken wandten sich den Landpomeranzen zu, die sich versammelt hatten, um zu gaffen und begafft zu werden. Die eine oder andere war gekommen, um sich heute eine Münze bei der Küchenarbeit zu verdienen, oder – falls sie Glück hatte – in der Nacht in einem Zimmer. Die Männer, die nicht daran interessiert waren, sich für ein nächtliches Abenteuer die Krätze einzuhandeln, gingen zu ihrem Biwak, um eine Partie Karten zu spielen. Dies war ein Privileg, das jedem gemeinen Soldaten eine Tracht Prügel eingebracht hätte. Doch für Männer, die in Landhäusern zur Welt gekommen waren, war das Kartenspiel natürlich nur ein harmloses Vergnügen.

Nach dem Essen erlegte sich Scotty die Pflicht auf, die »Messe« aufzuräumen. Das, was die Herren zurückgelassen hatten, verlieh zumindest der religiösen Bedeutung des Wortes eine neue Bedeutung.

»Mr. Scott... Mr. Scott...« Seamus' hartnäckige Stimme brauchte einen Moment, um Scottys verwirrte und finstere Gedanken zu durchdringen.

»Ach, ja, Junge. Und, was hast du daraus gelernt?« fragte Scotty in einem jovialen, doch vorsichtigen Tonfall.

Seamus musterte ihn mit feindseliger Neugier. Scotty konnte seine Gedanken beinahe hören. Der Junge fragte sich, wer der Fremde war, der mit verwirrtem Blick in einem alten Kilt aus dem Nichts aufgetaucht war, andererseits aber sehr gut zu den soldatischen Herren paßte. Hätte man ihn zu den Gentlemen an den Tisch gesetzt, besagte Seamus' Blick, wäre er gar nicht aufgefallen.

»Nichts, Sir«, erwiderte Seamus leise. Er eilte hinaus und widmete sich wieder seiner Arbeit.

Scotty seufzte. Was sollte er dem Jungen sagen? Er

war ihm natürlich dankbar für die Kleider und seine Hilfe. Ohne sie hätte man ihn inzwischen längst eingekerkert oder gehenkt – als Verräter an König und Vaterland.

Als Scotty überlegte, was er wußte, wurden seine Gedanken uferlos.

Prinz Charles würde verlieren.

Aber ... Mußte er denn verlieren?

Konnte man irgend etwas tun? War das Bild, das er sah, absolut? Oder konnten die Taten eines Menschen es verändern? Und wenn ja ... Sollte er ...? Hatte ein Mensch das Recht, den Versuch zu unternehmen, dem Schicksal eine Abfuhr zu erteilen?

»Wischst du das Muster vom Teller ab?« schrie Mrs. Nesbit Scotty an, so daß er urplötzlich zusammenzuckte und den kostbaren Porzellanteller beinahe hätte fallen lassen.

»Ach, nein, wirklich nicht, Madam«, erwiderte er bei dem Versuch, wie ein typischer Bauernlackel zu klingen. »Ich habe nur an heute abend gedacht – und all die berühmten Leute, die ich gesehen habe.«

»Träumen kannst du im Bett, Mann. Kerzen kosten gutes Geld, und der Teller ist inzwischen knochentrocken.« Mrs. Nesbit kramte in der Küche herum. Sie ordnete die Dinge auf eine Weise, die ihrem privaten System entsprach. Hin und wieder, wenn sie etwas fand, das nicht an seinem richtigen Platz stand, stieß sie leise Flüche aus.

»Dann kann ich jetzt zu Bett gehen, Madam?« fragte Scotty höflich.

Sie warf ihm einen mißbilligenden Blick zu. Es war ihre Allzweckmasche, um nur bloß keiner Sache zuzustimmen. Doch dann nickte sie, und ihre Krähenfüße wurden etwas glatter. Seiner freundlichen Art konnte sie sich nicht entziehen.

Als Scotty im Bett lag, kehrten die Fragen zurück und kreisten in seinem Kopf. Er hatte keinen Plan. Er war nur verzweifelt, als er sich vornahm, einfach abzuwarten, was nun passieren würde. Mehr Daten, Scotty, redete er sich ein. Du brauchst mehr Daten. Dann fragte er sich, wie er auf das komische Wort gekommen war: Daten.

Kurz bevor er in einen unsteten Schlaf versank, betete er: »Bitte, lieber Gott, bring mich nach Hause.«

Er wurde von Geschrei geweckt. Und von einem Schuß.

Und dann brach alles auseinander.

17

STALINGRAD, 1942

Chekov blinzelte in das Licht, das in sein Gesicht fiel. Direkt hinter dem Lichtkreis stand ein Uniformierter. Er trug eine SS-Uniform und stellte die kühle, zuversichtliche Miene eines Menschen zur Schau, der wußte, daß Chekov ihm früher oder später alles erzählen würde, was er wissen wollte.

Im Raum hielten sich noch andere Nazi-Soldaten auf. Doch für den SS-Mann spielten sie eine untergeordnete Rolle.

»Wer sind Sie?« fragte der SS-Mann.

»Chekov.«

»Tschechow? Na, so was! Meine Herren, bei uns weilt ein berühmter Dichter.«

Chekov seufzte. Der Witz ging ihm allmählich auf die Nerven.

»Wie sind Sie hier hereingekommen?« fragte der SS-Mann. »Wo haben Sie die Uniform her?«

»Ich weiß nicht«, sagte Chekov.

»Sie wissen es nicht?«

»Ich weiß es nicht.«

»Erzählen Sie uns etwas über Ihre Truppenstärke.«

»Ich weiß nichts.«

»Sagen Sie uns, wie viele Gewehre Ihre Leute haben.«

»Das weiß ich nicht.«

Der Blick des SS-Mannes verengte sich. »Wissen Sie, was wir mit Ihnen machen, wenn Sie nicht kooperieren?«

Chekov dachte an die beiden Männer im hinteren

Teil der Zelle. Sie waren mit Schrammen und Beulen bedeckt. »Das allerdings weiß ich«, sagte er leise.

»Ich gebe Ihnen eine Chance.«

Chekov zuckte die Achseln. »Wenn ich's Ihnen sagen würde ... Sie würden es mir ohnehin nicht glauben.«

Der SS-Mann lächelte. »Versuchen Sie's doch mal.«

Chekov versuchte es.

Er hatte recht. Man glaubte ihm nicht.

Als man ihn in die Zelle zurückbrachte, war seine Lippe geschwollen und die Haut über seinem Auge aufgeplatzt. Doch das waren nur die sichtbaren Verletzungen.

Sie warfen ihn in die Mitte der Zelle, wo er schwer aufschlug und die Luft zischend aus ihm entwich. Hinter ihm knallte die Tür zu. Man überließ ihn erneut der Dunkelheit der Zelle.

Es war Wahnsinn. Im Gegensatz zu anderen Männern der *Enterprise* hatte er noch nie eine Gelegenheit gehabt, in die Vergangenheit zu reisen. Soweit er wußte, hatte immer alles wie ein tolles Abenteuer geklungen ... auch wenn Captain Kirk über seine Erlebnisse mit dem Ding, das man den Wächter der Ewigkeit nannte, nie hatte reden wollen.

Aber dies hier war *kein* tolles Abenteuer. Chekov hatte sich seit dem Augenblick, in dem er hier angekommen war, nur schmutzig, gequält oder einfach ängstlich gefühlt. Dies hier war eine Sache, aus der er so schnell wie möglich aussteigen mußte, auch wenn er nicht die geringste Vorstellung hatte, wie es zu bewerkstelligen war.

Zellen, Verhöre, Geheimpolizei. Die saubere, reine Welt der *Enterprise* schien ihm weit entfernt. Allmählich verstand er, warum die Menschen dieser Epoche Raumfahrt und Lebewesen von anderen Welten für absurd hielten. Für sie war *dies* die Wirklichkeit. Sie war schon unwirklich genug.

Dann hörte er die Stimme John Kirks sagen: »Tja,

wenn dein Hiersein ein Trick der Nazis ist, hast du's wirklich nicht besser verdient.«

Chekov schaute sich um. »Wo ist Iwan?«

Kirk zuckte die Achseln. »Keine Ahnung«, sagte er mit vorsichtiger Beherrschung, um seine Sorge zu tarnen. »Sie haben ihn gleich nach dir abgeholt. Ich nehme an, sie wollen ihm die gleichen Fragen stellen, die sie auch dir gestellt haben.« Er hielt kurz inne und fügte, nicht ohne Gefühl, hinzu: »Als sie ihn abgeholt haben, war er in einem sehr schlechten Zustand. Ich weiß nicht, wieviel er noch aushalten kann.«

»Wieviel können wir überhaupt aushalten?« fragte Chekov.

Kirk zuckte erneut die Achseln. Es gab keine Antwort. Chekov hoffte, daß es nicht ihm überlassen blieb, sie zu finden.

Iwan kehrte nicht zurück.

Am nächsten Tag beschäftigten die sowjetischen Granaten die Deutschen dermaßen, daß Chekov und John Kirk ein weiteres Verhör erspart blieb. Der pochende Schmerz war schrecklich, aber noch schlimmer war der Durst. Sie redeten nicht; es schmerzte zu sehr. Doch im matten Licht wurden aus den beiden Männern nach und nach Freunde. Ein ermutigendes Lächeln; Hilfe beim Bewegen eines zerschundenen Körpers an einen bequemeren Platz des schmutzigen Bodens. Dinge, die zählten.

Als jemand die Tür aufstieß, erwachte Chekov aus seinem unruhigen Schlaf. Er schaute auf, Kirk tat es ihm gleich. Der SS-Mann stand im Türrahmen. Hinter ihm ragten mehrere Soldaten auf. Sie wirkten ernst.

Die Soldaten traten wortlos ein und packten Chekov und Kirk an den Armen. Man zerrte sie ins Freie und auf den Haupthof. Der Himmel war noch so schiefergrau wie an dem Tag, an dem Chekov ihn zum ersten Mal gesehen hatte.

»Glaubst du, sie lassen uns laufen?« sagte Chekov in einem Tonfall, der andeutete, daß zumindest er daran zweifelte.

»Klar«, sagte Kirk. »Ihnen ist gerade klar geworden, daß sie den Krieg nie gewinnen werden. Deswegen haben sie beschlossen, nett zu uns zu sein. Sie nehmen wohl an, daß wir später ein Wort für sie einlegen.«

Dann sahen sie, wohin man sie brachte. Zu einer freistehenden Ziegelmauer, die so voller Löcher war, daß man erkannte, daß Kugeln sie hervorgerufen hatten. Chekov nahm an, daß man sie nicht einfach als Zielwand für Schießübungen benutzte.

Auf dem Boden vor der Mauer war Blut – und auch genau vor ihren Füßen, dort, wo man sie hinstellte.

Der SS-Mann lächelte Chekov an, sein Kinn stieß großspurig grinsend vor. »Haben Sie uns noch irgend etwas zu sagen?« fragte er.

Chekov lächelte. Innerlich freute er sich darüber, daß er dem uniformierten Lumpen in den letzten Minuten seines Lebens so gelassen gegenüberstand. »Euer Führer wird Selbstmord begehen«, sagte er auf russisch, »und noch eure Kinder und Enkel werden ausbaden müssen, was euer famoses Reich angerichtet hat.«

Der SS-Mann schob ihn gegen die Mauer und trat zur Seite. Chekov stand neben Kirk. Der Amerikaner murmelte – ebenfalls auf russisch: »Keine Angst.«

»Wie?«

»Bleib ruhig. Ich habe einen Plan.«

Chekov warf einen Blick auf das vor ihnen stehende Exekutionskommando. Die Männer hoben die Gewehre und legten an.

»Ich brenne darauf, ihn zu hören«, sagte er.

18

Sral saß Vladra in einem engen, ungemütlichen Raum gegenüber. Sie sah ihn nicht an, sondern starrte vor sich hin. Er jedoch musterte sie und schüttelte den Kopf. Seine Unterlippe war geschwollen, in seinem Bart war getrocknetes Blut.

»Warum?« fragte er gedehnt.

Sie drehte sich um, schaute ihn an. »Müssen Sie das fragen?« erwiderte sie leise.

»Ja, ich muß.«

»Weil ich ... dich liebe.«

Kral machte die Augen weit auf, seine Stimme bebte. »Du wolltest mich demütigen, weil du mich liebst?«

»Demütigen?« Sie schüttelte den Kopf. »Das verstehe ich n ...«

»Du bist mir zu Hilfe gekommen! Du hast gehandelt, als könnte ich nicht selbst für mich einstehen!«

Nun war Vladra wütend. Sie stand auf und schwang die Arme. »Also, *Commander*, jetzt muß ich aber wirklich fragen, wer auf diese Idee kommen könnte! Immerhin hat man Sie ja zusammengeschlagen, daß Sie blutige Schrammen haben! Man hat Ihnen das Kommando entzogen und Sie im Kampf besiegt! Wer, im Universum, könnte wohl auf die Idee kommen, der große Commander Kral könnte nicht für sich einstehen?«

Kral saß mit vor der Brust verschränkten Armen da und brütete stumm vor sich hin. Vladra ließ sich auf einen Sitz zurückfallen, dann sagte sie langsam: »Warum bist du gerade in diesem speziellen Moment zurückgekommen?«

»Wovon redest du?«

»Als ich in deine Kabine ging, um dich zu warnen... Du kamst genau zum richtigen Zeitpunkt...«

Er zuckte die Achseln. »Keine Ahnung. Ich war auf der Brücke, aber Kbrex war nicht da. Plötzlich hatte ich so ein... Gefühl. Ich kann es nicht erklären. Ich wußte nur, daß ich in mein Quartier zurückgehen mußte. Daß irgend etwas nicht richtig lief.«

»Ach«, sagte sie.

Kral lehnte seinen Kopf an die kahle Wand hinter ihm. Er schloß die Augen und seufzte leise.

»Liebe«, sagte er. »Welch *fremdartige* Vorstellung.«

»Tut mir leid, daß du es so siehst«, sagte Vladra spitz.

Als er weitersprach, klang er, als hätte er sie gar nicht gehört. »Ich war noch nie verliebt«, sagte er. »Ich kenne auch keine Frau, die je gesagt hat, daß sie mich liebt. Ich habe mein Leben damit verbracht, fortwährend etwas zu erreichen... Eine Beförderung, der Sieg über andere. Liebevolle Gefühle sind mir immer als unnütz und Zeitverschwendung erschienen.« Er drehte sich um und schaute sie an. »Aber vielleicht... Vielleicht sind die Gefühle, die ich immer als weich verachtet habe, in Wahrheit die einzigen, die wirklich zählen.«

Vladra blickte ihn an. »Daß du so etwas sagst...«

»Es ist erstaunlich, über was man nachdenkt, wenn einem der Tod bevorsteht. Sobald man mit dem Tod seinen Frieden geschlossen hat, kann Nachdenken über Liebe kaum noch eine erschreckende Vorstellung sein.«

Kbrex saß auf der Brücke im Kommandosessel und starrte frustriert auf den sich friedlich unter ihnen drehenden Globus.

»Unsere Kreisbahn ist nicht mehr stabil, Herr«, meldete der Ingenieur leise.

Kbrex drehte sich um und beäugte ihn. »Was?«

»Da unsere Triebwerke nicht arbeiten, können wir die Kreisbahn nicht mehr halten. Unser Orbit bricht zusammen. Zwar nicht unmittelbar – aber in vierundzwanzig Stunden beginnt unser Abstieg in die planetare Lufthülle.«

Kbrex spürte, daß sich alle Blicke auf ihn richteten. Er empfand langsam aufsteigende Wut. »Funken Sie Weyland an.«

»Ich versuche es schon seit mehreren Stunden, Herr. Commander Kr … Ex-Commander Kral hat es befohlen. Ich bin davon ausgegangen, daß Sie seine Anweisung nicht widerrufen.«

»Das war eine gefährliche Annahme«, sagte Kbrex warnend. »Ich werde sie jedoch entschuldigen. Irgendeine Nachricht?«

»Keine, Herr.«

Kbrex' Wut nahm zu. Der Trottel hatte ihn in eine unmögliche Lage gebracht. Schon erkannte er an den Blicken der anderen, daß sie ihn für eine Situation verantwortlich machten, die er lediglich geerbt hatte.

Es war höchste Zeit, demjenigen die Schuld zuzuweisen, der sie verdiente.

»Kral soll verdammt sein – für die Lage, in die er uns gebracht hat. Ehrengarde, Vorbereiten auf Exekution!« Er marschierte rasch zum Turbolift. Vier Klingonen folgten ihm.

Als sie zum Loch unterwegs waren, spielte Kbrex im Kopf alles durch, was er Vladra sagen wollte, um sie von der Dummheit ihrer Präferenzen zu überzeugen. Er wollte abwechselnd gelassen, seriös und ernst auftreten. Er malte sich Dialoge aus und polierte seine geplante Rede zu schimmerndem Glanz.

Als sie das Loch betraten, waren Kral und Vladra gerade in leidenschaftlicher Umarmung verschlungen. Als Kbrex sie sah, jagten all seine hochtrabenden Pläne durch das Torpedorohr.

Imperiale Schiffe wurden mit Luftschleusen gebaut. Dabei handelte es sich lediglich um Notausgänge, die man in dem unwahrscheinlichen – aber nicht unmöglichen – Fall benutzte, daß am Schiff irgendwelche Außenarbeiten vorgenommen werden mußten, wenn die Transporter außer Betrieb waren. Etwa nach einer größeren Schlacht.

Als Kbrex die beiden in heftiger Umarmung auf dem Boden liegen sah, fiel ihm auf der Stelle eine weitere Verwendung für die Luftschleusen ein.

Kral und Vladra, die nun bemerkten, daß sie nicht mehr allein waren, lösten sich voneinander und schauten Kbrex und seine Begleiter an. Auch jetzt noch war Kbrex bereit, Vlada zu akzeptieren, falls sie sich für ihn entscheiden würde. Sie konnte über ihr eigenes Leben bestimmen.

Doch sie spuckte ihn an.

Dank des Kraftfeldes der Zelle löste sich ihre Spucke mehrere Zentimeter vor Kbrex' Gesicht auf. Doch die Geste war für ihn mehr als ausreichend, um endlich eine Entscheidung zu fällen.

»Seid jetzt vorsichtig«, befahl Kbrex zu dem halben Dutzend Gardisten, das den um sich schlagenden und tretenden Ex-Commander an den Gliedmaßen hochhielt. »Wir wollen doch nicht dieses verdammte Überwesen alarmieren.« Kral schrie und trat wie eine aufgespießte Eidechse um sich. Man warf ihn in die Luftschleuse und schubste Vladra hinterher.

»Kral!« schrie sie verzweifelt, als sie schwere Tür der Luftschleuse hinter ihnen zuschlug.

»Dreißig Sekunden bis zum Vakuum«, meldete eine barsche männliche Stimmaufzeichnung. »Dreißig Sekunden bis zum Vakuum.«

Kral saß einen Moment wie gelähmt da. Vladra kniete sich neben ihn und preßte das Gesicht an seinen Hals.

»Zwanzig Sekunden bis zum Vakuum. Zwanzig Sekunden bis zum Vakuum.«

Die grollende Männerstimme des Computers animierte Kral zum Handeln. Er sprang auf die Beine, schüttelte Vladra ab und warf sich auf den Speicherschrank mit der Aufschrift *Raumanzüge.* Er zerrte an der Tür.

»In Cymeles Hölle mit dir!« schrie er die Tür an. Dann ging sie auf. Na schön, der Schrank enthielt Schutzanzüge; aber nur die bei Bergungsarbeiten beschädigten.

»Fünfzehn Sekunden bis zum Vakuum. Fünfzehn Sekunden bis zum Vakuum.«

»Schnauze halten!« schrie Kral den Wandlautsprecher an. Er blickte sich wild um. Da waren noch zwei Schränke, aber er hatte nicht genug Zeit, sie zu öffnen.

»Hier, anziehen«, rief er Vladra zu und warf ihr den Anzug hin, der am besten in Schuß war. Während sie ihn anlegte, kämpfte Kral sich in den seinen. Ein schweres Mehrzweckmodell, das im Notfall sogar als Flughülse dienen konnte.

»Zehn, neun, acht...«

Bevor er die handschuhähnlichen Krallen einrasten ließ, griff er nach einer silbernen Flickenstreifenrolle. »Verdammt«, rief er, als das Zischen der entweichenden Luft immer lauter wurde. »Da«, schrie er, nahm einen langen Klebestreifen und zog Vladra hoch, um sie an sich zu schnallen. Er wollte den Streifen gerade wegwerfen, als er sah, daß an ihrem Anzug ein Gewebelappen baumelte.

»Sieben, sechs, fünf...«

»Zusammenziehen«, sagte er und machte einen Versuch, mit dem letzten Streifen einen Flicken zu setzen. »Du hast ein Loch im Ärmel. Drück den Arm runter...«

»Vier, drei, zwei, eins...«

Als er um sie herum griff, um ihre Luftzufuhr aufzudrehen, flog das große Schleusentor auf, und sie wurden in einem Wirbelsturm von Trümmern und Restsauerstoff ins Leere gerissen.

19

JAPAN, 1600

Komm schon, großer Fechter.« Die schrille Stimme hatte sogar Füße. Einer davon war im Begriff, ihn aus dem Bett zu treten.

Sulu erkannte die laute Stimme sofort. Sie gehörte Motonaga, dem jüngsten Sohn eines Beraters des Fürsten. Er war der letzte, den er nach einer schlaflosen Nacht voller Sehnsucht nach seinem bequemen Bett auf der *Enterprise* sehen wollte.

Sulu stöhnte, öffnete ein Auge und blickte in Motonagas frech grinsendes Gesicht. Die Sonne war noch nicht aufgegangen, doch der Himmel wies schon eine warme rosa Farbe auf.

»Halt's Maul«, brummte ein noch schlafender Mann im Hintergrund.

»Komm schon, Dämonentöter«, drängte der Junge.

»Hör auf, Motonaga, gib Ruhe«, murmelte Sulu. Motonaga war zwar erst sechzehn Jahre alt, aber er war der Sohn von Naito Ienaga, eines Generals und Bataillonskommandeurs, Torii Mototadas engster Vertrauter. Er war von dem Gedanken besessen, sich, seinem Vater, seinen Brüdern und seinem Gebieter zu beweisen, daß er das Zeug zum Samurai hatte. Deswegen war er auch eine absolute Nervensäge, die älteren Samurai von niedrigerem Rang pausenlos auf die Nerven ging.

»Das ist es, was ich an dir mag, Heihachiro«, sagte der Junge grinsend und zog Sulu hoch. »Du hast keine Manieren – deswegen stehe ich gut neben dir da.«

Sulu tat so, als wolle er sich auf den Jungen stürzen,

der daraufhin nach hinten sprang. Sulu griff nach seinem Kimono.

»Du kannst dich später an mir rächen. Der Fürst will dich sehen.«

»Warum sagst du das nicht gleich?« schrie Sulu. Er riß schnell seine Kleider aus der Kiste an der Wand und trat über die schlafenden Soldaten hinweg.

»Ich sag's dir jetzt«, sagte der Junge und verließ den Raum mit einem dermaßen übertriebenen Schritt, daß er wie die Karikatur eines Samurai aussah.

Sulu zog sich flink an und glättete sein Haar. Er schob das kleine Schwert in den Gürtel, nahm das *Katana* in die Hand, warf einen letzten Blick auf seine Uniform und lief zum Quartier seines Herrn. Auf dem Weg dorthin rasten die Gedanken durch seinen Kopf. Er war zu auffällig, und das Land war zu gefährlich, um einfach abzuhauen. Er mußte eine elegantere Möglichkeit finden, aus diesem Schlamassel herauszukommen. Wenigstens hatte er noch etwas Zeit.

Obwohl er es sich nicht gern eingestand, war der Herr-und-Gebieter-Kram seiner irgendwie unwürdig. Er ermahnte sich, daß er Starfleet-Offizier war, und bemühte sich, bei der Sache zu bleiben.

Das war freilich nicht einfach. In Geschichtsbüchern zu schmökern, in denen die Menschen auf Beschreibungen reduziert waren, oder sich von der Mutter Geschichten erzählen zu lassen, war eins. Doch hier befand er sich – leider Gottes – mitten im Geschehen. Mit Menschen zu sprechen, die einen anlächelten und einem zunickten, war etwas anderes. Und die Frage blieb: War dies alles überhaupt möglich?

Er kniete sich vor den Wandschirm und rief höflich »Okiri Heihachiro, zu Diensten!« Dann schob er die Tür auf und trat ein. Er verbeugte sich tief, nahm mit gekreuzten Beinen Platz und verbeugte sich erneut. Ihm fiel auf, das sich bereits mehrere Männer im Lotussitz im Raum versammelt hatten. Sie sahen aus, als hätten sie nicht lange geschlafen.

»Haihachiro-domo«, sagte der Fürst und erwies Sulu damit erneut die Ehre, mit der er ihn zu seinem Untertan gemacht hatte.

»Hai, Tono.« Sulu verneigte sich erneut. Mototada deutete mit der Hand vor sich auf den Boden, um zu zeigen, daß Heihachiro näherkommen solle. Sulu bewegte sich auf vorgeschriebene Weise voran und nahm wieder die vorherige Haltung ein.

»Herr?« fragte er knapp.

»Ich möchte, daß du eine Wache für meine Konkubine Oneko leitest und sie bewachst, wenn sie ins Haus ihres Onkels nach Edo zurückkehrt.«

Sulu konnte es nicht fassen. Sein Problem war gelöst. Er konnte Schloß Fushimi mit Mototadas Erlaubnis verlassen.

»Hai«, sagte Sulu knapp. Seine Antwort kam wie der Blitz. »Euer Vertrauen ehrt mich über alle Maßen, Herr.« Er verneigte sich abermals und stützte sich mit den Fäusten auf dem Boden ab.

»Tono! Herr!« kam ein emotionsgeladener Ruf von der offenen Tür her. Schon wieder der junge Motonaga. »Warum wird diese Ehre einem unbekannten Emporkömmling zuteil?« rief er und deutete anklagend mit dem Finger auf Sulu. »Wann darf ich endlich beweisen, daß ich ein würdiger Samurai meines Herrn bin? Kann man ihm überhaupt vertrauen?«

»Welche Frechheit!« schrie Naito Ienaga, der Vater des Jungen, und drehte sich zum Daimyo um, der trotz seines Stirnrunzelns deutlich amüsiert wirkte. »Vergebt meinem Sohn, Herr. Er ist so ungestüm.«

»Motonaga«, sagte der Fürst ernst, »wer ein großer Feldherr werden will, muß lernen, wann man warten und wann man angreifen muß. Du wirst bald an der Reihe sein. Es ist wichtig, daß niemand erfährt, wer Oneko ist. Dich kennt man, aber unseren Neuling kennt man nicht. Deshalb soll er sie begleiten. Falls Tokugawa die Schlacht verliert, sind meine Angehörigen nicht mehr sicher. Und falls sie einen Sohn erwartet, wird es ihre Aufgabe sein, die Familie Torii zu erhalten.«

Er drehte sich wieder zu Sulu um. »An dir ist etwas, das diesem Land fremd ist. Vielleicht haben dich meine Familiengötter geschickt, damit du mir Glück bringst. Doch sei's drum. Verstehst du, wie wichtig deine Aufgabe ist?«

»Hai, Tono.« Die Ironie war verblüffend. Oneko, die Frau die er einst gerettet hatte, wurde abermals in seine Obhut übergeben. Es war eine bizarre Situation. Falls sie unterwegs angegriffen wurden, brauchte er nur zur Seite zu treten und sie sterben zu lassen. Dann war der Fehler, den er ursprünglich begangen hatte, aus der Welt geschafft. Aber angenommen, es war gar kein Fehler gewesen? Angenommen, er war dazu bestimmt gewesen, ihr Retter zu sein? Angenommen, es war falsch, sie sterben zu lassen?

Sulu sagte sich erneut, daß es am besten war, auf seinen Instinkt zu vertrauen. Jedenfalls sagte ihm sein Instinkt, daß es ein Glücksfall ersten Ranges war, diesen Auftrag zu erhalten und die Gelegenheit zu haben, mit der wunderbaren Oneko zusammenzusein.

»Wenn sie in Sicherheit ist«, sagte Mototada, »wirst du zurückkehren und mir die neuesten Nachrichten überbringen, die unsere Verbündeten zusammengetragen haben. Ich bete zu den Göttern und Buddha, daß unsere Feinde uns nicht angreifen, bevor die nötigen Meldungen vorliegen.« Seine Stimme verriet das Feuer eines erfahrenen Kriegers. »Verstanden?«

»Jawohl, Herr«, antwortete Sulu.

»Gut. Mein Verwalter wird dir das Reisegeld geben und dir sagen, welche Vorbereitungen getroffen werden müssen.«

Mit diesen Worten entließ er Sulu aus dem Raum.

Beim Frühstück stocherte Sulu in seinem Reis. Er war halb benommen und ließ die Unterredung bei Mototada noch einmal Revue passieren. Man erwartete, daß er zurückkehrte. Tja ... Das ging nun leider nicht. So schwierig es auch war, Mototada einfach im Stich zu lassen – es hatte nicht den *geringsten* Sinn, sich grundlos umbringen zu lassen.

Oder etwa doch?

Plötzlich spielte er mit dem Gedanken, trotzdem zurückzukehren. Daß er jemandem etwas schuldete ... Aber wem?

Mototada? Seinem Herrn? Unsinn. Er schuldete nur James T. Kirk Treue, keinem anderen.

Außerdem: Was wußte er schon über diese Epoche? Es war alles so neu und unsicher. Und was wußte die Welt schon von ihm? Konnte er etwas Wichtiges in der Geschichte verändern? Irgend etwas in der Geschichte seines Volkes?

Am Vormittag schlenderte er über den Innenhof.

»Wartet! Kommt her, junger Mann.« Die liebliche, singende Stimme einer Frau drang wie eine Glocke im Sturm an sein Gehör.

Sulus Herz blieb fast stehen. Oneko! »Ja, Herrin?« sagte er. Er drehte sich um und verbeugte sich.

»Wie ich höre, werdet Ihr meine Eskorte auf der Reise nach Edo leiten.«

»Jawohl, Herrin«, sagte Sulu, dem plötzlich einfiel, daß Edo der alte Name Tokios war. Es war irgendwie alles ganz schön verzwickt.

»Man sagt, Ihr kämpft wie ein Bergteufel. Sagt, seid Ihr eine Gottheit? Oder ein Geist?«

»Nein, Herrin«, sagte Sulu.

»Weiterhin sagt man, Ihr seid irgendwie seltsam und anders als die anderen. Vielleicht werde ich Euer Geheimnis während der Reise lüften.« Nach diesen Worten verschwand sie mit kleinen Schritten; ihr Gefolge begleitete sie.

»Hübsch, nicht wahr?« sagte eine Stimme hinter ihm. Sulu fuhr herum.

»Ach, Ihr seid es, Watanenabe Sadayo-domo«, stammelte er mit rotem Kopf.

»Ihr seid mir schon ein Krieger! Der Gott Hachiman hätte sich nie überraschen lassen, wenn er einer hübschen Frau schöne Augen macht.«

»Äh ... Ich ... Ich meine ...«, stotterte Sulu.

»Macht Euch nichts draus«, sagte der Samurai und klopfte ihm lachend auf die Schulter. »Das macht sie mit uns allen. Kommt mit in den Übungssaal. Ich habe Euch in den letzten Tagen beobachtet, als Ihr mit dem Schwert geübt habt. Ihr gehört zu den Burschen, die im Kampf mehr leisten als beim Üben. Ich könnte Euch manchen Kniff beibringen. Ich bin der Fechtmeister unseres Herrn, falls Ihr es noch nicht wußtet.«

»Nein, das habe ich noch nicht gewußt«, sagte Sulu mit einem freundlichen Nicken. »Es wäre mir eine Ehre, von Euch unterrichtet zu werden.«

»Schwitzen ist außerdem eine gute Methode, die Frauen zu vergessen«, fügte Sadayo hinzu, als sie sich auf den Weg durch das große Schloß zum Übungssaal machten.

Schon aus der Ferne hörten sie die hallenden Schreie, die stampfenden Füße und die aufeinanderprallenden Holzschwerter. Die jungen Samurai praktizierten *Katas*, die Basisübungen, die im Freistil mit Trainingsschwertern ausgeführt wurden.

Sulu hatte sich schon warmgekämpft und Oneko so gut wie vergessen, als der junge Hitzkopf Motonaga hereinstolziert kam.

»Mal sehen, wie gut du wirklich bist«, forderte er Sulu heraus.

Sulu zuckte die Achseln. Er wollte sich den Jungen

zwar nicht zum Feind machen, aber wenn er jetzt nicht zeigte, was er konnte, würde er ihn nie respektieren. Noch ehe Sulu in Stellung gegangen war, galoppierte Motonaga schon durch den Raum. Sulu wich seinem Angriff aus und versuchte einen Hieb anzubringen, doch schon war der Junge außerhalb seiner Reichweite und drehte sich zum nächsten Angriff.

Motonaga versuchte einen festen Hieb gegen Sulus Kopf, doch Sulu wehrte ihn ab. Die Wucht des Hiebs fuhr durch seine ermüdeten Arme. Er zog sein Schwert zurück und nutzte Motonagas Kraft, als dessen Waffe nutzlos abrutschte. Der Junge war nicht mehr fähig, den auf seinen Kopf gezielten Hieb abzuwehren. Kurz bevor Sulu ihn traf, hielt er inne. Schließlich wurde hier geübt, und nicht richtig gekämpft. Der Junge verbeugte sich steif, wandte sich um und ging.

»Na, bitte«, sagte der Fechtmeister. »Das war schon besser. So geht es in einem echten Kampf zu.« Er trat neben Sulu und faßte seine Hand, um ihm den korrekten Griff zu zeigen, mit dem man die Holzwaffe hielt. »Diesen Hieb müßt Ihr öfter üben.«

Dann wurde seine Stimme leiser. »Kennt Ihr die Geschichte von dem Samurai, der von seinem Herrn ausgeschickt wird, um einen Vertrag zu überbringen, ohne zu ahnen, daß ein Feind den Brief vertauscht hat, so daß er sein eigenes Todesurteil befördert?«

Sulu schaute Sadayo verständnislos an.

»Unterwegs begegnet ihm ein Samurai mit einem Helm, der wie ein Löwenkopf aussieht. Sie kämpfen, und als der Kampf zu Ende ist, stellte er fest, das der Samurai sein Bruder ist. Der Bruder gesteht ihm sterbend, das er den Vertrag gefälscht hat, und bittet ihn, ihn zu vernichten. – Nun meine Frage: Welcher der beiden ist Euch sympathischer?«

Sulu runzelte die Stirn. Ihm war noch immer nicht

klar, worauf der Fechtmeister hinauswollte. »Ich glaube, der tote Bruder. Er wollte eine Missetat wiedergutmachen und hat dabei sein Leben verloren.«

»Er war ein Verräter«, sagte Sadayo, ohne die Lippen zu bewegen. »Vergiß es nicht, wenn du mit der Fürstin unterwegs bist.«

Mit diesen Worten verschwand er wie ein Gespenst.

20

Uhura, versuchen Sie bitte weiter, Weyland zu erreichen.«

Uhura, die an ihrer Konsole saß, schüttelte langsam den Kopf. »Ich hoffe, Ihnen ist klar, Captain, daß ich nur ins Blaue senden kann. Die technische Ortung besagt, daß man auf Cragon V nicht die Ausrüstung hat, um Funksprüche von Raumschiffen zu empfangen. Oder irgendwelche anderen.«

Kirk, im Kommandosessel, nickte. Sein Blick ruhte auf dem Bild Cragons, das den Schirm einnahm. Er strich sich nachdenklich übers Kinn und sagte: »Ja, Uhura, ich bin mir dessen völlig bewußt. Aber wenn der unsterbliche Weyland so mächtig ist, wie es den Anschein hat, kann er, wenn ihm danach ist, bestimmt auch Funksignale empfangen. Bleiben Sie also dran. Und lassen Sie gleichzeitig nichts unversucht, Starfleet zu erreichen.«

»Negative Reaktion, Captain. Soll ich einen Versuch machen, das Klingonenschiff anzufunken?«

Kirk dachte an die klingonische Granate, die einen tapferen Offizier und einen kleinen Jungen getötet hatte. Der Junge hatte nicht einmal die Chance gehabt zu leben.

»Ich habe den Klingonen nichts mitzuteilen«, erwiderte er mißmutig.

Lieutenant Ryan, die Sulu an der Steuerkonsole vertrat, drehte sich um und sagte leise: »Captain, ich sage es zwar nur ungern ...«

Ryan war neu – und vorsichtig. Kirk hatte Verständnis für sie. Niemand war gern Überbringer schlechter Nachrichten, und dies galt besonders für einen Menschen, der neu im Team war. Trotzdem war er für Ausflüchte nicht in Stimmung. »Fahren Sie fort, Lieutenant.«

»Laut den Instrumenten bricht unsere Kreisbahn langsam zusammen.« Sie warf einen Blick auf die Kontrollen. »In etwa 25,3 Stunden tauchen wir in die planetare Atmosphäre ein, und ...«

Sie brauchte ihre Voraussage nicht weiter zu erläutern. Jeder auf der Brücke wußte, was sie bedeutete.

»Danke, Lieutenant«, sagte Kirk und fügte in Gedanken hinzu: *Das hat mir gerade noch gefehlt.*

»Schlechte Nachrichten?«

Die Frage kam so plötzlich und aus einer so unerwarteten Ecke, daß alle auf der Brücke Anwesenden unwillkürlich zusammenzuckten. Auf dem Bildschirm war Weylands Gesicht zu sehen. Es ersetzte das Abbild des Planeten so wie beim letztenmal.

Kirks Lippen bewegten sich lautlos, dann erst fand er die Worte. »Wir möchten mit Ihnen sprechen.«

»Sprechen Sie«, sagte Weyland unverbindlich.

»Ich möchte wissen, wie lange Sie uns hier schmoren lassen wollen.«

»Das wissen Sie doch längst«, sagte Weyland.

»Nun, Ihre Aussage, daß wir hierbleiben, bis wir verfaulen, ist nicht gerade das, was ich eine Antwort nenne, mit der ich etwas anfangen kann.«

»Wenn es das ist, was Sie verstanden haben, haben Sie doch Ihre Antwort.«

Kirk schüttelte den Kopf. »Auch diese Antwort ist mir schleierhaft.«

»Dann haben Sie schon wieder eine Antwort.«

»Ihre Rätsel ermüden mich«, sagte Kirk. Er bemühte sich, seine Verärgerung zu zügeln, doch es gelang ihm nur begrenzt. »Sie können uns doch nicht einfach bis in alle Ewigkeit hier festhalten. Irgendwann werden die Föderation oder das Klingonische Imperium Schiffe entsenden, um unseren Verbleib zu ermitteln.«

»Das wäre dann wirklich Pech für sie«, sagte Weyland milde.

»Wollen Sie damit sagen, daß Sie so mächtig sind, daß Sie es gleichzeitig mit den Truppen der Föderation und den Klingonen aufnehmen können?« fragte Kirk. »Denn genau damit müssen Sie rechnen.«

Weyland schien tatsächlich kurz darüber nachzudenken. »Was würden Sie denn vorschlagen?«

»Daß Sie meine Männer zurückschicken und uns wieder Zugriff auf unsere Energie geben. Dann ziehen wir ab.«

»Warum sollte ich Ihnen glauben?« fragte Weyland. »Sie haben sich doch auch bisher nicht gerade als vertrauenswürdig erwiesen. Warum sollte ich in Ihnen Geschöpfe von Ehre sehen?«

»Weil ich mich bemühe, Sie davon zu überzeugen, verdammt. Schalten Sie unseren Transporter wieder ein, dann komme ich zu Ihnen runter und wir können direkt miteinander reden.«

Auch diesmal schien Weyland nachzudenken. »Na schön«, sagte er. »Der Zeitpunkt paßt mir. Ich gebe Ihnen die Gelegenheit, den Transporter einmal zu benutzen ... Aber nur einmal. Tun Sie, was Sie nicht lassen können.«

Er verschwand vom Bildschirm.

Kirk blinzelte überrascht. »Ich hätte nicht gedacht, daß er darauf eingeht.«

»Ich auch nicht.«

»Vielleicht ist es auch nur eine Finte. – Kirk an Maschinenraum.«

»Maschinenraum«, kam die knappe Antwort.

»Mr. Sco ...« Kirk korrigierte sich sofort. »Mr. Two Feathers, überprüfen Sie doch mal den Transporter.«

Eine kurze Pause folgte, dann kam die überraschte

Antwort. »Schaltungen in Transporterraum A funktionieren, Sir.«

»Keine Störungen oder Stromunterbrechungen?« Auch wenn Kirk sich keinen Grund dafür denken konnte, er wollte nicht in eine Falle tappen. Ein Lebewesen wie Weyland hatte nicht den geringsten Grund, in die Trickkiste zu greifen, wenn es beschlossen hatte, jemanden umzubringen. Soviel stand inzwischen fest.

»Nichts dergleichen, Sir. Es ist alles klar.«

»Danke, Mr. Two Feathers. Kirk an Transporterraum. Zwei Personen werden runtergehen. – Mr. Spock, kommen Sie mit. Vielleicht klappt es, wenn wir logisch vorgehen.«

»So was hilft gelegentlich«, sagte Spock ernst.

Kurz darauf waren sie im Transporterraum, und Kirk gab Transporterchef Kelly die letzten Anweisungen. Spock stand bereits auf dem Transportfeld. Genau in diesem Augenblick wurde auf der Brücke Alarm gegeben.

Kirk schaltete sofort auf Verbindung. »Kirk hier.«

»Captain, hier ist Ryan. Unsere Sensoren haben zwei Personen vor dem Klingonenschiff ausgemacht.«

»*Vor* dem Schiff?« Kirk konnte es nicht glauben. »Sind sie mit irgendwelchen Reparaturarbeiten beschäftigt?«

»Negativ, Captain. Wir haben sie auf dem Schirm. Sie schweben offenbar nur dort herum. Was sie da draußen auch tun, ich glaube nicht, daß sie sich freiwillig dort aufhalten, Sir.«

»Ryan ...« Dann hielt Kirk inne.

Sie konnten den Transporter einmal benutzen. Weyland hatte es gesagt. Und er, Kirk, hatte versprochen, nach unten zu kommen. Laut Weylands Ansicht waren sie nicht vertrauenswürdig. Er hatte ihnen die Chance eingeräumt, ihm das Gegenteil zu beweisen. Was war, wenn sie nun nicht auf seinem Planeten auftauchten? Wenn sie den Transporter für eine andere

Sache verwendeten? Weyland konnte es als Versuch werten, Gefangene zu machen. Zudem bestand die Möglichkeit, daß die in der Leere schwebenden Klingonen wirklich nur eine notwendige Reparatur vornehmen wollten.

Selbst wenn sie wirklich in Not waren ... Na und? Es waren schließlich nur zwei Klingonen. Zwei Mörder. Zählten sie etwa? Selbst wenn sie sich unfreiwillig im Vakuum aufhielten? Wen kümmerte es schon, wenn sie starben? Es ging doch nur um das Leben zweier Menschen ...

»Verdammt«, murmelte Kirk nach einem Zögern, das in Wahrheit nur eine Sekunde gedauert hatte. »Ryan, überspielen Sie die Koordinaten der beiden in den Transporterraum. Kyle – anpeilen. Beamen Sie sie sofort herüber.«

»Captain ...«, sagte Spock und verließ das Transporterfeld.

Kirk schenkte seinem Ersten Offizier einen Blick. »Was soll ich denn sonst tun?« sagte er. »Gibt es irgendwelche logischen Alternativen?«

Spock nickte. »Ja. Aber nur eine *korrekte.«*

»Freut mich zu hören.« Kirk aktivierte noch einmal die Kom-Einheit. »Transporterraum an Krankenstation. Pille, komm mal rauf. Wir kriegen gleich Gesellschaft.«

Der Transporterstrahl surrte, Energie baute sich über den Feldern auf. Kirk und Spock warteten ab. Momente später tauchten zwei silbern gekleidete Gestalten auf. Sie streckten die Arme nacheinander aus – wie bei dem Versuch, einander in einer letzten, verzweifelten Bewegung zu umarmen. Als sie völlig materialisiert waren, brachen sie auf dem Transporterfeld zusammen. Kirk stellt ungläubig fest, daß ihre Raumanzüge von zahlreichen Flicken bedeckt waren.

»Sir«, sagte Kyle verwirrt, »der Transporter funktioniert nicht mehr.«

Kirk nickte. Damit hatte er gerechnet. Weyland war

in der Tat ein Wesen, auf dessen Wort man vertrauen konnte.

McCoy traf schnell mit seiner medizinischen Ausrüstung ein. Er riß die Augen auf. »Wo, zum Teufel, kommen die denn her?«

»Offenbar vom Schiff der Klingonen. Berücksichtige also die Besonderheiten ihrer Anatomie.«

»Ich weiß nicht genau, wie man Klingonen behandelt«, sagte McCoy und näherte sich vorsichtig den Individuen auf der Plattform. Man mußte zwar immer wachsam sein, wenn man es mit Klingonen zu tun hatte, aber die beiden wirkten nicht so, als könnten sie einem Kummer bereiten.

Die größere der beiden Gestalten nahm ihren Raumhelm ab. Kirks Augen wurden vor Überraschung groß, dann schüttelte er den Kopf. Die Klingonen hatten also wieder mal ein Karriereritual durchgeführt. Nach allem, was er über diese Dinge wußte, war es erstaunlich, daß der Mann noch lebte.

Der Klingone schaute erschreckt zu Kirk auf. »Ihr Götter! Ich bin tot.«

»Nein«, sagte Kirk. »Sie sind auf der *Enterprise.*«

»Ich habe geglaubt, daß ich tot bin, weil meine persönliche Vorstellung der Hölle darin besteht, mit Ihnen zusammen dort eingesperrt zu sein.«

»Die Freude, Sie zu sehen, ist ganz meinerseits, Commander Kral.«

21

SCHOTTLAND, 1746

Ohne sich um das protestierende Knacken seiner Rückenwirbel zu scheren, rutschte Montgomery Scott von seinem Strohsack. Was war passiert? Er hatte einen Schuß gehört, und dann Geschrei. Nun hörte er das Geräusch eiliger Schritte und wütendes Stimmengewirr. Er nahm an, daß es die Nesbits waren, die um etwas baten oder bettelten. In der Schänke war es strahlend hell. Scotty stürmte hinaus. Er fiel beinahe die Treppe zur Gaststube hinab.

Dort stieß er auf William Hanover, den Herzog von Cumberland. Er trug ein Nachthemd und hielt den wild um sich tretenden und sich wehrenden Seamus am Schlafittchen.

»Was, zum Henker …?« keuchte Scotty.

Hanover beachtete ihn nicht. Er redete mit den Nesbits und schüttelte Seamus heftig hin und her, um seinen Worten Nachdruck zu verleihen. »Ihr behauptet also, nicht gewußt zu haben, daß dieser kleine Rebell unter eurem Dache schläft?«

»Ich bin kein Rebell«, rief Seamus mit rotem Gesicht, »sondern ein Patriot, der mit Freuden für den Prinzen sterben will, der – bei Gott! – unser König ist!«

»Ach, halt's Maul«, sagte Hanover ärgerlich. »Wenn du noch einmal versuchst, jemanden im Schlaf zu erschießen, achte gefälligst darauf, daß deine Hände nicht vor Angst zittern.«

»Wenn meine Hand gezittert hat«, fauchte Seamus, »dann nur deswegen, weil ich so aufgeregt war, die Gelegenheit zu bekommen, die Welt von Euch zu befreien! Und um dem Prinzen einen Vorteil zu verschaffen!«

»Du hast deine Gelegenheit gehabt«, sagte Hanover. »Aber du hast sie vermasselt.«

Seamus trat ihm gegen das Schienbein.

William Hanover, der Herzog von Cumberland, stieß einen Schmerzensschrei aus und ließ Seamus los. Seamus nutzte die Chance und stürzte ans Fenster. Er hätte es beinahe geschafft, aber ein Soldat hechtete hinter ihm her und erwischte seine Unterschenkel. Seamus ging krachend zu Boden und riß einige Stühle um. Drei Soldaten waren nötig, um den sich wehrenden Burschen auf die Beine zu hieven, und Seamus schlug die Zähne in den Unterarm des Mannes, der ihm am nächsten stand. Der Soldat schrie auf, holte aus und versetzte ihm eine schallende Ohrfeige. Der Junge ächzte und sackte im Griff der anderen Männer zusammen.

»Was sollen wir mit ihm machen, Sir?« sagte der Offizier, der Seamus von hinten festhielt.

»Erschießt ihn«, sagte Hanover. Er setzte sich hin und massierte sein schmerzendes Bein.

»In der Gaststube, Sir?«

Hanover stierte den Offizier ungläubig an. »Natürlich *nicht* in der Gaststube! Sind wir etwa Barbaren, wie unsere Feinde? Denkt nach, Mann! Wenn Ihr ihn hier erschießt, versaut sein Blut doch den ganzen Boden!«

»Verzeihung, Sir«, sagte der zu recht getadelte Offizier.

»Nie die Etikette vergessen, guter Mann«, sagte Hanover. »Schließlich sind wir Engländer. Da muß man auf seinen Ruf achten. Bringt ihn raus und erschießt ihn dort.«

»Schon unterwegs, Sir.«

Seamus wurde auf die Straße hinausgezerrt. Es war dunkel. Das wenige sichtbare Licht kam von den Fackeln, die die Soldaten hielten.

Das Exekutionskommando war echt. Man warf Seamus wie ein Gepäckstück mitten auf den unbefestigten Weg. Er stolperte und fiel auf den Rücken.

Als er sich wieder aufrappeln wollte, rief ein Offiziere, der seine Muskete hochschwang: »Ich würde keinen Fluchtversuch machen, Bursche! Wenn du's tust, verwunden wir dich vielleicht nur. Dann dauert's nur länger. Wenn du still stehst, können wir es schnell erledigen. Dann spürst du nichts.«

»Wie übel mir wird, wenn ich euch nur ansehe!« gab Seamus trotzig zurück. Er stellte sich hin, ballte die Fäuste und blickte die Männer an. »Macht schon! Ich habe keine Angst!«

»Du hast Mut, Bursche«, sagte der Offizier. »Schade, daß du auf der falschen Seite stehst.« Auch die anderen hoben nun ihre Musketen.

Plötzlich ertönten dumpfer Hufschlag und das laute Wiehern eines Pferdes.

Die Soldaten fuhren herum. Sie konnten nicht erkennen, wer da im Finstern auf sie zugaloppierte. Dann stürmte ein Gaul in den Lichtkreis; er fegte mitten durch die Soldaten, denen nichts anderes einfiel, als nach allen Seiten auseinanderzuspritzen.

Die Augen des Jungen weiteten sich voller Erstaunen. »Mr. Scott!« rief er.

Scotty beugte sich nach vorn und streckte die Hand aus. »Beeil dich! Los!«

Seamus sprang, und Scotty zog ihn, als sei er völlig gewichtslos, auf den Rücken des Pferdes. Er packte die Zügel, das Pferd machte einen Satz nach vorn. Hinter ihm ertönte das Krachen eines Musketenschusses, aber Scotty kümmerte sich nicht darum. Musketen waren *(sind! sind!)* selbst unter den günstigsten Umständen nie sehr zielgenau.

Momente später waren Scotty und Seamus in der Dunkelheit untergetaucht.

Als die leicht verstörten Männer in die Gaststube zurückkehrten, schaute Hanover zu ihnen auf.

»Ist er tot?« fragte er.

»Ähm ...«, machte ein Offizier. »Nein, Sir. Er ist ... ähm ... entfleucht, Sir.«

Hanover maß ihn mit einem ätzenden Blick.

»Entfleucht?«

»Er hatte einen Helfer, Sir.«

»Wirklich?« Hanover beäugte seine Leute. »Nicht das geringste Stäubchen an euren Kleidern. Ihr müßt wie die Löwen gekämpft haben.«

»Er hat uns überrascht, Sir. Ein Reiter ...«

Hanover drosch so fest mit der Faust auf den Tisch, daß die Teller klapperten. »Was kümmert es mich? Selbst wenn ihm eine Horde Hunnen beigestanden wäre! Schnappt ihn euch!«

»Jawohl, Sir!« sagten die Offiziere und eilten hinaus, um eine Verfolgungsjagd zu organisieren.

Hanover schüttelte den Kopf. »Wahrlich, ich muß schon sagen, dies ist eine verdammt enttäuschende Vorstellung. Man findet heutzutage einfach keine guten Offiziere mehr.«

22

»Sie sind *was?*« brüllte Kbrex, ganz außer sich vor Wut.

»Von einem Transporter übernommen worden«, sagte Kevlar von der Ortung her. »Wir hatten sie auf dem Schirm, dann sind sie verschwunden.«

»Die *Enterprise* anfunken«, fauchte Kbrex. »Funkt diese Dreckskerle sofort an! – *Enterprise!* Antwortet, verdammt noch mal!«

»Hier ist die *Enterprise*«, kam die feste Stimme einer Menschenfrau.

»Ich will sofort mit dem matschhirnigen Lumpen reden, der sich Ihr Commander nennt!«

Eine kurze Pause folgte. Dann meldete sich die Frau erneut. Sie klang erheitert. »Tut mir leid, aber an Bord befindet sich niemand mit diesem Namen.«

Totenstille.

»Sie haben abgeschaltet, Herr.«

»Neue Verbindung aufnehmen!«

Kurz darauf ...

»Hier ist die *Enterprise*.«

»Sie dämliche Schnepfe!« brüllte Kbrex, um die Frau ordentlich einzuschüchtern. Dann fügte er hinzu: »Wissen Sie eigentlich, mit wem Sie es zu tun haben?«

»Sie haben schon mal angerufen, nicht?« erwiderte die Frau gelassen.

»Verbinden Sie mich sofort mit Ihrem hirnlosen Captain, sonst reiße ich Ihnen – Kahless sei mein Zeuge –

bei lebendigem Leib das Herz heraus und erdrossle Sie mit Ihren Eingeweiden!«

Wieder eine Pause.

»Wen wollten Sie nochmal sprechen?«

Kbrex' Gesichtsfarbe wurde violett. »Ihren von Flöhen zerbissenen, feigen Hurensohn von einem Captain!«

»Er ist gerade mit dem Hund draußen«, erwiderte die Frau. »Aber ich bin ganz sicher, daß er bald wieder da ist. Bis dahin könnten Sie eventuell ein bißchen Knigge lesen.«

Totenstille.

»Sie haben wieder abgeschaltet.«

»Neue Verbindung aufnehmen!«

»Hier ist die *Enterprise.*«

»Sie blökende Bergziege ...«, fing Kbrex an.

Aber Glatte Stimme fiel ihm ins Wort. »Wir sind im Moment nicht zu Hause. Bitte hinterlassen Sie nach dem Pfeifton eine Nachricht. Wir rufen dann so bald wie möglich zurück.«

Kbrex zischte kurz, dann informierte ihn der um sein Leben fürchtende Funkoffizier, daß die *Enterprise* schon wieder abgeschaltet hatte.

Noch nie zuvor war die Brückenmannschaft der *Enterprise* einem hysterischen Anfall so nahe gewesen.

Nach Stunden des hilflosen Herumsitzens, der Gnade eines Überwesens ausgeliefert, dessen Motive ebenso unklar waren wie seine Denkweise, war die Gelegenheit, etwas Dampf abzulassen, der reinste Segen für die Leute.

»Sie melden sich schon wieder, Captain«, sagte Uhura. Im Gegensatz zum kaum noch unterdrückten Gekicher der Männer und Frauen in ihrem Umfeld behielt sie den trockenen Tonfall bei, den sie schon bei den Klingonen angewandt hatte. »Wie lange soll das noch so weitergehen?«

»Bis er sich so benimmt, wie es sich gehört«, sagte Kirk. Er musterte beiläufig seine Fingernägel. »Als ich noch ein junger Bursche war, hätte ich es ihm wahrscheinlich mit gleicher Münze heimgezahlt. Aber jetzt bin ich zu alt, um mich über diesen Kasper zu ärgern.«

»Jawohl, Sir«, sagte Uhura und wappnete sich für die nächste Runde. Sie öffnete die Frequenz und sagte mit zuckersüßer Stimme: »Hier ist die *Enterprise.*« Und wie zuvor schaltete sie die Lautsprecher ein, damit die Mannschaft mithören konnte.

Einen Moment lang blieb es still, dann sagte eine schroffe klingonische Stimme, die so klang, als ersticke sie an jeder ausgesprochenen Silbe: »Ist… Captain… Kirk… zu sprechen… *Bitte?*«

Kirk und Uhura tauschten einen Blick. Kirk lächelte und neigte leicht den Kopf. »Auf den Bildschirm, Uhura.«

Das wütende Gesicht eines Klingonen erschien und fauchte: »Habe ich ordentlich zu Ihrer Erheiterung beigetragen?«

»Kann ich Ihnen irgendwie helfen?« fragte Kirk.

»Das wissen Sie verdammt genau«, fauchte der Klingone. »Ich bin Commander Kbrex. Unser Ex-Commander und seine Genossin sind drüben bei Ihnen.«

»Sah aus, als hätten Sie keine Verwendung mehr für sie«, sagte Kirk neutral.

»Sie wurden zum Tode verurteilt!« kam die wütende Antwort.

»Nun, Ihr Wunsch wird sich zweifellos erfüllen. Ich kann Ihnen versichern, daß sie sterben werden.«

Dies schien Kbrex tatsächlich zu überraschen. »Soll das heißen, Sie werden sie verhören und anschließend selbst töten?«

»Nein. Ich versichere Ihnen nur, daß sie sterben werden. Früher oder später. Wie wir alle.«

Kbrex' Miene verfinsterte sich. »Manche von uns,

Captain Kirk, sterben früher als die anderen.« Sein Bild verblaßte.

»Ich glaube nicht, daß er uns mag«, sagte Kirk.

Spock trat neben ihn und schaute geradeaus. »Die Frage bleibt, was Sie mit unseren Gästen vorhaben.«

»Ich habe gar nichts mit ihnen vor«, sagte Kirk zugeknöpft. Die leichte Erheiterung, die Kbrex' Verlegenheit in ihm erzeugt hatte, verblaßte schnell. »Ich habe ihnen auch nichts zu sagen.«

»Die Ereignisse auf Cragon V haben Sie verärgert.«

Kirk schaute ruckartig zu Spock auf. »Sie waren für den Tod eines meiner Offiziere verantwortlich.«

Spock neigte zwar leicht den Kopf, um die Aussage des Captains zu bestätigen, doch war das Unausgesprochene bei ihm in der Regel ebenso wichtig wie das Ausgesprochene.

Kirk dachte kurz nach. Dann stand er auf. »Übernehmen Sie das Kommando«, sagte er.

Es war nicht zu übersehen, wo Commander Kral untergebracht war. Seine Kabine war die einzige, vor der zwei schwerbewaffnete Angehörige des Sicherheitspersonals standen.

Kirk klopfte an, wartete einen Moment und trat ein. Als die beiden Klingonen ihn hereinkommen sahen, standen sie auf.

Totenstille herrschte, als die Männer einander abschätzten. Kirk musterte das ruhige Pokergesicht des jungen klingonischen Commanders. Wenn er die unergründlichen Gesichtszüge des Mannes richtig deutete, sah er hinter dem typischen kriegerisch-sturen Zähnefletschen noch etwas anderes. Kirk musterte die Frau nur kurz. Männliche Klingonen mochten es nicht, wenn man ihre Frauen allzu lange ansah. Doch schon ein kurzer Blick auf ihr Gesicht genügte, um ihm zu sagen, daß sie nicht nur eine edle Schönheit verkörperte, die jeder Humanoide bewundert hätte, sondern auch, daß sie stolz und tapfer war – wenn momentan auch leicht verängstigt. Und daß eine edle Klingonin Furcht empfand, kam nicht alle Tage vor.

»Wie ist die Lage auf Ihrem Schiff, Commander?« fragte Kirk knapp.

»Fahren Sie zur Hölle«, sagte Kral. Die Frau schnappte heftig nach Luft, sagte aber nichts.

»Sie verhalten sich Ihrem Retter gegenüber nicht gerade nett«, sagte Kirk.

»Retter?« erwiderte Kral. »Wenn Sie das wären, müßte Ihr Handeln doch uneigennützigen Motiven entsprungen sein. Sie haben uns doch nur gerettet, weil Sie darauf aus sind, uns zu foltern und uns Informationen zu entlocken.«

Kirk schüttelte den Kopf. »Wollen wir wetten, daß man Ihnen eine Gehirnwäsche verpaßt hat?«

»Wir kennen die Ziele der Föderation«, sagte Kral.

»Wir haben nie ein Geheimnis aus unseren Zielen gemacht«, erwiderte Kirk. Seine Verärgerung nahm mit jeder Sekunde zu. Irgend etwas am arroganten und trotzigen Gehabe Krals brachte ihn allmählich auf die Palme. »Wir propagieren in der ganzen Galaxis Wohlstand und Kooperation. Ebenso wie die Klingonen kein Geheimnis aus ihren Zielen machen: Unterdrückung und Ausbeutung aller Völker – außer dem eigenen.«

»Wir sind die Stärkeren!« behauptete Kral.

»Ich kenne diese Behauptung schon, Kral. Ich habe sie schon vor Jahren gehört – von Klingonen, die zwar anders aussahen als Sie, aber das gleiche widerwärtige und arrogante Verhalten zeigten.«

Kral drehte Kirk den Rücken zu. »Ich sehe keinen Sinn darin, diese Diskussion fortzusetzen. Bringen Sie uns zur nächsten Starbase und liefern Sie uns dort als Kriegsgefangene ab.«

»Wir haben keinen Krieg!« sagte Kirk ärgerlich. »Was schlagen Sie vor? Wie sollen wir denn zur nächsten Starbase kommen? Aussteigen und anschieben? Wir haben keine Energie!«

Dies schien Vladra zu überraschen. »Sie auch nicht?«

Kral drehte sich wieder um und stieß einen scharfen, zischenden Laut aus, der sie wohl zum Schweigen bringen sollte. Aber Vladra sagte aufmüpfig: »Was macht es jetzt noch aus, Commander? Wir sind auf der *Ghargh* nicht willkommen...«

»Schweig!« fauchte Kral mit geballten Fäusten.

»Halten Sie mich für verblödet, Commander?« fragte Kirk in dem Bemühen, die zunehmende Verärgerung des Klingonen von der Frau abzulenken. »Jemand, der seinen Commander in den Weltraum wirft, zeigt nicht gerade Respekt. Ihre Mannschaft ist offenbar der Meinung, daß man keine Verwendung mehr für Sie hat. Und offen gesagt, wenn Sie Ihren Leuten gegenüber die gleiche Kooperationsbereitschaft gezeigt haben wie uns...«

Kral stürzte sich auf Kirk.

Vladra stieß einen Warnschrei aus, aber er kam natürlich etwas zu spät. Kirk trat schnell zur Seite, und Kral knallte gegen die Wand. Als er herumwirbelte und Kirk mit geballten Fäusten und gebleckten Zähnen gegenüberstand, wich dieser zurück.

Die Tür ging zischend auf. Die beiden Wachen traten ein. Sie bauten sich zwischen Kral und ihrem Captain auf und hielten beide Klingonen mit Phasern in Schach.

Kral, blind vor Wut, warf sich den Wachen entgegen. Der Mann, der ihm am nächsten war, legte an. Genau in dem Moment, in dem Kirk »Nicht!« schrie, heulte der Phaser los. Von einer Betäubungsladung umhüllt, ging Kral zu Boden. Er schlug fest auf und knallte mit dem Schädel gegen den Kojenrand.

»Verzeihung, Captain«, entschuldigte sich die Wache.

»Ist schon in Ordnung«, sagte Kirk zurückhaltend. Er

trat ans Kom und benachrichtigte McCoy in der Krankenstation. Vladra drehte den besinnungslosen Kral auf den Rücken. Er hatte eine üble Schramme am Kopf, aber es war nichts, womit McCoy nicht fertig werden konnte.

»Er ist durcheinander«, sagte Vladra. Es klang fast wie eine Entschuldigung.

»Durcheinander zu sein, ist ein normaler klingonischer Geisteszustand«, sagte Kirk, als er sich zum Gehen wandte. Er sah wenig Sinn darin zu bleiben.

»Es war da«, sagte Vladra plötzlich.

Kirk drehte sich um. »Es?«

»Das Ding, das sich Weyland nennt«, sagte Vladra und unterdrückte ein Frösteln. »Es hat unsere Waffen ausgeschaltet. Wir sitzen fest. Deswegen wurde Kral seines Kommandos enthoben. Die Mannschaft brauchte einen Sündenbock.«

»Hat Weyland«, sagte Kirk, »irgendwelche von Ihren Leuten ... mitgenommen?«

Vladra runzelte die Stirn. »Nein. Wieso? Hat er welche von Ihnen ...?«

Kirk wollte zuerst nicht antworten. Aber dann wurde ihm klar, daß dies genau jene Art von Verfolgungswahn war, an dem die Klingonen litten. Und wie ein Klingone wollte er sich nun doch nicht verhalten. »Ja«, sagte er knapp. »Drei meiner Leute sind verschwunden.«

»Ich kann Ihren Zorn verstehen«, sagte Vladra leise. Sie warf einen Blick auf Kral. »Vielleicht verstehen Sie auch den seinen.«

Kirk musterte den besinnungslosen Kral. Seine Brust hob und senkte sich unregelmäßig.

Er dachte an Garrovick, der an den Folgen einer klingonischen Waffe gestorben war.

»Ich würde ihn gern verstehen«, sagte Kirk, dann drehte er sich um und ging an McCoy vorbei hinaus.

Als er mit geballten Fäusten durch den Gang

schritt, schaute er weder nach rechts noch nach links. In seinem Kopf spielte sich eine gewaltsame Szene nach der anderen ab, für die Klingonen verantwortlich gewesen waren – bis hinauf zur letzten, zu Garrovicks Tod.

»Wir werden hier alle zusammen verfaulen«, sagte Kirk.

23

STALINGRAD, 1942

Der SS-Offizier trat zur Seite und rief laut: »An die Gewehre! Legt an!«

»Ich nehme doch an«, sagte Chekov zu John Kirk, »daß du an einem *verdammt guten* Plan arbeitest...«

»Er wird dir gefallen«, sagte Kirk.

»Feuer!« schrie der SS-Mann.

Chekov nahm Haltung an und schloß die Augen. Die Gewehre knallten los.

Er wartete auf den Schmerz, auf die entsetzliche Agonie. Er wartete darauf, daß sein Blut in Strömen aus den Löchern in seiner Brust spritzte und die Beine unter ihm nachgaben. Er wartete auf *irgend etwas!*

Doch nichts geschah.

Chekov, der fast zuviel Angst empfand, es zu glauben, öffnete ein Auge. Dann das andere. Kirk stand neben ihm. Sie schauten einander gleich verdutzt an.

Als sie das heisere Gelächter der deutschen Soldaten hörten, drehten sie sich um.

»Platzpatronen«, murmelte Kirk. »Sie haben Platzpatronen verwendet. Man nennt so etwas Scheinexekution. Damit einem der Arsch auf Grundeis geht.«

»Sehr wirkungsvoll«, sagte Chekov, der sich alle Mühe gab, das Zittern seiner Stimme in Maßen zu halten.

»Und jetzt«, sagte der SS-Offizier und kam mit zackigem Schritt auf sie zu, »geht ihr wieder in eure Zelle. Dann unterhalten wir uns. Und morgen... Nun ja, man kann nie wissen, wann einem eine echte Kugel in den Brustkorb dringt, nicht wahr?«

Ein Gewehrschuß ertönte, und der SS-Offizier brach mit einer Kugel in der Brust zusammen.

Chekov und Kirk schauten sich verwirrt um. Im ganzen Lager brach urplötzlich die Hölle los.

Das Exekutionskommando schwang die Waffen herum und fing automatisch an zu feuern – die Männer hatten völlig vergessen, daß sie nur Übungsmunition geladen hatten. Sie sanken zuckend zu Boden, schrien auf und brüllten Obszönitäten.

Chekov spürte plötzlich, daß sich von hinten jemand an ihm zu schaffen machte und seine Fesseln zerschnitt. Links von ihm wurde Kirk befreit, und als er sah, wer dafür verantwortlich war, riß er die Augen auf.

»Iwan!« sagte er erfreut.

Iwan, der gerade Chekovs letzte Fessel löste, sagte: »Sie haben mich nach dem letzten Verhör für tot gehalten. Sie haben mich rausgeschleift und auf einen Stapel Leichen geworfen. Dann flogen mir Granaten um die Ohren. Ich bin zu mir gekommen und zu einem Bauernhaus gekrochen. Ich hab den Bauern erzählt, was passiert ist, und sie haben sofort eine Gruppe Arbeiter alarmiert. Ein paar, meist Mongolen, die was gegen Sowjets haben, wollten uns nicht helfen, aber die anderen waren Patrioten. Ein paar haben die Deutschen sogar als Partisanen ausspioniert.«

Bauern, dachte Chekov. Er verdankte sein Leben den entschlossenen Bauern, die in der Nähe aus dem Hinterhalt schossen. »Und die Rote Armee?« keuchte er.

»Hat die Mörser und Scharfschützen gestellt.«

Sie vernahmen plötzlich ein näherkommendes Pfeifen und schauten auf.

Iwans Blick zeigte Schrecken. *»Auseinander!«* schrie er. Mörser wußten allem Anschein nach nicht zwischen Freund und Feind zu unterscheiden.

Chekov machte einen Wahnsinnssatz. Sekunden später wurde er von einer hinter ihm stattfindenden

Explosion nach vorn geschleudert. Er warf einen Blick zurück, doch der aufsteigende Qualm erlaubte ihm nicht, irgend etwas zu erkennen, und die Zeit, um zurückzugehen und die Sache aus der Nähe zu überprüfen, hatte er nicht.

Chekov schlug sich gerade nach vorn durch, als ihm ein deutscher Soldat in den Weg trat. Er sprang ihn an und rammte den Kopf in den Bauch des Mannes. Der Soldat ging ächzend zu Boden. Chekov knallte die Kniespitze in seine Brust und hob die Fäuste, um ihn niederzuschlagen.

Ein dünnes, pickelgesichtiges Bürschlein starrte ihn mit entsetzten Augen an. Unter seinem Stahlhelm quollen Büschel roten Haars hervor. War das etwa die Herrenrasse, die fanatisierte Hitlerjugend? Oder ein ängstlicher Junge, der sich viel lieber über seine Versetzung in der Schule und seine Zukunft mit dem Mädchen von nebenan Gedanken gemacht hätte, statt an einem ideologischen Krieg mitzuwirken, den er nicht verstand und der ihm auch nicht wichtig war?

»Hau ab!« schrie Chekov ihn auf russisch an. Die Bedeutung seiner Worte war eindeutig. Der Junge rappelte sich auf und floh.

Chekov rannte in die Finsternis hinein. Rings um sich her vernahm er Gewehrfeuer, Schreie und Tod.

Dann hörte er seinen Namen, und als er sich umdrehte, sah er Kirk. Er stand zwanzig Meter links von ihm und winkte. Chekov eilte sofort auf ihn zu.

Ist es meine Bestimmung, Captain Kirks Vorfahr zu retten? Irgendwie, schien es ihm, war John Kirk derjenige, der hier die Dinge in die Hand nahm.

Chekov stolperte über die noch warme Leiche eines deutschen Soldaten. Sein Helm war am Hinterkopf zerschossen. Er sah rotes Haar, das von ebenso rotem Blut durchtränkt war. Er drehte ihn nicht um, um sich das Gesicht anzusehen.

Kirk führte Chekov mit sturer Entschlußkraft und

murmelte: »Sie ist da drüben. Ich weiß es. Ich… Da!« Er streckte den Arm aus.

Da war eine Startbahn. Und auf ihr stand ein Ju-52-Transporter.

»Die Kiste, auf die Iwan es abgesehen hat«, sagte Kirk grinsend. »Wir könnten sie ihm zum Geburtstag schenken.«

»Kannst du diese Kiste fliegen?« fragte Chekov.

»Mal sehen«, erwiderte der Amerikaner.

Und das, dachte Chekov, *klingt nun wieder eindeutig nach James T. Kirk.*

24

Als Kral die Augen öffnete, erblickte er den medizinischen Offizier in dem losen blauen Uniformhemd, den er schon einmal gesehen hatte. Er wedelte mit irgendeinem verfluchten Föderationsinstrument vor seiner Nase herum. Kral schob die Hand des Mannes mit einem finsteren Knurren beiseite und setzte sich mit einem Fluch hin.

Zu seiner Verblüffung drückte ihn der äußerlich sanft und gütig wirkende Offizier wieder aufs Bett. Kral musterte ihn schockiert.

»Sie... Sie wagen es...«, keuchte er. Es überraschte ihn, wie kraftlos seine Stimme klang.

»Sie haben einen verletzten Stirnwirbel«, sagte der Arzt flink. »Ich habe die Schürfwunden behandelt, aber Ihnen wird noch mindestens eine Stunde schwindlig sein.«

»Ich wußte es doch«, murmelte Kral. »Kein schlapper, dünnblütiger Föderationstrottel wäre in der Lage, mich auf eine dermaßen schändliche Weise zu behandeln, wenn ich nicht bewußtlos gewesen wäre.«

Der Arzt räusperte sich laut. »Auch wenn Sie uns für eine Bande weichhäutiger Feiglinge halten – Sie sollten wissen, daß meine Ahnen ebensolche Betonköpfe waren wie Sie. Mein Ur-Ur-Ur-hoch-zehn-Großvater war General und so zäh wie ein Pferd. Aber im Gegensatz zu Ihnen war er durchaus fähig, sich vernünftige Argumente anzuhören. Was ihn im Gegensatz zu den ›hochentwickelten‹ Klingonen verdammt weitsichtig machte.«

Kral kniff die Augen zusammen. Vladra saß neben ihm, sie hatte die Hände auf dem Schoß gefaltet. »Wenn wir auf meinem Schiff wären, würde ich Sie dafür bestrafen.«

»Ach, wirklich?« Der Arzt runzelte die Stirn. »Soweit ich weiß, hat man Sie aus dem Vakuum gefischt – beim Rückenschwimmen. Was, sagen Sie, war noch mal der Grund für diese Behandlung?«

Kral schwieg.

»Keine Antwort. Ich habe auch keine erwartet.« Der Arzt stand auf und wandte sich an Vladra. »Sagen Sie Ihrem Commander, daß es ihm in etwa einer Stunde wieder besser geht. Und sagen Sie ihm auch, daß er ein ebensolcher Starrkopf ist wie unser Chef. Könnte ja sein, daß es ein Trost für ihn ist.«

Kral drehte sich halb um und ignorierte den Schwindelanfall, der ihn überkam. »Wie können Sie es wagen, mich mit dem Schwächling zu vergleichen, der hier das Kommando hat!«

»Weil es unser Schiff ist«, sagte der Arzt ätzend. »Da kann ich mir schon mal was rausnehmen. Sie haben eine feste Meinung über Captain Kirk. Und er hat seine Meinung über Sie. Und während Sie und er sich gegenseitig die Pest an den Hals wünschen, stecken wir vielleicht für immer hier fest.«

»Wenn wir so viel Glück haben«, sagte Vladra.

McCoy schaute sie an. »Was meinen Sie damit?«

Vladra öffnete den Mund – und schloß ihn wieder.

Zu McCoys Überraschung, und zum Teil auch zu Vladras, sagte Kral: »Wenn Ihr Schiff in einer ähnlichen Situation ist wie das unsere, bricht es aus der Kreisbahn aus. Wir haben weniger als vierundzwanzig Stunden, um die Lage zu korrigieren.«

»Und was sollen wir Ihrer Meinung nach tun?« fragte McCoy.

Krals Kopf sank wieder auf das Kissen zurück. »Ich habe nicht die geringste Ahnung.«

25

SCHOTTLAND, 1746

Mr. Scott, Ihr habt mich gerettet!« jubilierte Seamus. Seine Worte kamen ruckartig und stoßweise, da der Wind sie ihm bei jedem Aufschlag der Pferdehufe von den Lippen riß. Inzwischen war aus dem Durcheinander eine Jagd geworden.

»Ihr reitet wie ein Herr«, sagte der Junge.

»Ich wußte gar nicht, daß ich reiten kann. Aber wenn einem die Höllenhunde an den Fersen kleben, hat man keine Wahl. – Welchen Weg nehmen wir, Junge?«

»An der Wegkreuzung links. Dahinter ist die Heide, dann kommen die Hügel. Wir müssen ins Hochland, Sir. Dorthin werden sie uns nicht folgen.«

Ausgezeichnet, dachte Scotty. Aber bevor sie wieder in aller Ruhe Luft holen konnten, mußten sie ein paar Meilen zwischen sich und die Verfolger bringen.

Als der wilde Ritt weiterging, murmelte der Junge ein Gebet, dessen Ursprung ebenso im heidnischen Altertum wie in der christlichen Lehre verwurzelt war.

»Bridget und Bran, beschützt uns,
Wilde Königin Maeve, beschütze uns,
Heilige Jungfrau Maria, beschütze uns,
Michael, beschütze uns.
Brian, Michaels Roß,
Verleihe diesem Hengst Kraft,
Christus und alle Heiligen,
Beschützt uns.«

Der kehlige Rhythmus des magischen Poems, das Seamus ständig wiederholte, paßte zum Rhythmus des Pferdes, das die nach Norden verlaufende und sich dann dem Hochland zuwendende Straße entlanggaloppierte.

»Bei Gott, wir haben sie abgehängt«, sagte Scotty erleichtert, als er einen Blick nach hinten warf. Er zügelte das schäumende Pferd. »Alles in Ordnung mit dir, Junge?«

»Es ginge mir besser, wenn ich mein Ziel erreicht hätte. Die Welt von diesem feisten Ochsen zu befreien ...«

»Es wäre dir ohnehin nicht gelungen. Hanover ...«

Seamus schaute zu ihm auf. »Was? Was ist mit ihm?«

»Hanover ... ist ein zu erfahrener Soldat, um sich überraschen zu lassen.«

»Nein.« Seamus Augen verengten sich. »Ihr wolltet etwas anderes sagen. Ihr wißt etwas ... Weil Ihr das Zweite Gesicht habt ...«

Scotty seufzte. Dann sagte er leise: »Du solltest es dir vielleicht noch mal überlegen, ob du dich dem Prinzen anschließt, Seamus.«

»Warum denn? Wird Hanover ihn etwa schlagen? Kann der Prinz gar nicht siegen? Sagt das Zweite Gesicht Euch das?«

Scotty grunzte aufgebracht. »Zweites Gesicht! Zweites Gesicht! Ich weiß nicht mal, wo ich herkomme. Aber irgend etwas sehe ich wohl, mein Junge. Der Prinz kann nicht siegen. Es sind höhere Mächte gegen dich. Es lag nicht an deinem Zittern beim Zielen, als du ihn töten wolltest. Du trägst die Last der Geschichte auf den Schultern. Einer Geschichte, die erst noch geschehen muß.«

Seamus' Gesicht war starr. »Aber wenn sie noch nicht geschehen ist, kann ich sie so geschehen machen, wie ich will.«

»Ich möchte aber nicht, daß sie anders verläuft, mein Junge«, sagte Scotty.

Der Junge saß ab, ging herum und schüttelte seine Beine aus. Scotty blieb auf dem Pferd sitzen und schaute ihn mit unverhohlener Neugier an.

»Dann bist du also ein Spion?« fragte er den Jungen und schüttelte ungläubig den Kopf.

»Aye, Sir«, sagte Seamus fröstelnd. »Ich war Lehrling bei einem Schiffsbauer in Skye. Doch dann wurde ich gerufen und zum Spionieren ins Tiefland geschickt. Ich war ein Jahr lang persönlicher Trommler des Königs, und auf meinem Rücken sind Narben, die es beweisen. Dann bin ich desertiert, dem Heer gefolgt und habe Arbeit angenommen, wo ich sie bekam. Ich habe General Murray von Prinz Charles' Heer per Brieftaube Meldungen zugeschickt.«

Eine Weile gingen und ritten sie weiter. Der zitronengelbe Sonnenschein warf herrliche Lavendelschatten über das wellige graue Land, in dem hier und da Schneehügel aufragten. Bald wurde es von ziehenden Wolken überschattet, die noch grauer waren als das ausgedehnte, einsam daliegende Land.

»Es wird etwas wärmer«, sagte Scotty und richtete die Nase in den Wind.

»Dann wird es auch wieder schneien, Mr. Scott«, sagte Seamus fachmännisch.

Und wie er es vorausgesagt hatte, fielen allmählich dicke, nasse Schneeflocken und klatschten auf die beiden Männer. Allerdings schmolzen sie schon bei der ersten Berührung. Als sie im Wind langsam der Sicherheit entgegenritten, wurden die Flocken klein und hart und blieben an ihnen kleben.

»Habt Ihr Hunger?« rief der Junge Scotty durch den vom Wind verwehten Schnee zu. Sie ritten nun wieder zu zweit und schmiegten sich wegen der Wärme aneinander.

»Das kann man wohl sagen, Seamus.«

»Da hinten ist eine Hütte. Seht Ihr den Rauch da?« Scott versetzte das Pferd in einen Trab.

»Hallo«, rief Scotty, nachdem er abgesessen war und an die Tür klopfte. »Öffnet ihr bitte für zwei frierende Reisende?«

Niemand antwortete. In der Hoffnung, die Bewohner aus dem Schlummer wecken zu können, hämmerte Scotty erneut gegen die Tür. Sie ging quietschend auf, aber es war niemand da, der sie in Empfang nahm. Die beiden Männer traten vorsichtig über die Schwelle. Sie sahen noch immer keinen Menschen, doch es war eindeutig, daß hier noch vor kurzem jemand gewesen war. Im Kamin brannte ein erbärmliches Torffeuer, das mehr Rauch als Wärme erzeugte; darüber hing ein fast leerer Topf mit Porridge. In einer Ecke lag ein Stapel dünner Bretter, die einst wohl als Bauholz hatten dienen sollen. Arme Leute ließen eben nichts verkommen.

»Verdammt noch mal, Seamus«, sagte Scott, schon fast bereit, sich umzudrehen und die Hütte zu verlassen, »ich kann armen Leuten einfach nicht den letzten Bissen nehmen – auch wenn sie gerade nicht zu Hause sind. Komm, laß uns gehen.«

»Ich bitte Euch, Mr. Scott. Wir können die Nacht doch nicht draußen in der Heide verbringen. Wenn wir das tun, erfrieren wir mit Sicherheit. Ich schlage vor, wir verbringen hier die Nacht und nehmen uns, was wir brauchen.«

»Tu, was du willst, mein Junge. Ich bleibe zwar hier, aber ich werde diesem armen Kerl nichts wegessen.«

Seamus brummte. Er beäugte den nicht gerade einladend aussehenden Haferschleim wie die herrlichste Leckerei. Dann begnügte er sich damit, einen Schluck Wasser aus einem Krug zu trinken, brachte das Pferd in den kleinen Unterstand hinter dem Haus und legte sich am Kamin zum Schlafen nieder.

Scotty nahm auf dem festgetretenen Erdboden Platz und lehnte sich an die Steinmauer des Kamins. Er wollte nach Möglichkeit wachbleiben, zumindest so lange, bis der Junge ein wenig geschlafen hatte. Außerdem mußte jemand Wache halten – für den Fall, daß der Besitzer der Hütte zurückkam.

Ein raschelndes Geräusch weckte Scottys Wachsamkeit. Er lauschte angestrengt. Als er zu der Erkenntnis gelangt war, daß es sich um Mäuse handeln mußte, die sich in einem Lumpenhaufen in einer finsteren Ecke eingenistet hatten, fiel ihm auf, daß ... die alten Kleider einen leichten Buckel bildeten.

Scotty stand lautlos auf. Seamus erwachte. Scotty wies seine Frage mit einer warnenden Geste ab, indem er zuerst einen Finger auf den Mund legte und dann in die betreffende Ecke zeigte. Seamus nickte. Er erhob sich leise auf die Knie und schnarchte beim Aufstehen sogar weiter. Scotty ging im Kreise, um den Unbekannten seitlich zu erwischen. Dann stürzten sich beide gleichzeitig auf die sofort losschreiende Gestalt und drückten sie zu Boden.

»Keine Bewegung«, sagte Seamus großtuerisch, »sonst muß ich dich umbringen.« Er schob die Säcke und Kleider beiseite, die ihren Gefangenen verbargen.

»Macht mit mir, was ihr wollt«, rief ihr Gefangener trotzig.

»Ein Mädchen!« keuchte Seamus. Sein Gesicht nur wenige Zentimeter von ihrem entfernt. Seine Hand umklammerte etwas ziemlich Weiches. Er wurde puterrot, ließ es los und sprang auf. »Oh je«, stammelte er. »Es tut mir leid!«

Auch Scotty ließ sie los. Er streckte ritterlich eine Hand aus, um ihr beim Aufstehen zu helfen. Doch sie blieb wie ein Knäuel liegen und maß sie mit großen, ängstlichen Augen. Ihr Gesicht war schmutzig, ihr langes schwarzes Haar war wild und glanzlos. Scotty hielt ihr die Hand eine geraume Weile hin, dann griff sie danach und ließ zu, daß er sie hochzog. Sie war dürr vor Hunger, aber dennoch schön, und etwa in Seamus' Alter. Ihr Blick wirkte jedoch viel älter; sie sah aus wie jemand, den man zutiefst verletzt hat.

»Entschuldige, wenn wir dich geängstigt haben«, sagte Scotty mit steifer Förmlichkeit. Er wußte nicht genau, was er sagen sollte. Schließlich waren sie in ihr Heim eingedrungen und hatten sie in Angst und Schrecken versetzt. »Wir sind nur wegen des Schnees hier.« Und als sie anfing zu zittern und unbeherrscht losweinte, fügte er hinzu: »Bitte, weine nicht.«

»Was habt ihr mit mir vor?« schluchzte sie.

»Nichts«, sagte Scotty aufrichtig. »Bitte. Wir gehen auch wieder. Stimmt's nicht, Seamus?«

»Bitte, bitte«, bat Seamus, den ihre Tränen völlig außer Fassung brachten. »Die Engländer sind hinter uns her, wir wollen nur zum Prinzen nach Inverness. Wir haben gehört, daß sich die Clans dort versammeln. Bitte, wein doch nicht!« Er trat vor, als wolle er sie in die Arme nehmen und trösten, doch die Schüchternheit seines Alters und die Gefühle des Augenblicks ließen ihn mitten in der Bewegung innehalten. Er starrte sie mit offenem Mund an, seine Arme hingen hilflos herunter.

»Na, komm schon, Mädel«, sagte Scotty, der ihm zu Hilfe kam und die Arme nach ihr ausstreckte. Er nahm sie in die Arme und hielt sie fest, und sie erzählte schluchzend ihre schreckliche Geschichte.

»Mein Vater und mein Bruder sind tot ... Sie wurden gehenkt. Der dicke Billy und seine Leute waren hier. Sie ...« Sie schaute nach unten, der Schmerz auf ihrem Gesicht war kaum zu ertragen. »Sie haben unaussprechliche Dinge mit mir getan und mich für tot gehalten. Sie haben sie umgebracht, weil sie Schotten waren. Aus keinem anderen Grund.«

Scotty hielt sie ziemlich lange in den Armen, dann löste sie sich schließlich von ihm und wischte ihr Gesicht mit der Schürze ab. Scotty musterte die dürftig geflickten Risse ihres Hemdes und ihrer Unterröcke. Dann schaute er schnell weg, weil er sich der Brutalität schämte, die zu erdulden man sie gezwungen hatte.

»Kommt, eßt mit mir«, sagte sie, noch immer zitternd, doch in einem tapferen Versuch, eine gute Hausfrau zu sein. Sie holte Schalen, und Seamus beeilte sich, ihr zu helfen, sie auf den Tisch zu stellen. Der Haferschleim war so geschmacklos, wie er aussah, aber in der alten, von Kummer erfüllten Hütte war es ein Festmahl der Liebe und Erquickung. Die beiden Männer taten ihr Bestes, um das Mädchen aufzuheitern, auch wenn sie nur wenig dazu beitragen konnten.

Nach dem Essen kramte das Mädchen, das Megan hieß, in den Körben, die ihren weltlichen Besitz enthielten. Sie zog zwei große, selbstgewebte Wollkilts hervor und hielt sie Scott und Seamus hin.

»Hier, nehmt sie«, sagte sie mit kalter Wut. »Verbrennt eure Sachsenlumpen. – Hier ist noch mehr.« Sie sank auf die Knie und scharrte den Erdboden auf. Scotty erkannte als erster, was sie vorhatte; er nahm den eisernen Topfhaken, um ihn beim Graben als Werkzeug zu benutzen.

Kurz darauf hatten Scotty und Seamus eine alte Kiste ausgegraben. Sie war vom Staub menschlicher Generationen und den Netzen Dutzender Spinnengenerationen bedeckt. Scotty hievte sie hinauf, und als er den Kistendeckel abbürstete, kniff er hustend die Augen zusammen.

Megan streichelte den Deckel, dann machte sie sich daran, ihn zu öffnen. Im Inneren der Kiste, ehrfurchtsvoll in ein uraltes Plaid gehüllt und mit kräftiger Schnur zusammengebunden, lagen zwei stattliche *Claidheam beag*, mit Korbgriffen versehene Breitschwerter des Hochlandes.

»Sie gehörten meinem Vater und meinem Bruder. Sie haben sie nach dem Aufstand im Jahr fünfzehn versteckt. Ich wünschte, sie hätten sie nicht vergraben. Wenn sie sie gehabt hätten, lägen sie jetzt vielleicht nicht unter der Erde.« Sie reichte Scott und Seamus die

Waffen. »Nehmt sie und kämpft anstelle meiner Familie für die Clans.«

»Ich werde diese Klinge nicht entehren«, schwor Seamus. »Ich werde den Feind mit Leib und Seele bekämpfen, das schwöre ich vor der Jungfrau Maria und allen Heiligen.«

Scott schaute das Mädchen an. »Ich kämpfe, wenn ich muß«, sagte er. »Aber ich bin kein Rebell, wie unser Freund Seamus. Ich muß gestehen … Ich hoffe, daß ich meinen Arm nicht zum Kampf erheben muß.«

Von draußen ertönte der Ruf einer Stimme, die mit abgehacktem, verärgertem englischen Akzent sprach.

»Kommt raus da! Wir wissen, daß ihr da drin seid! Eurer Spur hätte ein Blinder folgen können! Kommt da raus, ihr Barbaren – und sterbt wie die Männer, die zu sein ihr vorgebt!«

26

STALINGRAD, 1942

»Ich mach' den Piloten, wenn du willst«, sagte Chekov, der aus der Lektüre historischer Romane wußte, daß diese Formulierung bei den Fliegern der US Air Force im 20. Jahrhundert üblich gewesen war. John Kirk musterte ihn von der Seite. Er runzelte die Stirn und lächelte.

»Hätte gleich drauf kommen können, daß du auch Flieger bist. Bist zu verrückt, um etwas anderes zu sein. Also los. Ich fliege, mach' du den Kopiloten.« Sie gingen ins Cockpit. Die russischen Soldaten waren schon an Bord. Iwans Behauptung, er sei scharf auf den Transporter, war also kein Witz gewesen. Offenbar war die Maschine eins ihrer Hauptziele. Als die Partisanen, denen die Luft hier zu bleihaltig geworden war, sich in den Laderaum ergossen, taten die Bodentruppen ihr Bestes, um die Startvorbereitungen zu schützen. Der Rest lief los, um der Maschine Feuerschutz gegen die Deutschen zu geben. Die größte Gefahr bestand allerdings im Beschuß durch die eigenen Leute.

»Wohin fliegen wir?« fragte Chekov.

»Über die Wolga, nach Osten«, sagte Kirk. »Da ist 'ne Landebahn. Vertrau mir. Ich habe 'ne P-39 geflogen, als ich abgeschossen wurde; ich kenn mich hier aus. Wir können auf Sicht fliegen. Ich zeig's dir schon. – Schaffst du's, Chekov?«

»Mit Leichtigkeit«, erwiderte Chekov. Doch trotz seiner Großspurigkeit brach ihm der kalte Schweiß aus, als er sich vorstellte, die fremde Maschine über das

Schlachtfeld zu dirigieren und nicht nur sein Leben aufs Spiel zu setzen, sondern auch das Kirks.

»Dann schalt mal das Funkgerät ein und sag was auf russisch. Ich glaub nämlich nicht, daß eure Leute sehr freundlich darauf reagieren, wenn wir mit der Kiste in ihrem Luftraum auftauchen.« Kirk schnappte sich die Checkliste und sagte: »Klappen.«

»Klappen«, wiederholte Chekov.

Kurz darauf waren die Bodentruppen an Bord. Die Propeller rotierten. Die große Maschine setzte sich gerade langsam in Bewegung, als Chekov hinter sich einen Schrei hörte. »Schaut!«

Achtern wurde ein wilder Wortwechsel laut. »Bring sie zur Ruhe«, sagte Kirk zu Chekov. »Ich kann jetzt keine Ablenkung brauchen.« Chekov öffnete auf der Stelle seinen Sicherheitsgurt und eilte nach hinten, wo sich die Männer rings um die Heckluke versammelt hatten. Sie war halb offen.

»Luke schließen!« befahl Chekov. »Seid ihr verrückt?«

Doch ein Soldat deutete hinaus und rief: »Schau! Schau!«

Chekov schaute hinaus und riß die Augen auf.

Iwan rannte wie verrückt über die Startbahn hinter ihnen her; seine Arme schwangen, sein Mund war keuchend geöffnet.

»Kirk!« brüllte Chekov – wie komisch, jemandem mit diesem Namen einen Befehl zuzuschreien. »Tempo drosseln! Iwan ist noch draußen!«

»Wenn ich drossle«, brüllte Kirk zurück, »krieg ich vielleicht nicht das Tempo, das wir zum Abheben brauchen!« Trotzdem nahm die Geschwindigkeit leicht ab.

Iwan rannte, als sei der Teufel hinter ihm her. Chekov hängte sich aus der Luke und streckte den Arm so weit hinaus, wie nur möglich. Iwans Beine flogen, seine Arme holten weit aus. Chekov sah die Verzweiflung in seinem Blick.

»Beeil dich!« schrie er. »Schneller!«

Plötzlich vernahm er MG-Feuer. Von links her raste ein Kübelwagen mit aufmontiertem Maschinengewehr auf sie zu. Die Kugeln rissen hinter Iwan die Startbahn auf und zwickten ihn an den Fersen.

Es war genau der Ansporn, den Iwan brauchte. Er nahm all seine Kräfte zusammen, jagte vorwärts und machte – fast resignierend – einen gewaltigen Satz.

Chekovs Hand packte Iwans Gelenk. »Ich hab ihn!« schrie er. »Ich hab ...«

Das MG spuckte Tod, und Chekov empfand einen kaum merklichen, eigenartigen Schmerz. Iwan riß verzweifelt die Augen auf.

Chekov spürte, daß sein Arm warm wurde; er nahm die Verletzung visuell nicht wahr und weigerte sich, sie zur Kenntnis zu nehmen. Nun griffen weitere Hände zu, sie zogen ihn in die Maschine zurück, aber er hielt Iwans Arm eisern fest. Seine Hand hatte sich mit sturer Entschlossenheit um Iwans Gelenk geschlossen. Sie war sogar bereit, dem Tod zu trotzen.

Chekov taumelte in das Innere der Maschine zurück und spürte, daß ein schweres Gewicht auf ihn fiel. Dann erst erkannte er, daß es Iwan war.

»Gib Gas!« schrie er. »Volle Pulle!«

Die Luke krachte zu, Chekov wankte nach vorn und hörte, daß das Brüllen der Motoren zunahm.

Kirk warf ihm einen kurzen Blick zu, als er sich neben ihn in den Sitz warf. Dann stutzte er. »Mein Gott, du bist getroffen!«

Chekov musterte seine rechte Schulter. Da war ein häßlicher roter Fleck, der rasch größer wurde.

»Ist nicht schlimm«, sagte er knapp und riß seinen linken Ärmel ab. »Mach du weiter.«

Die Maschine nahm Geschwindigkeit auf. Hinter ihnen wurde das Geballer des Maschinengewehrs leiser und verblaßte. Als Chekov sich den Arm abband, sah er plötzlich, daß sie sich dem Wäldchen, das sich am Ende der Startbahn ausbreitete, zu schnell näherten.

»Schaffen wir's?« grunzte er, ohne auf das ihn ergreifende Schwindelgefühl zu achten.

»Och, aber sicher«, sagte Kirk. »Mach du dir nur mal keine Sorgen.«

Er zog den Steuerknüppel zurück, und die Maschine stieg langsam in die Luft. Chekov biß die Zähne zusammen, als der Schmerz in seinem Arm und das Pochen in seinem Schädel zunahmen.

Die Maschine polterte, stieg immer höher, vibrierte. Die Bäume kamen schnell näher – zu schnell.

Chekov hielt sich an den Sitzlehnen fest und riskierte einen schnellen Blick auf Kirk. Der Amerikaner grinste breit und pfiff eine Melodie ...

»Wie heißt das Lied?«

»Was denn, du kennst ›Off We Go into the Wild Blue Yonder‹ nicht?«

Die Maschine machte mit einem zusätzlichen Energieschub einen Satz, und das Fahrgestell fegte Millimeter über den Baumwipfeln dahin.

John Kirk drehte sich um und schaute Chekov fröhlich an. »Also ... Wie gefällt dir mein Plan bis jetzt?«

Chekov gab keine Antwort. Er hatte genug damit zu tun, nicht auf der Stelle ohnmächtig zu werden.

Sie stiegen höher und höher hinauf. Chekov warf einen Blick auf die unter ihnen liegende Stadt. Er fühlte sich weiter von ihr entfernt als je zuvor.

Dann stieß Kirk einen leisen Fluch aus. »What?« sagte Chekov auf englisch. Er war jetzt eigentlich nicht sehr scharf auf Überraschungen.

»Sie haben die Treibstoffleitung getroffen«, sagte Kirk. »Wir verlieren Saft. Und zwar schnell.«

»Schaffen wir's bis zum Flughafen?«

»Klar«, sagte Kirk. »Wenn nicht, bauen wir 'ne Bruchlandung. Vielleicht auch beides.«

»Wie schön«, sagte Chekov. »Einen Moment lang hab ich wirklich geglaubt, wir wären in Schwierigkeiten.«

»Nee«, versicherte Kirk ihm, während er zusah, wie

der Zeiger des Meßgerätes nach unten sank. »Fang lieber an zu funken und sag was auf russisch, sonst kriegen wir wirklich Ärger.«

Als Chekov nach dem Mikrofon griff, schoß ein Schmerz durch seinen Arm. Um nicht laut aufzuschreien, biß er sich auf die Unterlippe, dann langte er noch einmal zu und packte das Mikrofon mit der anderen Hand. Er warf einen Blick auf die Aderpresse und stellte fest, daß sie den Fluß seines Blutes nicht sonderlich hemmte.

»Die Frage ist jetzt«, sagte Kirk, »wieviel Sprit wir noch haben, wenn wir die Landebahn erreichen.«

Chekov hingegen fragte sich, wieviel *Blut* er dann noch haben würde.

27

Als McCoy Kirks Quartier betrat, starrte der Captain auf den Computerbildschirm.

»Sieht so aus, als wäre Redaktionsschluß«, sagte McCoy lebhaft.

»Meinst du die zusammenbrechende Kreisbahn?«

»Jedenfalls nicht die nächste Ausgabe der Bordzeitung«, erwiderte McCoy, den Kirks Gelassenheit ziemlich überraschte. »Verdammt noch mal, du mußt etwas unternehmen, Jim.«

»Weiß ich«, sagte Kirk langsam. »Weiß ich. Und ich weiß auch schon, was. Aber das macht es auch nicht leichter.«

»Du weißt, was du machen willst?!« sagte McCoy erstaunt. »Warum also tust du es nicht? Was hast du überhaupt vor?«

»Ich habe mir das automatische Logbuch angesehen – die Stelle, an der Weyland uns im wahrsten Sinne des Wortes den Wind aus den Segeln genommen hat.« Kirk drehte den Bildschirm herum, damit McCoy ihn sehen konnte. Er zeigte die Szene, in der die Brückenmannschaft der *Enterprise* auf den großen Schirm blickte, auf dem Weylands Gesicht erschienen war. »Es geht darum, wie er die Dinge sieht. Er hat gesagt, wir *können* hierbleiben und verfaulen. Nicht, daß wir verfaulen *werden.* Daß wir es *können.*«

McCoy runzelte die Stirn. »Soll das deiner Meinung nach bedeuten, daß es auf unsere Entscheidung ankommt?«

»Genau.«

»Obwohl er derjenige war, der uns behindert und wie eine lahme Ente hier herumsegeln läßt?«

»Für ihn«, sagte Kirk langsam, »diktieren unsere Reaktionen die seinen. Er reagiert auf unser Handeln. Aber es gibt auch Dinge, die wir tun können, damit er so reagiert, wie wir es wollen. Jede Kleinigkeit, die er uns gegenüber geäußert hat, war auf die gleiche verschrobene Weise verschlüsselt. Ich bin verdammt sauer, daß ich so lange gebraucht habe, um dahinterzukommen.«

»Warum, glaubst du, hat es so lange gedauert?«

Kirk schaute McCoy an. »Was glaubst du?«

»Wegen Garrovick?«

Kirk nickte. »Er war etwas Besonderes, Pille. Du hast mal gesagt, daß er dich an mich erinnert. Als er diesmal an Bord kam, habe ich es deutlicher erkannt als je zuvor. Ich habe mich selbst gesehen.« Er hielt inne und sagte leise: »Ich habe dir doch von David erzählt.«

McCoy war überrascht. Kirk hatte David nur einmal erwähnt – nachdem sie relativ tief ins Glas geschaut hatten. Im Morgengrauen waren sie stillschweigend übereingekommen, das Thema nicht wieder aufzugreifen. Doch nun brachte Kirk es auf den Tisch.

»Ja«, sagte McCoy zurückhaltend.

»David hat nicht das geringste von mir. Er ist ...«, Kirk machte eine verschwommene Handbewegung, »... ein Intellektueller. Wissenschaftler, wie seine Mutter. Es gibt nur eins, das mich sicher macht, daß ich sein Vater bin: Carols Wort. Wir haben ausgemacht, daß ich ihm aus dem Weg gehe ... Das heißt, zumindest sie will das so.« Kirk schüttelte den Kopf. »Wenn man jahrelang in der Galaxis herumfegt, Pille, wird einem allmählich klar, daß man nichts zurückläßt, wenn man einst abtreten muß. Man hat auf keinen Menschen eingewirkt, nichts hinterlassen ... David ist der Sohn seiner Mutter. Ich bin davon ausgegangen, ich könnte für Garrovick so etwas wie ein Lehrer sein, der ihn auf den Weg bringt. Damit ich so etwas wie Stolz empfinden kann, wenn er etwas leistet; etwas, das ich bei meinem eigenen Sohn nie zustandebringen kann.«

Kirk spannte seine Rückenmuskeln an und krümmte sich. »Ich werde alt, Pille. Vielleicht zu alt für solche Sachen.«

»Und Garrovick sollte deine ›Abenteuer‹ stellvertretend für dich in der Galaxis fortsetzen.«

Kirk gestattete sich tatsächlich ein kleines Lächeln. »So wie du es sagst, klingt es lächerlich. Ist es wahrscheinlich auch.«

»Es gibt gar keine lächerlichen Träume«, sagte McCoy. »Es gibt nur solche, die wir wahrnehmen und nicht wahrnehmen.«

»Er war ein guter Offizier«, sagte Kirk. »Einer der besten, die ich gekannt habe. Und das macht mir klar, welches Glück ich gehabt habe, daß ich noch lebe. Wieso bin ich eigentlich würdiger, länger zu leben als Garrovick?«

»Jim ...« McCoy legte eine Hand auf Kirks Schulter. »Du kannst bis zum Jüngsten Tag hier sitzen und den Versuch machen, hinter der Unfaßlichkeit, die wir das Universum nennen, einen Sinn zu finden. Seit der Mensch denkt, haben es gebildetere Menschen als wir versucht. Aber wenn das ganze Geschrei erstirbt und nur noch heiße Luft da ist, bleibt uns eins: Keiner weiß auch nur die geringste Kleinigkeit.«

Kirk schaute zu ihm auf. »Aber ich. Ich weiß, daß mein Schiff und meine Mannschaft mich brauchen. Und ich werde etwas unternehmen, verdammt noch mal.«

Er stand auf, drehte sich zu McCoy um und sagte: »Ich nehme an, ich sollte dafür dankbar sein, daß David bei seiner Mutter ist. Schließlich war Garrovick nicht mein Sohn. Er war ein Mitglied der

Besatzung. Ein wertvolles Mitglied der Besatzung, dessen Verlust zwar tragisch ist, aber nicht mehr. Er war nicht mein Sohn. Mein Sohn ist Wissenschaftler und hat – Gott sei Dank – kein Interesse an dem, was wir tun. Wahrscheinlich wird er uns alle überleben.«

28

JAPAN, 1600

Oneko und ihre Eskorte verließen das Schloß, als der Himmel von der schwindenden Nacht noch silbern war. Sie konnten nichts dagegen tun, falls ein Spion aus den Bergen ihre Abreise beobachtete. Wenn sie die Straße erreicht hatten, würde kein Banner der Mototadas ihre Identität verraten. Oneko saß in einer mit Seide verkleideten Sänfte, die von den Soldaten ihres Herrn getragen würde. Sulu ritt direkt hinter ihr. Seine Zügel wurden von einem Soldaten gehalten, der das Tempo bestimmte. Es wäre eine kurze Reise gewesen, hätten sie nicht eine Schwangere dabeigehabt. Es hätte sogar eine interessante Reise werden können. Selbst in der derzeitigen Lage.

Sulu sah sich noch einmal die Landkarte an und prüfte die Route, als hätte er Angst, er könne den Weg vergessen. Er dachte an seinen ersten Kommandoeinsatz als Kadett, aber irgendwie war die Erinnerung daran so verschwommen wie die ersten Tage in dieser Umgebung, die nun immer mehr Substanz und Festigkeit gewann. Gerade dies fand er erschreckend. Bei der Vorstellung, irgend etwas tun zu müssen, das ihn auf die *Enterprise* zurückbrachte, bekam er sogar ein schlechtes Gewissen. Doch er hatte auch nicht die geringste Ahnung, wie er es anstellen sollte.

Wenn es irgendeine Lösung seines Problems gab, hatte sie sich gut versteckt. Außerdem war noch immer diese Lücke in seiner Erinnerung. Er *wußte,* daß irgend etwas passiert war, daß irgend jemand ... Nun ja, sagte er sich, es spielt jetzt keine Rolle. Das wichtigste war nun, Fürstin Oneko sicher zu geleiten. Und natürlich, so schnell wie möglich von hier zu verschwinden.

Er versuchte, Sadayos Bemerkungen aus seinem Kopf zu verdrängen. Ihm war, als hätte der alte Samurai seine Gedanken genau gekannt. Nun ja, er hatte zwar gesagt, er sei Mototada treu, aber das war gewesen, bevor er gewußt hatte, daß ... Was wußte er denn? Daß er im Begriff war, Selbstmord zu begehen? Ließ er James T. Kirk etwa im Stich, wenn er erfuhr, daß eine bestimmte Mission seinen Tod bedeuten könnte? Natürlich nicht. Aber das hier war doch in jeder Hinsicht etwas anderes. Leider wollte Sulu im Moment keine andere Hinsicht einfallen.

Wenigstens war es ihm gelungen, vor Oneko nicht wie ein Idiot dazustehen. Dazu beglückwünschte er sich. Es war aber auch möglich, daß die frühe Stunde und der schnelle Aufbruch daran schuld waren. Und der tränenreiche Abschied der Fürstin von ihrem Gatten. Als Sulu sich vor der Abreise zum letzten Mal vor Mototada verneigt hatte, war es ihm gelungen, sein schlechtes Gewissen über die Gefühle, die er der Fürstin entgegenbrachte, zu verbergen. *Immerhin habe ich mich nicht danebenbenommen,* sagte er sich, als die Gruppe auf die große Straße einbog. Die meiste Zeit des Tages hielt er Abstand von Oneko, da er sich selbst nicht traute und ihm zudem noch die Warnung des Fechtmeisters im Kopf herumspukte.

Die Fürstin hatte ein Kätzchen mit auf die Reise genommen, das ihr in ihrem seidenen Gefängnis die Zeit vertreiben sollte. Als Sulu ein leises Wimmern aus der Sänfte vernahm, hielt er es anfangs für Klagelaute des Kätzchens, doch dann stellte er mit Erschrecken fest, das Fürstin Oneko leise weinte.

»Halt!« befahl Sulu. Die Gruppe der marschierenden Waffen- und Sänftenträger blieb ruckartig stehen. Die

Sänfte wurde langsam abgestellt, und Sulu zog den Vorhang beiseite. Onekos Hofdame eilte herbei.

»Herrin, Herrin, seid Ihr krank?« rief die Frau. Sulu hatte erfahren, daß sie die ehemalige Amme Onekos war und ihr nun als Zofe diente. Wahrscheinlich war sie eine arme Verwandte ihrer edlen Familie.

»Ach, Kiku, bitte …«, stöhnte Oneko mit der leicht grünlichen Gesichtsfarbe, die bei Seekrankheit auftritt.

Als die wunderschöne Fürstin und Gattin seines Herrn sich auf die Straße übergab, trat Sulu diskret zu Seite. »Ich kann nicht den ganzen Weg nach Edo in diesem Ding reisen«, sagte sie, nach Luft schnappend.

»Ihr könnt den Weg aber auch nicht zu Fuß gehen«, sagte die um einige Jahre ältere Amme mit autoritärer Stimme.

»Ich werde mein Kind verlieren, Kiku, wenn ich mich den ganzen Weg bis nach Edo nur übergeben muß.«

»Dann reitet doch eine Weile, Herrin«, sagte Sulu. Er stieg vom Pferd und hob Oneko langsam in den Sattel. Sie setzten die Reise langsam fort, doch auch das Reiten ermüdete sie ziemlich schnell. Sulu hob sie wieder aus dem Sattel und trug sie in die Sänfte zurück, wo sie sofort einschlief.

Gegen Abend kamen sie an ein großes Bauernhaus. Ein verschrumpelter alter Mann begrüßte die Gruppe auf den Knien. Seine Familie kniete neben ihm und stützte sich mit den Händen im Dreck ab.

»Bitte, fühlt euch in meinem bescheidenen Heim wohl«, bat er hoffnungsvoll. Der momentane Bürgerkrieg war nur einer von vielen, die die Instabilität des vergangenen Jahrhunderts hervorgerufen hatten. Wenn der Mann Glück hatte, wurde er nur aus dem Haus geprügelt, statt verbrannt oder getötet zu werden.

Sulu saß ab und befahl seinen Männern, das Lager rund um das Gehöft aufzuschlagen. Er verteilte sie so, daß genügend Bewaffnete zum Schutz der Fürstin und zur Abwehr eines Angriffs von außerhalb zur Verfügung standen. Der Bauer und seine Frau waren damit beschäftigt, ihre persönliche Habe in die Küche des Hauses zu schaffen, und überließen ihre Schlafräume der Fürstin und ihrem Samurai-Beschützer.

»Wir haben zwar genug Reis für die Männer, aber sie würden ein paar junge Kürbise und Radieschen willkommen heißen«, sagte Sulu freundlich.

Der Bauer stürzte sofort in den staubigen Innenhof. Er war tatsächlich hochgeehrt. Er brüllte seiner Familie einige Anweisungen zu, und seine Söhne und sonstigen Verwandten schleppten Körbe mit Früchten und Gemüse zur Truppe hinaus. Töchter schien der Bauer nicht zu haben, und falls doch, ließen sie sich nicht blicken. Er sah wohl keinen Grund, das Schicksal zu versuchen.

Die Bäuerin beschäftigte sich damit, ein Mahl für die hochgestellten Gäste zuzubereiten, und allmählich verwandelte sich ihre Angst in eine Art Stolz. Sie würde ihren Nachbarn allerhand zu erzählen haben. Bald wehte der Duft von Suppe, Fisch und Gemüse aus dem Küchenfenster und breitete sich über den Innenhof und das gesamte Gelände aus.

Kiku stand nur da und beobachtete geringschätzig die Vorgänge. Ihrer Meinung nach war das Landleben ihrer Herrin eindeutig nicht würdig. Als wenig später die Bauersfrau mit einer Schale Suppe und etwas Reis herauskam, um sie Kiku zu reichen, damit diese sie zu ihrer Herrin brachte, trat Oneko aus dem Haus. Sie trug einen pfirsichfarbenen Kimono und darüber einen blaßgrünen Umhang. Die Gewänder waren von praktischerem Zuschnitt als die fließenden Kleider, die sie zu Hause trug, doch in dieser grobschlächtigen Umgebung sah sie aus wie die zur Erde herabgestiegene Göttin Amateratsu.

»Ich brauche nicht oben zu essen«, sagte sie. »Ich esse auch gern mit der Familie.« Sie lächelte der Bäuerin freundlich zu.

Die Bäuerin verbeugte sich tief, aber Oneko gab ihr mit einem Wink zu verstehen, sie solle sich zu ihr setzen.

»Ich bin Fürstin Oneko. Ich danke euch für eure Gastfreundschaft.«

»Ich bin Yoshikete Hana«, stammelte die Bäuerin. »Ich fühle mich durch Eure Anwesenheit sehr geehrt und freue mich, Euch dienen zu dürfen.«

Onekos Freundlichkeit› und herzlicher Tonfall taute die Familie etwas auf, und kurz darauf tauchten hinter einem Faß zwei Augen auf.

»Komm heraus«, sagte Oneko und streckte ihre Hand aus.

»Ach, es ist nur meine kleine häßliche Tochter«, sagte die Bäuerin untertänig.

Das Kind, ein hübsches kleines Mädchen, trat vor. Es war etwa sieben Jahre alt. »Erweise der Dame deinen Respekt«, sagte die Bäuerin zu der Kleinen.

»Komm, setz dich zu mir, Mädchen«, sagte die Fürstin, als das Mädchen auf das Nicken der Mutter hin auf sie zukam.

»Sie ist niedlich«, sagte Oneko und lächelte der glücklichen Mutter zu, deren anfängliche Grobheit nichts anderes gewesen war, als den Stolz auf ihre Tochter zu verschleiern. »Ich weiß noch, wie ich noch so jung war«, seufzte Oneko dann. »Wie leicht das Leben damals war.«

Sulu trat ein und verbeugte sich vor Oneko.

»Setzt Euch und eßt mit uns«, sagte Oneko.

Kiku setzte eine finstere Miene auf, sagte jedoch nichts dazu.

»Wir tun so, als wären wir einfache Bauern und eine Familie«, sagte Oneko. »Komm, Hana-sama«, sagte sie mit einer Herzlichkeit, die der Bäuerin das Gefühl vermittelte, als sei sie eine Hofdame. »Sag deinem Gatten, auch er soll sich zu uns setzen und mit uns essen. Dann können wir uns etwas erzählen.

Heute abend wollen wir den Ärger der ganzen Welt vergessen.«

Sulu blickte schüchtern zu Oneko hinüber, die nun freundlich mit den Bauersleuten redete. Irgendwie wirkte sich ihre Freundlichkeit auch auf ihn aus. Je mehr der Abend von der Atmosphäre menschlicher Wärme geprägt wurde, desto stärker wurde sein Gefühl, sie beschützen zu wollen.

Plötzlich fuhr Oneko hoch und schrie vor Schmerz.

Kiku sprang sofort an ihre Seite. »Dies ist alles nicht gut für die Fürstin«, schalt sie. »Sie sollte überhaupt nicht reisen. Es ist ihre erste Schwangerschaft, und wenn sie keine Gelegenheit hat, sich auszuruhen, wird sie das Kind womöglich noch verlieren.« Sie begleitete Oneko in ihre Räume und nahm den Kräutertee, den die Bäuerin ihr anbot.

»Hätte ich gewußt, daß sie in dieser Verfassung ist…«, stammelte die Bäuerin.

Auch am nächsten Morgen sah Oneko noch blaß aus. Sulu kniete sich neben ihre zusammengekauerte Gestalt.

»Ihr solltet eine mehrtägige Pause einlegen. Hier seid Ihr sicher.«

»Nein, es ist meine Pflicht, dorthin zu gehen, wohin ich geschickt wurde«, entgegnete sie und wollte den Ellbogen heben. »Ihr müßt die Informationen über die Angriffspläne des Westheeres zurückbringen. Ich bin gesund genug, um die Reise fortzusetzen.« Ihr Versuch fiel jedoch weniger gut aus, und sie sank wieder in sich zusammen.

»Seht Euch doch an«, sagte Sulu. »Ihr setzt Euer Leben aufs Spiel, und erst recht das Eures Kindes.«

»Ihr versteht nicht.« Onekos Gesicht war vor Schmerz verzerrt. Tränen bahnten sich einen Weg über die Schminke ihres Gesichts.

»Was verstehe ich nicht?« sagte Sulu verdutzt. »Ich habe gehört, daß Ihr auserwählt seid, die Familie Eures

Gebieters zu erhalten, falls Tokugawas Feldzug mißlingt. Und ich weiß, daß Ihr das Kind verliert, wenn die Reise Euch zu sehr anstrengt. Und außerdem weiß ich, daß Ihr hier zur Zeit sicher seid, und daß es das beste ist, wenn wir hierbleiben und warten, bis es Euch wieder besser geht.«

»Ihr habt recht«, sagte sie so unterwürfig, daß Sulus Herz dahinschmolz. »Also gut, bleiben wir heute noch hier. Aber bleibt bei mir, ich fühle mich so allein. Ihr habt mir nie von Euch erzählt. Wo ist euer Zuhause? Ihr kommt aus den Bergen, nicht wahr?«

»Nein, Herrin«, sagte Sulu. »Ich komme aus dem Land hinter dem Horizont.« Auch wenn es nur die halbe Wahrheit war – die Antwort gefiel ihm. »Ich wußte gar nicht...« Er suchte nach den richtigen Begriffen. »... wie schwer es mir fallen würde, so zu tun, als gehörte ich hierher. Ich weiß nicht, wie ich hierhergekommen bin. Als ich aufwachte, war ich fern von zu Hause – und von meiner Welt entfernt. Ich bin nicht von hier, aber irgendwie doch. Ich glaube, ich wollte immer hier sein. Und nun kann ich nicht mehr nach Hause.«

Er richtete sich auf und ging hin und her. Die steife Samurairüstung wurde ihm mit jedem Tag vertrauter.

»Manchmal vergesse ich sogar, wer ich bin ... Wer ich war.« Er nahm wieder im Lotussitz auf den Boden Platz, ganz der typische mürrische Samurai.

»Sagt mir, woran Ihr Euch erinnern könnt«, drängte Oneko leise.

»Sprechen wir nicht mehr darüber«, gab Sulu zurück. Er hatte Angst, mehr zu verraten, als ihm lieb war.

Sie neigte den Kopf und akzeptierte seinen Wunsch.

»Mein Gebieter, Fürst Mototada, hält sehr viel von Euch«, sagte sie.

»Auch ich halte sehr viel von ihm«, antwortete Sulu neutral.

Zu seiner Verwunderung nahm Oneko seine Hand in

die ihre. Er spürte, daß seine Kehle langsam trocken wurde. »Und Ihr verehrt ihn.«

Er blickte in ihre Augen und sah irgend etwas, das unausgesprochen blieb.

Obwohl es ihm ungeheuer schwerfiel, entzog Sulu ihr seine Hand und sagte: »Ja, in jeder Hinsicht.«

In jeder Hinsicht. Außer zweien: daß sich der Fürst auf deine Rückkehr verlassen kann und daß du an der letzten Schlacht teilnimmst. Ich kann's nicht vergessen. Bleib deinen Versprechungen treu, aber nur dann, wenn sie dir nützen. Es war ein kalter, trockener Gedanke, der ihm da durch den Kopf ging.

Oneko lächelte, und Sulu wußte nicht genau, ob es ein lobendes oder ein bedauerndes Lächeln war. Oder beides.

Sehr zum Bedauern der Bauern, die sich mit Tränen und vielen Verbeugungen von ihnen verabschiedeten, brachen sie am nächsten Morgen auf. Oneko hatte der Bauerntochter ihr Kätzchen geschenkt. Sulu ritt neben der Sänfte. Oneko hatte den Vorhang an einer Seite offengelassen.

Sie lächelte ihn auf eine Weise an, die sowohl Interesse als auch Desinteresse bedeuten konnte. Sulu kam allmählich zu dem Schluß, daß das Wort ›unergründlich‹ genau auf sie zutraf.

An den Rest des Tages erinnerte er sich nicht sehr gut. Er ritt neben Oneko, schwatzte ein wenig mit ihr und zeigte ihr verschiedene Blumen und Wolken. Wenn sie nicht gerade miteinander redeten, ertappte er sich dabei, daß er ständig zu ihr hinschaute. Dabei kam er sich wie ein Schuljunge vor. Es war äußerst aufreibend.

Am Nachmittag meldete ein Späher, daß ein Erdrutsch die Straße blockiert und in eine Schlucht verwandelt hatte, die überhängendes Gestein und Felsmassen fast unpassierbar machten. Ein Hirschpfad, schmal, aber begehbar, lag ganz in der Nähe. Oneko, die den ganzen Tag auf einer Weiterreise bestanden hatte, wollte plötzlich umkehren und schaute ängstlich in Richtung der Büsche, als rechne sie mit Straßenräubern, Kobolden oder anderen Schrecken.

Endlich gelangten sie wieder auf die Straße und folgten einem engen Gebirgspaß. Sulu deutete auf die dunklen Umrisse von Gebäuden, die sich an der der Küste zugewandten Seite am Fuß der Bergstraße befanden. »Dort ist das Heim Mochizukis, die Herberge Minaguchiya. Dort werden wir eine Rast einlegen.«

Bevor sie weiterzogen, genossen sie die atemberaubende Aussicht: die Schönheit des Fujiberges, der majestätisch an der Surugabucht in den Himmel ragte. Das dunkelviolette Band des Okizu wand sich zum Meer hin. Der Trupp ritt die Bergstraße hinunter, bis er auf die Reste einer Brücke stieß. Der angestiegene Fluß strömte zwischen ihnen und der Herberge dahin.

»Sieht aus, als könnte man ihn durchqueren«, sagte Sulu und ritt vorsichtig in das wirbelnde Wasser. »Hüh!« rief er, als sein Pferd vom Strom gepackt wurde und ihn im Sattel durchschüttelte. Wasserfontänen spritzten zu ihm hoch. Oneko sagte kichernd: »Ich zeige Euch, wie man es macht.« Sie trat langsam in den quirligen Schaum.

»Nein«, rief Sulu über die Schulter hinweg. »Bleibt am Ufer. Es ist zu tief. Wir werden Euch in der Sänfte übersetzen. Oder Ihr besteigt ein Pferd, und ich führe es hinüber.«

»Nein, Heihachiro-domo«, erwiderte sie frech. »Noch sicherer wäre es, wenn Ihr mich tragen würdet.« Sulu sprang vom Pferd und lief zu ihr ans Ufer. »Komm her, edles Roß«, kicherte sie. Sie wies ihn an, sich hinzuknien, damit sie Huckepack auf seinem Rücken reiten konnte.

»Ich weiß wirklich nicht«, sagte Sulu, als er sich trotz

des Gewichts seiner zerbrechlichen Last stramm aufrichtete, »warum Ihr nicht auf einem Pferd reiten wollt.«

Aber Oneko kicherte nur. Sulu tastete sich voller Pflichtbewußtsein über das matschige Flußufer und den von Kieseln bedeckten Fluß in Richtung des anderen Ufers.

»Gleich haben wir's geschafft«, sagte sie triumphierend und tätschelte seine Schulter wie ein Reiter die Flanke eines Pferdes.

Oneko rutschte auf seinem Rücken herum, als sei alles nur ein Spiel. Dies war auch der Grund, warum Sulu plötzlich aus dem Tritt kam und das Gleichgewicht verlor. Er rief einen Warnschrei und ihren Namen, dann flog er nach vorn. Vom Ufer her kamen alarmierte Schreie, dann wurden Sulu und Fürstin Oneko von der Kraft des Flusses abgetrieben.

29

SCHOTTLAND, 1746

»Kommt raus! Im Namen des Herzogs von Cumberland, ergebt euch!«

Scotty blickte sich verzweifelt in der Hütte um. »Gibt es noch einen anderen Ausgang?«

Megan schüttelte fassungslos den Kopf. Sie wirkte wie eine soeben zum Tode Verurteilte. Und irgendwie war es ja auch so.

Seamus legte schützend einen Arm um ihre Schulter. Es war eine nette Geste, und unter angenehmeren Umständen hätte sie wohl auch etwas mehr bedeutet.

»Keine Angst, Mädel. Das schaffen wir schon.«

»Wirklich?«

»Aber sicher. Mr. Scott ist nämlich… ein Zauberer.«

Scotty funkelte Seamus an. Der Junge schien sich seiner Sache absolut sicher zu sein. »Leider«, sagte er, »habe ich meinen Zauberstab nicht dabei.«

Er schaute verzweifelt hinaus und gab sich alle Mühe, einen Plan auszutüfteln. Wenigstens waren die Fenster fest verrammelt. Durch sie konnte man also nicht feuern.

Feuer?

Scotty musterte die Flammen im Kamin, dann die Schnüre, die um die Schwerter gewickelt waren. Außerdem lagen überall Lumpen herum.

Er trat an die in der Ecke lehnenden Bretter, packte ein Stück Schnur und spannte es. Dann schaute er zu Seamus auf. »Hol ein paar Lumpen. Und nimm das lange Holzstück … die Latte da. Brich sie in Stücke von je einen halben Fuß.«

»Warum?« fragte Seamus verwirrt.

»Mach schon!« befahl Scotty.

Die Offiziere schauten sich an. Der fallende Schnee trug nicht dazu bei, ihre Laune zu verbessern. Am Horizont ging schon die Sonne auf. Normalerweise hätten sie jetzt noch in der Koje gelegen.

»Machen wir uns doch nicht lächerlich«, sagte ein Mann namens Halsey. »Wir sind neun. Sie sind nur zu zweit …«

»Und dazu die, die hier wohnen«, sagte ein anderer Offizier.

»In der Hütte ist doch sonst niemand mehr«, sagte Halsey voller Zuversicht. Dann grinste er. »Höchstens noch die Leiche der Kleinen, mit der wir unseren Spaß hatten. – Wißt ihr noch?«

»War das *diese* Hütte? – Gott ja, du hast recht.«

»Mir reicht's jetzt«, sagte Halsey entschlossen.

Er sprang auf seinen Gaul und sprengte mit einem lauten Schrei los. Als er auf die Hütte zuritt, zückte er seinen Säbel und schwang ihn über dem Kopf. »Ergebt euch!« schrie er.

Die Tür der Hütte wurde aufgerissen.

Seamus stand im Rahmen. Er hielt die lange Latte fest in der Hand. An ihren Enden war eine Schnur befestigt, die er nun fest mit der anderen Hand zurückzog. Gespannt wurde die Schnur von einem behelfsmäßigen Pfeil, an dessen Spitze ein flammender Lappen befestigt war.

Zupp! machte es, und Seamus ließ den Pfeil fliegen.

Der Pfeil zischte durch die Luft, zwar auf einer krummen Flugbahn, aber er war solide. Er bohrte sich in Halseys Körper. Halsey fiel auf der Stelle vom Pferd; sein prächtiger Umhang und sein Hemd gingen sofort in Flammen auf. Er wälzte sich schreiend am Boden.

Nun ritten die anderen Engländer los, um ihrem gestürzten Kameraden zu helfen. Seamus hatte inzwischen einen neuen Pfeil eingelegt und schoß wieder. Diesmal verfehlte er zwar sein Ziel, aber der Pfeil streifte die Flanke eines Pferdes. Es reichte aus, um das Tier sich vor Schmerz und Schreck aufbäumen zu lassen und seinen Reiter abzuwerfen.

»Ihr verfluchten Hunde!« schrie Halsey. Es waren die einzigen verständlichen Worte seiner Fluchkanonade, als er sich bemühte, die ihn malträtierenden Flammen zu ersticken.

Seamus knallte die Tür zu und lehnte sich mit dem Rücken dagegen. »Es funktioniert!« rief er freudig.

Der Knall einer Muskete ertönte, und genau über Seamus' Kopf entstand ein riesiges Loch. Er warf sich zu Boden und krabbelte auf Scotty zu, der an der anderen Wand stand.

»Sieht so aus, als brauchen wir noch ein Wunder«, seufzte Scotty.

Aus irgendeinem Grund fiel ihm der Satz »Beamt uns hoch« ein. Er hatte irgendeine Bedeutung, aber der Teufel sollte ihn holen, wenn er sie kannte.

Von draußen ertönte das Krachen fortgesetzter Schüsse. Es war eine richtige Salve, und die drei Hüttenbewohner warfen sich auf den nackten Erdboden.

Weitere Musketenschüsse trafen die Tür. Megan schrie hell auf. Scotty knirschte mit den Zähnen, als das Holz genau über seinem Kopf splitterte. Wieder hörte er lautes Geschrei. Dann das Wiehern panischer Pferde, donnernde Hufe und stampfende Füße.

Und dann ... eine Ewigkeit später ...

Nichts.

Seamus und Scotty lagen auf dem Boden und schauten sich an. Megans Gesicht war noch immer im Dreck vergraben. Langsam hob sie den Kopf – ihr Gesicht war wieder schmutzig.

Die Hüttentür wurde quietschend geöffnet.

Da stand ein Mann. Die aufgehende Sonne beleuchtete ihn von hinten.

Er war gut gekleidet. Er trug einen Kilt aus heller Wolle und eine Jacke von kontinentalem Zuschnitt. Das Heidekraut auf seiner Mütze und sein Federbusch waren frisch und steif. An seinem Arm hing ein runder, lederbezogener und messingverzierter Schild. Er hielt ein schmales Schwert in der Hand, dessen Schneide voller Blut war.

»Irgendwelche Probleme?« fragte er mit leicht erheitert klingender Stimme.

Seamus sprang verblüfft auf und schrie: *»Duncan!«* Er lief los und schlang die Arme um den Mann. Scotty konnte nun einen Blick durch die Tür werfen. Draußen lagen die Leichen der englischen Soldaten. Für die Jünger des Herzogs war der Feldzug zu Ende.

»Duncan«, sagte Seamus pausenlos. »Duncan.«

Hinter dem Mann namens Duncan tauchten nun andere auf. Sie waren ähnlich gekleidet. »Ich habe mich schon gefragt«, sagte Duncan, »ob sie dich aufgeknüpft oder erschossen haben.«

»Ach«, sagte Seamus, »es hätte nicht viel gefehlt, aber dieser brave Mann hier hat mich gerettet.« Er deutete auf Scott. Dann riß er die Augen auf. »Er hat gewußt, daß ihr uns retten würdet, Duncan. Er hat es gewußt! Er hat das Zweite Gesicht!«

Scotty zuckte bescheiden die Achseln.

Duncan musterte ihn abschätzend. »Das Zweite Gesicht? Ausgezeichnet! Wir sind nach Inverness unterwegs, und ich werde das Gefühl nicht los, daß es den Prinzen ziemlich freuen würde, sich mit einem Mann zu unterhalten, der weiß, was uns bevorsteht.«

Aber nicht, wenn er die Wahrheit hört, dachte Scotty.

30

Kral hatte schon seit geraumer Zeit nicht mehr mit Vladra gesprochen. Sie saß ihm in der Kabine gegenüber. Schließlich sagte er, wütend über die Stille: »Du hast mit den Starfleet-Leuten kooperiert.«

Vladra schaute ihn fest an. »Wem soll ich meine Treue denn erweisen, hoher Herr? Dem Imperium, das nichts dagegen hatte, daß ich ins Vakuum geworfen wurde? Meinem ehemaligen Commander, der mich tadelt und mir den Mund verbietet? Oder den Männern der Föderation, die mich gerettet haben, ohne etwas dafür zu verlangen? Wem schulde ich Treue, Kral? Wem schuldest *du* Treue?«

Krals Mund wurde zu einem schmalen Strich. »Wir sind Klingonen. Nichts kann etwas daran ändern.«

»Nichts kann etwas daran ändern. Aber was bedeutet es denn, Klingone zu sein?«

Kral musterte sie verwirrt. »Es bedeutet, daß man stark ist; daß man ein Ziel hat. Daß man die Schwäche verachtet und weiß, daß der beste Tod der ehrenhafte Tod im Kampf ist.«

»Hat man uns etwa ehrenhaft behandelt? Was ist denn ehrenhaft an einem Dolch, der einen von hinten trifft, Commander?« sagte sie mit verzweifelter Dringlichkeit. »Was ist ehrenhaft daran, Prinzipien und Glaubenssätzen anzuhängen, die alle zu einem unehrenhaften Tod und grundlosem Haß führen?«

»Haß hat immer einen Grund«, sagte Kral.

»Dieser hier hat keinen. Kral, um Himmels willen, mach die Augen auf. Als du glaubtest, du würdest sterben, hast du von der Liebe gesprochen. Sprich nun von Kooperation, und denk an das Leben.«

Kral schaute sie eine ganze Weile an. »Was soll ich deiner Meinung nach tun?«

»Alles, was uns weiterbringt.«

Die Tür ging zischend auf. Draußen standen zwei Wachen. »Der Captain möchte Sie sprechen«, sagte einer der Männer.

Minuten später geleitete man Kral und Vladra in einen Konferenzraum. Als sie das für sie angerichtete klingonische Essen sahen, gingen ihnen die Augen über.

Kirk und Spock standen da und erwarteten sie. Sie hatten die Arme auf dem Rücken verschränkt und wirkten wie zwei Buchstützen. Kirk neigte leicht den Kopf; die Wachen, die Kral und Vladra begleitet hatten, zogen sich zurück.

»Sie trauen mir, wenn ich mit Ihnen in einem Raum bin?« sagte Kral.

»Mr. Spock, dies sind Commander Kral und ... Verzeihung, aber ich kenne Ihren Rang nicht«, sagte Kirk zu Vladra.

»Ich bin so etwas wie ein Lieutenant«, erwiderte sie einfach.

»Commander, Lieutenant ... Dies ist Mr. Spock, mein Erster Offizier.«

»Ein Vulkanier«, sagte Kral neugierig. »Ich habe noch nie einen aus der Nähe gesehen.«

Kirk war leicht amüsiert über die milde Verwunderung, die Kral zur Schau stellte. Ein Zeichen seiner relativen Jugend. »Wollen wir uns setzen?«

Sie nahmen einander gegenüber Platz, und ein Fähnrich schien aus dem Nichts zu materialisieren, um das dampfende Essen zu servieren. Kirk bemerkte Spocks Teilnahmslosigkeit und tat sein Bestes, ihm nachzueifern. Es war nicht leicht. Das Essen sah so aus, als könne es einen Magen in Brand setzen.

Nachdem der Fähnrich aufgetragen hatte, beäugte Kral mißtrauisch das Essen.

Kirk wußte sofort, wo sein Problem lag. »Ich versichere Ihnen«, sagte er in erheitertem Tonfall, »daß ich nie etwas so Primitives tun würde, wie Sie zu vergiften.« Er griff als erster zu. »Lecker, wirklich lecker«, schwindelte er.

Kral schaufelte eine Portion auf seinen Teller und fiel gierig darüber her. Dann wiederholte er das Verfahren, bis er den größten Teil dessen, was auf dem Tisch stand, vertilgt hatte. Vladra tat es ihm gleich.

Als nichts mehr da war, sagte Kirk: »Unsere Zeit wird knapp, Kral. Unseren Schiffen und meinen verschwundenen Leuten läuft die Zeit davon. Es gibt nur eins, was uns aus dieser Lage herausbringen kann. Ein Waffenstillstand.«

Kral ließ seinen Teller durch die Kabine segeln. Er flog an Kirks Ohr vorbei, knallte gegen die Wand und fiel scheppernd zu Boden. »Ihr alle sollt in Durgaths Hölle schmoren. Sie sitzen mir im Nacken! Meine Gefährtin sitzt mir im Nacken! Und ich würde am liebsten meine Hände um Kbrex' Hals legen und so lange zudrücken, bis ihm die Augen aus den Höhlen springen.« Seine Faust krachte auf den Tisch, so daß die restlichen Teller hüpften. Dann schaute er Kirk an. »Glauben Sie etwa, mir gefällt unsere Lage? Soll ich Sie etwa umarmen und Bruder nennen?«

»Wer hier wen mag oder nicht mag, ist irrelevant, Sir«, sagte Spock. »Hier spielen nur Fragen der Ehre eine Rolle.«

»Die Föderationsweichlinge kennen keine Ehre«, sagte Kral.

»Und die Klingonen auch nicht, oder?« sagte Kirk knapp. »Ist dies das vorausbestimmte Ergebnis? Daß wir hier sitzen und uns gegenseitig anbrüllen, während unsere Schiffe sich der Atmosphäre nähern und drei meiner Männer weiß Gott wem gegenüberstehen? Ich weigere mich, es so hinzunehmen. Sie haben doch keine Ahnung, wie schwierig dies für mich ist. Sie waren für den Tod eines meiner Männer verantwortlich.«

»Kbrex war dafür verantwortlich«, sagte Kral. »Er hat die Granate geworfen.«

»Kbrex«, sagte Kirk langsam. »Der Bursche, der Sie über Bord hat gehen lassen.«

»Ja«, sagte Kral. »Sagen Sie mir eins, Captain: Angenommen, Sie könnten Ihre Mannschaft nur retten, indem Sie sich mit Kbrex verbünden ... Würden Sie es tun?«

»Um meine Leute zu retten, würde ich mich sogar mit Ihrem Imperator verbünden.«

Kral schaute ihn nachdenklich an. »Kbrex würde sich nie mit Ihnen zusammentun.«

»Weil es ihm an deinem Verständnis und deiner Klugheit mangelt«, sagte Vladra.

»Ja, daran mangelt es ihm. Aber dafür hat er mein Schiff.« Kral drehte sich zu Kirk um. »Wenn ich es tue ... Wenn ich mich bereit erkläre, Ihnen in jeder Hinsicht zu helfen – helfen Sie mir dann, mein Schiff zurückzukriegen?«

»Ich könnte es Ihnen leicht versprechen, Commander«, sagte Kirk. »Ich könnte Ihnen alles mögliche versprechen. Aber dann müßte ich lügen, und das möchte ich nicht. Um ganz offen zu sein: Ich weiß nicht, ob ich Ihnen helfen kann. Ich weiß nicht mal, ob ich in der Lage bin, uns auf den Planeten runterzubringen, damit wir uns unseren Häscher vorknöpfen können. Ich glaube, daß Weyland seine eigenen Spielregeln hat und uns nur eins übrigbleibt: Wir müssen in Erfahrung bringen, wie sie lauten. Mir gefällt diese Geschichte nicht besser als Ihnen, Kral, aber ich werde das Gefühl nicht los, daß wir in Flammen aufgehen, wenn wir uns nicht verständigen. Es hängt von Ihnen ab. Ich schlage vor, daß Sie jetzt eine Entscheidung fällen.«

31

STALINGRAD, 1942

»Deutsche Ju-52 an alle«, wiederholte Chekov pausenlos mit zusammengebissenen Zähnen. »Nicht schießen. Wir sind Russen. Wir sind im Anflug auf die Volksheldenbahn. Deutsche Ju-52 an alle ...«

Iwan stand neben ihm. Seine Augen waren groß. »Du bist verwundet«, sagte er zu Chekov.

Chekov warf einen Blick auf den häßlichen Fleck an seinem Arm. Ihm war leicht schwindlig. »Meine Mutter hat mal gesagt... Mückenstiche soll man nie aufkratzen. Da siehst du, was passiert, wenn man's macht ...«

»He, Iwan«, sagte Kirk. »Was war eigentlich so verdammt interessant an dieser Kiste, daß du deinen dämlichen Hals für sie riskiert hast?«

»'n hohes Tier mußte nach Moskau«, sagte Iwan. »Wir wollten ihm helfen.«

»Was denn für'n hohes Tier?«

Iwan verzog das Gesicht. »Genosse Chruschtschow.«

»Der Staatschef?« sagte Chekov mit großen Augen.

Iwan lachte. »Vielleicht später mal. Im Moment ist er noch Kommissar.«

Chekov hätte sich am liebsten die Zunge abgebissen. Chruschtschow würde erst in vielen Jahren auf dem Gipfel seiner Macht sein.

Er schüttelte den Kopf. In jeder Minute, die er in der Heimat verbrachte, ging er das Risiko ein, sich ans Messer zu liefern. Er hatte sein Wissen über den Chruschtschow der Zukunft völlig gedankenlos ausgeplaudert. Was würde er sonst noch unabsichtlich sagen oder tun? Er war eine Bombe auf zwei Beinen, die jeden Augenblick hochgehen und den Geschichtsverlauf verändern konnte. Eine Zeitbombe im wahrsten Sinne des Wortes, dachte er mit einem stummen Lächeln.

Iwan legte eine Hand auf Chekovs linke Schulter. »Ich möchte dir nur sagen, daß ich zu schätzen weiß, was du da unten für mich getan hast. Du hast mir das Leben gerettet.«

Chekov schaute auf und lächelte kurz. Innerlich jedoch war er unruhig. Auch das noch: Iwan hatte recht. Er hatte ihm tatsächlich das Leben gerettet. Was konnte sich daraus entwickeln? Angenommen, Iwan hätte eigentlich sterben sollen? Angenommen, Iwan zeugte nun jemanden, der sich als Massenmörder entpuppte – der Dutzende, Hunderte, Tausende von Menschen umbrachte? Oder wenn Iwan im weiteren Verlauf des Krieges jemanden tötete, der eigentlich hätte weiterleben sollen?

Als Chekov all diese Möglichkeiten durchspielte, war der Kopfschmerz nicht mehr fern.

Er schaute auf die Instrumente und bemühte sich, nicht die Besinnung zu verlieren. Er wiederholte fortwährend den Funkspruch und hoffte, daß die richtigen Leute ihn hörten und dementsprechend handelten.

Kirk pfiff weiterhin das Liedchen, das ihn verrückt machte. Chekov fühlte sich plötzlich verlockt, ihm eine reinzuhauen.

»Na schön«, sagte Kirk. »Da unten ist die Landebahn. Iwan, geh nach hinten. Macht euch fertig.«

Iwan nickte kurz und verschwand.

Kirk beugte sich vor und tippte auf die Treibstoffanzeige. Die Nadel zitterte bereits im roten Bereich, doch er zuckte nur die Achseln, als handele es sich um eine kleine Unannehmlichkeit. »Die Landung könnte 'n bißchen hart ausfallen«, sagte er.

»Wie hart?« fragte Chekov.

»Jede Landung, die man überlebt, ist 'ne gute Landung«, sagte Kirk.

»Dann wollen wir mal das Beste hoffen«, sagte Chekov.

Die Maschine näherte sich mit schwindelerregendem Tempo der Landebahn. Chekov kniff in der Dunkelheit der Nacht die Augen zusammen und saß hinter den Kontrollen, die neben den komplizierten Gerätschaften eines Raumschiffes geradezu wie Kinderspielzeug wirkten. Zwar konnte er ihr Ziel kaum ausmachen, aber Kirk operierte so nonchalant und sicher, daß er entweder genau wußte, was er tat, oder der größte Bluffer der Welt war.

Die Maschine sank immer schneller. Chekov sah Soldaten, die auf der Landebahn herumliefen. Sie waren so klein wie herumwieselnde Ameisen. Einen Moment lang glaubte er, die Deutschen hätten die Bahn erobert und würden sie nach der Landung alle erschießen. Tja, damit wären seine Probleme auf einen Schlag gelöst, oder?

»Übrigens, Chekov«, sagte Kirk, »was sollte eigentlich das Gerede darüber, ob ich Geschwister habe?«

»Ähm ... Nun ja«, improvisierte Chekov und suchte höchst verzweifelt nach einer neuen Ausrede. »Ich hab halt nur an ... ähm ... deine Mutter gedacht. Wärst du ihr einziger Sohn, wäre es doch ... ähm ... traurig, wenn ...«

»Man muß für das, woran man glaubt, hin und wieder auch mal ein Risiko eingehen«, sagte John Kirk. »Was hast du nach dem Krieg vor, Chekov?«

»Weiß ich noch nicht. Im Moment möchte ich einfach nur überleben. Und du?« Chekov mußte sich zwingen, geistig bei der Sache zu bleiben.

»Ich bleib beim Armeekorps, wenn man mich haben will. Und wenn's hinhaut, geh ich zur Schule, um Ingenieur zu werden. Heiraten will ich auch, und Kinder haben.«

»Klingt nicht übel.« Schon die simple Unterhaltung machte Chekovs Magen zu schaffen. Er hatte beinahe ein schlechtes Gewissen, so viel über den Ahnen seines Captains zu erfahren. Er kam sich vor wie ein Voyeur. Die Aussicht, daß dieser Kirk die einzige Verbindung war, die er je zu seinem Captain haben würde, machte ihn ziemlich zittrig.

Rings um ihn her wurde die Welt allmählich unscharf. Kirks Gerede war ein konstantes, fernes Summen. Komischerweise fielen Chekov nun seine Kindheit und Jugend ein. Die Immatrikulation an der Akademie; das erste Mädchen, das er geküßt hatte: im Schatten der großen *Glasnost*-Statue auf dem Roten Platz.

Dann hörte er, daß jemand ein-, zweimal seinen Namen rief. In seinem Inneren staute sich eine angenehme Wärme, die ihn schließlich völlig überwältigte. Die Wärme rief ihn. Er nickte lächelnd und gab sich ihr hin.

Dann spürte Chekov das Kreischen der Luft. Plötzlich tat die ihn umgebende Welt einen Ruck. Er registrierte wie aus weiter Ferne ein Rucken, Beben, Klopfen und Zittern, dann das Kreischen von Metall und den Gestank von brennendem Gummi und Angst. Alle schrien durcheinander; die Welt war ein tosendes, brennendes Etwas.

Dann nichts mehr. Überhaupt nichts mehr.

32

»Wir kriegen das Tor zum Shuttle-Hangar leider nicht auf, Sir.«

Kirk saß an den Kontrollen des Shuttles *Columbus* und hörte die Meldung über den Bordkommunikator. Sie war nicht gerade ermutigend. »Arbeiten Sie weiter daran, Mr. Two Feathers«, sagte er rasch.

An den Kontrollen neben ihm saß Ex-Commander Kral von der *Ghargh*, sein Kopilot. Es war ein komisches Gefühl. Kirk konnte sich nicht daran erinnern, schon einmal so lange und so nahe neben einem Klingonen gesessen zu haben.

»Und jetzt?« sagte Kral schroff. »Wir haben uns auf die Transporterplattform gestellt und darauf gewartet, daß sie sich aktiviert, weil sie angenommen haben, unsere Allianz sei das, wonach dieser Kretin Weyland verlangt. Jetzt sitzen wir hier, aber es passiert immer noch nichts. Ihre an ihn gerichteten Funksprüche sind nicht beantwortet worden. Wenn Sie also wirklich das Talent haben, seine verschrobenen Gedankengänge zu verstehen: Was erwartet er nun von uns?«

Kirk musterte das geschlossene Hangartor. »Vielleicht will er nur sehen, wieviel uns an dieser Allianz gelegen ist.«

»Was meinen Sie?«

Kirk schaute Kral an. »Wie weit trauen Sie mir?«

Kral erwiderte seinen Blick. »Ich habe keine andere Wahl. Ich habe mein Ehrenwort gegeben. Ich kann es nicht zurücknehmen. Was passiert, passiert. Wir müssen die Sache gemeinsam durchstehen.«

»Schön. Moment mal.«

Der Klingone blinzelte verwirrt, als das Shuttle plötzlich abhob. Über die Kom-Einheit kam Two Feathers' alarmierte Stimme. »Captain! Das Tor läßt sich noch nicht bewegen!«

Kirk ignorierte ihn. Er steuerte das Beiboot durch die Luft zum hintersten Ende des Hangars. Dort wendete er und blieb einen Moment in der Schwebe. Er warf Kral einen Blick zu. »Sie trauen mir noch immer?«

»Habe ich eine Wahl?«

»Nein.«

Kral zuckte die Achseln. »Heute ist ein guter Tag zum sterben.«

»Captain!« schrie Two Feathers erschreckt.

Kirk hörte nicht auf ihn. Er beschleunigte. Das Tor blieb fest verschlossen.

»Dann wollen wir mal sehen, wie es um Ihre Ehre steht, Weyland«, murmelte Kirk, als er die Stelle erreicht hatte, an der es kein Zurück mehr gab. Kral schloß die Augen und murmelte den Namen irgendeiner klingonischen Gottheit.

Die Hälften des Hangartors glitten rasend schnell auseinander, und das Shuttle schoß in die Leere hinaus.

Kral drehte sich um und warf einen überraschten Blick auf die *Enterprise.* »Ein wirklich massives Tor«, sagte er. »Ich hätte nicht gedacht, daß es sich so schnell öffnen kann.«

»Kann es auch nicht«, erwiderte Kirk.

Kral nickte langsam. »Sieht so aus, als hätte das Spiel doch irgendwelche Regeln.«

»Ja. Was aber nicht heißt, daß sie nicht jederzeit geändert werden könnten.«

33

JAPAN, 1600

Sulu kämpfte sich an die Oberfläche und hustete Wasser durch Mund und Nase. Der Strom um ihn herum rauschte, und er fragte sich, wieso er nicht von der Strömung mitgerissen wurde. Dann stellte er fest, daß er an einen Felsen gespült worden war, der ihn festhielt. Er suchte wie verrückt mit Blicken den Fluß ab, um Oneko ausfindig zu machen.

Er erblickte sie ein paar Meter weiter links. Das Gewicht ihrer Kleider zog sie hinab. Sie kämpfte heftig und ohne zu schreien gegen die Strömung; sie schwamm mit all ihrer Kraft, die jedoch einfach nicht ausreichte.

Sulu schoß in ihre Richtung. Er versuchte, sie mit einer Hand zu erreichen, und betete, daß er sie zu fassen bekäme. Er erwischte tatsächlich ihr Handgelenk. Seine Beine bewegten sich heftig gegen das Wasser, aber die Strömung war einfach zu stark für ihn.

Er hörte schreiende Stimmen vom Ufer, die sich schnell entfernten. Er hatte keinen Schimmer, was vor ihnen lag, aber er wollte nicht so lange im Wasser bleiben, um es in Erfahrung zu bringen.

Oneko wollte seinen Namen rufen, aber der Laut ging in einer schwappenden Woge unter. Die Kleider blähten sich regelrecht um sie auf, ihr Haar war tropfnaß.

Auf der rechten Seite, dicht am Ufer, standen einige Bäume. Sulu versuchte verzweifelt, unter Wasser einen Ast oder eine Wurzel zu fassen zu kriegen, aber keine war in Reichweite. Sie kamen einfach zu schnell auf sie zu. Sulu bemerkte, daß seine Kräfte zu schwinden begannen.

Er hatte noch eine Chance. Ein riesiger Ast, der so aussah, als könne er der enormen Strömung standhalten. Er packte sein Kurzschwert und zog es aus dem Gürtel. Dabei spuckte er Wasser und mußte Oneko festhalten. Die Bäume kamen ihnen unheimlich schnell entgegen, und Sulu spürte eine Erhebung im Flußbett. Er wußte genau, daß die Strömung ihn mitreißen würde. Aber in den paar Sekunden die er noch hatte, reagierte er. Er hob den Arm aus dem Wasser, warf das Schwert wie einen Propeller durch die Luft und betete zu den Göttern, die bereit waren, ihn zu erhören, daß es sein Ziel nicht verfehlte. Das Schwert raste in die niedrigsten Büsche hinein. Es traf einen Ast und fiel nutzlos zu Boden. Plötzlich begann der riesige Ast sich mit unglaublicher Langsamkeit nach unten zu bewegen.

Als sie in seine Reichweite kamen, war der Ast genau so niedrig, daß Sulu ihn gerade mit den Fingern ergreifen konnte.

»Warte«, keuchte er und drehte Oneko so, daß sie ihn mit beiden Armen umfassen konnte. Er packte den Ast und hielt sich eisern fest. Als er sie vorsichtig ans Ufer gezogen hatte, brach der Ast ab und trieb mit der Strömung fort. Sulu drehte sich um und sah, daß Oneko Wasser ausspuckte.

Sie wollte etwas sagen, aber dann krabbelte sie vorwärts und küßte ihn fest auf den Mund. Er spürte ihren heißen Atem in sich, und ihm war, als würde er die Kälte aus seinem Kopf blasen.

Als sie sich voneinander lösten, sagte Oneko: »Ich danke dir.«

Sulu versuchte Worte für das zu finden, was ihm gerade durch den Kopf ging – er war völlig durcheinander und dachte an sein Ehrenwort und die Gefühle, die er für sie empfand. Alles beschäftigte ihn gleichzeitig.

»Erwähne es bloß nicht«, sagte er und fügte stumm hinzu: *Niemandem gegenüber.*

Sie erreichten den Gasthof ohne weitere Schwierigkeiten. Sulu war sehr erleichtert darüber – noch mehr Vorfälle wie den am Flußufer konnte er nicht mehr verkraften.

Ein kleiner Trupp sich verbeugender Diener war schon vom Gasthof heruntergekommen und machte sich sofort daran, die Herrschaft in trockene Kleider zu stecken. Dann führte man sie einen langen Weg zu einem großen Haus hinauf. Der Besitzer des Hauses sonnte sich im Garten.

Mochizuki war einst Samurai gewesen, bis sein Herr in einem der endlosen Kriege seine Ländereien und sein Leben verloren hatte. Obwohl ihn dies gezwungen hatte, das Schwert an den Nagel zu hängen und aus seinem Haus einen Gasthof zu machen, ehrte man ihn in dem kleinen Fischerdorf.

»Mochizuki-sama«, begann Sulu in höflichem Ton, »falls es Euch nicht zu viele Umstände bereitet, könntet Ihr dieser Dame für eine Nacht oder ein paar Tage Quartier gewähren?«

Der alte Mann nickte gerührt über die Höflichkeit und Ehrerbietung, die der junge Samurai ihm entgegenbrachte.

»Es ist mir eine große Ehre, einer so hübschen Dame und ihrer Eskorte mein unwürdiges Haus zur Verfügung stellen zu dürfen.« Seine Aussprache war vom Alter und mehreren fehlenden Zähnen geprägt. »Falls Ihr mit den meinen, denen meiner Gattin und den Räumen meines unwürdigen Sohnes zufrieden seid«, sagte er. Die Familie hatte sich längst daran gewöhnt, die Räume unzähligen Gästen zur Verfügung zu stellen, die auf dem Weg durch die Berge hier vorbeikamen, um hier zu übernachten.

»Ihr müßt Euch unbedingt die Zeit nehmen, das Meer unten in der Mihobucht anzusehen«, sagte er voller Stolz. »Von dort aus hat man die beste Aussicht auf den heiligen Berg Fuji und das ganze Land.«

Wieder wurden die Ranghöchsten im Haus einquartiert, während die Soldaten rund ums Haus kampierten. Im Gegensatz zur Intimität des Bauernhauses handelte es sich hier um ein öffentliches, sehr formelles Haus, dem Hof eines Daimyo ähnlich, in dem Damen ihre sorgfältig zubereiteten Mahlzeiten im Zimmer einnahmen. Sulu beschloß trotzdem, sein Essen mit dem Hausbesitzer in dessen Speisezimmer zu sich zu nehmen.

Er dachte über alles nach, was bisher passiert war, und über sich selbst.

Was Oneko betraf… Er konnte nie nach seinen Vorstellungen handeln und wollte es auch nicht. Denn diese Gedanken waren *ehrlos.*

Andererseits wollte er weder zum Schloß zurückkehren, noch mit Mototada zusammen kämpfen. Das war freilich auch ehrlos.

Wieso war das eine akzeptabler als das andere? Wie konnte ein Heuchler in einem von Ehre regierten Land geduldet werden?

Er, zum Beispiel?

Am nächsten Morgen war Oneko bis zum späten Vormittag krank, dann ließ sie Sulu rufen.

»Herrin?« sagte er und verneigte sich, als er eintrat.

»Ich würde mich sehr viel besser fühlen«, sagte sie, »wenn ich zum Seikenji-Kloster pilgern dürfte. Es liegt ganz in der Nähe. Der Daimyo meines Herrn hat dort bei Abt Sessai studiert, als er noch ein Junge war.«

Ihr Tonfall bestand aus einem Zehntel Frage und neun Zehnteln Forderung.

Sulu dachte kurz daran zu protestieren. Denn erstens

war dies keine Besichtigungsreise, und zweitens hatte Oneko den ganzen Morgen über Schmerzen geklagt. Jede weitere Belastung konnte für ihre Schwangerschaft nicht gerade gut sein. Aber dann nickte er und machte kehrt, um die entsprechenden Vorbereitungen zu treffen.

Sie war für den kleinen Ausflug elegant, aber einfach, gekleidet, sie trug um die Hände gewickelte Gebetsbänder und sah aus wie die Frömmigkeit in Person. Sulu folgte ihr wie ein Schatten, als sie sich auf den Weg auf den Berg und zum Hauptgebäude des Klosters machte.

Während sie betete, verfiel auch Sulu in eine private Andacht und sinnierte darüber nach, was, zum Henker, er eigentlich hier tat und wie er seinem hiesigen Leben einen Sinn geben konnte.

Die sie umgebenden Gärten waren sehr komplex angelegt, doch in simplen Formen gehalten. Sie sahen aus wie natürlich gewachsen, waren jedoch das Resultat von Kunst und Geschick.

Als Oneko zurückkam, sah sie aus, als hätte sie einen Entschluß gefaßt. »Heihachiro-domo, ich möchte mich mit Euch über etwas Wichtiges unterhalten«, sagte sie. Dann stammelte sie: »Ihr seid in großer Gefahr! Ich möchte Euch nicht sterben sehen.«

Sulu ergriff ihre Hände und nahm sie in die seinen. Sie zuckte zusammen und zog sie zurück. Aber Sulu versuchte es erneut und nahm ihre Hände sanft wieder in die seinen. Diesmal protestierte sie nicht.

Ich komme schon durch, redete er sich ein. *Ich haue nämlich ab. Sag jetzt irgend etwas Edles. Sie wird die Wahrheit nie erfahren.*

»Ich bin Samurai«, sagte er. »Ich fürchte keinen ehrenwerten Tod.« Er sprach mit fester Stimme, um sie – aber auch sich – zu beruhigen. »Ich weiß, wenn ich nach Fushimi zurückkehre, sind unsere Chancen, die Schlacht zu überleben, sehr gering. Aber es ist meine

Pflicht, Oneko-sama.« Dann sagte er vorsichtig: »Ich … hege starke Gefühle für Euch. Aber ich habe unserem Herrn gegenüber eine Pflicht. Ich gäbe alles dafür, in Frieden mit Euch zu leben – so wie die Bauernfamilie, bei der wir gestern waren. Aber ich kann nicht; es ist meine Pflicht, Euch zur Familie unseres Herrn nach Edo zu bringen. Dann muß ich nach Fushimi zurückkehren. Wenn ich dort sterben muß, wovon ich ziemlich überzeugt bin, muß ich es als Willen der Götter akzeptieren. Laßt uns jeden Moment dieser Reise genießen.«

Ihre Augen wurden feucht, und sie machte eine Hand frei, um sich mit einem seidenen Ärmel die Tränen abzuwischen.

Erst jetzt begriff Sulu die Wahrheit dessen, was er gerade gesagt hatte, und er hörte die Überzeugung in seiner eigenen Stimme.

Mein Gott, dachte er. *Ich glaube es allmählich selbst.*

»Vielleicht haben die buddhistischen Mönche recht«, schluchzte Oneko, die ihm tief in die Augen sah. »Vielleicht ist alles nur Illusion, und die einzige Möglichkeit für die Menschheit besteht darin, der Welt zu entsagen und das Nirwana zu suchen. Vielleicht sollte ich mich, wenn ich lange genug lebe, in das ruhige Leben eines Klosters zurückziehen, an einen Ort wie diesen hier, um für den Schmerz der Welt zu beten. Für meinen und deinen.«

Sulu drehte sie zu sich herum und hielt sie sanft fest, doch sie lösten sich schnell wieder voneinander. Sulu war völlig verwirrt von den depressiven Emotionen, die ihn aufwühlten. Er starrte auf den Kiesweg, der sich sanft durch den mit Liebe gepflegten Garten zog.

Sein Blick blieb an einem mit Ornamenten verziertem Stein hängen. Er reichte ihm ungefähr bis an die Knie, war an einer Seite flach bearbeitet und hatte eine Art Knopf an der Oberseite. Er sah aus wie ein Grabstein. Er schob ihn zur Seite und legte die darunterliegende

Erde frei. Ein paar Käfer huschten schnell fort und suchten sich einen Weg in die dunkle, feuchte Erde.

Er nahm das *Wakizashi*, sein Kurzschwert, und ritzte mit der Spitze Onekos und seinen Namen auf die Rückseite des Steins.

Dann schob er ihn wieder an seinen Platz, um die Buchstaben – und mit ihnen ihr Geheimnis – zu verbergen. »Dies ist unser Ahnenstein«, sagte er feierlich.

Oneko senkte nur den Blick. »Aber die Mönche werden es sehen und wieder wegmachen.«

»Vielleicht nicht«, sagte Sulu hoffnungsvoll und verteilte ein wenig Moos und Erde um den Sockel des Steins.

Oneko faltete die Hände und betete darum, daß die Götter ihr Geheimnis bewahrten und schützten. Sulu nahm ihre Hand und preßte sie an seine Lippen. Dann verfielen sie beide wieder in die distanzierte Höflichkeit, die von ihnen erwartet wurde, damit niemand etwas merkte.

34

Kbrex heulte vor Wut auf, als er es sah. Vom Heck der verfluchten *Enterprise* hatte sich ein Shuttle gelöst, das sich nun mit der Schnelligkeit eines herabstürzenden Falken dem Planeten näherte. Kbrex schlug auf die Lehne seines Kommandosessels ein und schrie: »Wo fliegen sie hin? Wer sitzt in dem verdammten Ding?«

Zu den wenigen Dingen, die auf der *Ghargh* noch funktionierten, gehörten auch die Ortungssensoren, die Kevlar nun schnell überflog. Das, was er entdeckte, machte ihn äußerst unglücklich, und als er dem Commander Bericht erstattete, glaubte er, mit seinem Leben zu spielen. »Ich empfange die Daten zweier Lebewesen, Herr. Es handelt sich um einen Menschen und einen … Klingonen.«

»*Ein Klingone?!*« heulte Kbrex auf.

»Ich glaube, es ist Kral«, fügte Kevlar hinzu.

»Wie kann er es wagen?« flüsterte Kbrex vor sich hin. Dann, lauter: »Wie kann er es *wagen?* Hat er denn völlig vergessen, wer er ist?«

»Ein abgesetzter und toter Commander?« schlug Kevlar vor.

Kbrex drehte sich um, zielte mit seinem Blaster auf Kevlar und drückte ab. Kevlar warf die Arme in die Luft und schrie auf. Doch sein Schrei blieb ungehört, da er erstarb, bevor er Formen annehmen konnte.

Kbrex richtete seinen wütenden Blick auf den Rest der Brückenmannschaft. »Möchte noch jemand eine beleidigende Bemerkung machen?«

Die Brückenmannschaft spürte jedoch, daß es nur eine rhetorische Frage war.

»Funkt die Schlampe von der *Enterprise* an.«

Der Kommunikationsoffizier führte seinen Befehl gehorsam aus und betete darum, daß nicht gerade die schreckliche Frau seinen Funkspruch entgegennahm.

»Hier ist die *Enterprise«*, meldete sich die seidenweiche, ihm nur allzugut bekannte Stimme.

Kbrex seufzte laut. Es hatte keinen Sinn, seinen Zorn und seine Frustration an diesem Weibsstück auszulassen. Er konnte sie sich gut vorstellen – einen Meter fünfzig groß und vier Zentner Lebendgewicht, die Haut voller Beulen und Pusteln, Haar wie vertrocknetes Getreide. Eine Frau, bei deren Anblick jeden Mann das Grauen überfiel; eine Frau, die sich daran ergötzte, aufrechte Soldaten des Imperiums zu quälen, die nur ihrer Pflicht nachkommen wollten. »Ich möchte Captain Kirk sprechen.«

»Das ist im Moment nicht möglich.«

»Und ob es möglich ist. Funken Sie das Shuttle an, in dem er und Commander Kral sich aufhalten.«

Sie schwieg. Zögerte sie?

Mehr brauchte er nicht zu wissen. »Sie sind doch in dem Shuttle, oder?«

»In welchem Shuttle?« fragte sie.

»Sie brauchen gar nichts mehr zu sagen«, sagte Kbrex. »Ihr Schweigen sagt mir, was ich wissen will. *Ghargh* – Ende.«

Uhura zog den Stöpsel aus dem Ohr und warf einen irritierten Blick auf die Funkkonsole.

»Verdammt«, sagte sie. »Ich kann diesen Kerl nicht ausstehen.«

Spock trat neben sie und sagte gelassen: »Es tut nichts zur Sache, Commander Uhura. Das Klingonenschiff ist nicht in der Lage, der *Columbus* irgendwelchen Schaden zuzufügen.«

»Ja, aber es gefällt mir nicht, daß ich ihm unfreiwillig einen Tip gegeben habe.« Uhura seufzte. »Ich fürchte, wir können in unserem Betragen nicht alle so perfekt wie die Vulkanier sein, Mr. Spock.«

Spock nickte langsam. »Wie wahr.«

»Unsere Sensoren erfassen sie nicht mehr, Commander«, sagte Maltz, der die Ortungsanlage übernommen hatte. Es gefiel ihm nicht sonderlich, daß seine erste Meldung negativ ausfiel. »Der Grund dafür ist mir unbekannt.«

»Ich glaube, ich habe einen Hinweis. – Kommunikation: Senden Sie folgende Botschaft zum Planeten, auf allen Frequenzen: ›Zu Händen des großen Unsterblichen Weyland. Wir haben Grund zu der Annahme, daß unser ehemaliger Commander – der aufgrund seiner jämmerlichen Behandlung Ihrer Person disziplinarisch bestraft wurde – einen Anschlag auf Ihr Volk plant. Wir würden seinen abscheulichen Plan gern durchkreuzen, um Ihnen unseren Respekt zu erweisen. Bitten um Antwort.‹«

»Soll ich die Nachricht wiederholen, falls wir keine Antwort erhalten?« fragte der Kommunikationsoffizier.

»Ja. Ständig wiederholen.« Kbrex' Blick verengte sich. »Aber ich glaube, daß wir irgendeine Antwort bekommen werden. Vielleicht eher, als sich unser verstorbener Commander – und der bald ebenso nicht mehr unter den Lebenden weilende Captain Kirk – vorstellen können.«

35

JAPAN, 1600

Es war Nacht, als Sulu mit Kopfschmerzen von Geräuschen geweckt wurde und versuchte, ihren Ursprung festzustellen. In dem dunklen Raum fiel ein schwarzer Schatten auf den Boden. Die Person, zu der er gehörte, bewegte sich langsam und nahezu lautlos. Sulu rollte sofort von seinem Lager und tastete den Boden nach seinen Schwertern ab.

Er spürte das leise Zischen einer Schwertklinge knapp vor seiner Hand. Sofort zog er sie wieder zurück. Mit mehr Glück als Verstand schaffte er es, die lackierte Scheide eines Schwertes zwischen die Finger zu bekommen. Als er sie fest umfaßte, merkte er, daß es das Kurzschwert war. Das *Wakizashi.* Er zückte das Schwert und hielt die Scheide mit der anderen Hand weiter fest.

Er spürte mehr, als daß er sah, wie sich der Angreifer näherte. Fahles Licht, das vom Flur in den Raum drang, ließ den Stahl in der Hand des Angreifers kurz aufblitzen. Sulu duckte sich schnell, als der *Shuriken,* der Stern des Todes, an ihm vorbeizischte, um mit einem dumpfen Krachen in der Wand hinter ihm steckenzubleiben.

Sulu rollte sich vorwärts, blockte den Dolch des Angreifers mit der Schwertscheide ab und drosch den Griff des Schwertes gegen seinen Kopf. Der Angreifer fiel lautlos zu Boden.

Sulu keuchte schwer. Er kramte im Bettzeug nach seinem Langschwert. Die kleine Waffe hatte ihm zwar in der Enge des Raumes geholfen, aber er wußte, daß der

Angreifer sicher nicht allein unterwegs war. Er brauchte das Langschwert, um gegen mehr als einen Mann eine Chance zu haben. Er rannte über den Gang zu Onekos Zimmer und schrie um Hilfe. Aber das Haus war leer.

Er kam vor Onekos Zimmer schlitternd zum Halten und schlug sich durch die Papiertür in ihr Zimmer. Als er in dem Raum hineinsprang, schützte er sich vor den Hieben eventueller Angreifer, indem er sich wirbelnd und schlagend einen Weg bahnte. Plötzlich stieß er gegen einen warmen Körper.

Es war die treue Kiku. Sie war tot.

Als Sulu bemerkte, daß sich irgendwo jemand mit katzenartiger Eleganz und Geschwindigkeit bewegte, lief es ihm kalt über den Rücken.

»Nein«, sagte eine leise Frauenstimme. »Ihn nicht.«

Das letzte, was er spürte, war eine Faust, die offenbar aus Stein war und den bitteren Beigeschmack des Todes hatte.

Als Sulu wieder zu sich kam, war sonniger Morgen. Er lag hilflos am Boden und hatte das schwere Schwert noch in der Hand. Erst als er die festen Schritte hörte, die sich durch den Flur in seine Richtung bewegten, sprang er auf die Knie und wartete wie ein Tiger auf denjenigen, der durch die Tür treten würde.

»Nicht, Herr, nicht!« schallte die erschreckte Stimme des zurückspringenden Gastwirtes.

»Was ist geschehen?« schnauzte Sulu ihn an. »Wo wart ihr alle?«

»Es tut mir so leid«, sagte der alte Kämpe, der sich über den inzwischen steifen Körper einer Wache kniete.

Seine Schwiegertochter kam eilig herauf, kniete sich neben den alten Mann und umarmte ihn. Sie weinte hemmungslos, als sie sich entschuldigte.

»Ninjas haben uns angegriffen«, berichtete sie Sulu weinend das Geschehene. »Die meisten Bediensteten sind fortgelaufen. Einige sind tot. Der Herr und die Familie haben sich in der Küche versteckt. Wir konnten nichts tun, gar nichts.«

Sulu stampfte in den Garten hinaus. Der Tau der lauen Sommernacht war noch auf dem Laub zu sehen. Er schaute zu, als die Bediensteten Kikus Leiche fortschafften.

War dies nun alles? Trug er noch Verantwortung für sie?

Wo hörte die Ehre auf? Und wenn sie überhaupt aufhörte ... war es dann noch Ehre?

Was machst du jetzt, Sulu? fragte er sich.

Er kehrte gerade so lange ins Haus zurück, um zu packen und seine Schwerter und die Rüstung zusammenzusuchen, dann bestieg er ein kleines graues Pony und ritt fort. Direkt hinter dem Grundstück sah er einige Bauern, die damit beschäftigt waren, ein Feld zu bestellen. Die Männer gruben das Feld in einer Monotonie mit ihren Hacken um, die irgendwie beruhigend wirkte. Als er an den ersten Bauern vorbeiritt, drehte sich einer von ihnen leicht um und beobachtete ihn aus den Augenwinkeln.

Der Mann hatte eine Narbe auf einer Seite des Gesichts und kam Sulu eigenartig bekannt vor.

Es lief ihm kalt den Rücken hinunter, als ihm klar wurde, daß er den einfachen Bauern schon einmal gesehen hatte. Irgendwo. Er ritt nachdenklich weiter. Dann traf ihn die Erkenntnis.

Die Narbe – der Gärtner aus Toriis Schloß. Was suchte der Alte hier?

Sulu ritt außer Sichtweite, verließ den Weg, glitt so leise wie möglich vom Rücken des Ponys und zog sich bis auf einen einfachen Lendenschurz aus. Was er vorhatte, erforderte Schnelligkeit und Stärke. Er kletterte auf einen kleinen Baum und schaute nach, ob der Alte ihm folgte. Früher oder später mußte er unter seinem Versteck auftauchen.

Kurz darauf schlüpfte der Mann an ihm vorbei. Er bewegte sich mit einem so simplen, effektiven Geschick, daß Sulu ihn zunächst gar nicht bemerkte. Dies war also das Geheimnis der Ninja. Keine Heimlichkeiten; ganz normal wirken. Sulu lockerte seinen Griff um den Baum, ließ sich wie ein Stein fallen und stauchte den Mann zu einem ächzenden Paket zusammen.

»Nein, Herr, bitte, raubt mich nicht aus. Ich habe nichts«, röchelte der alte Bauer/Gärtner.

»Doch nicht mit mir«, bellte Sulu und drehte ihm so fest die Arme auf den Rücken, daß er einen ernsthaften Protest erwartete. Aber die Arme des Mannes waren wie Gummi, und er entschlüpfte Sulu wie ein Frettchen.

»Du haust nicht ab«, knurrte Sulu und hielt ihn fest, aber schon war der Mann außer Reichweite und lief mit einer Geschwindigkeit, die man ihm aufgrund seines Alters nicht zugetraut hätte. Sulu eilte sofort hinter ihm her.

»Erwischt!« sagte er triumphierend, als er den Mann von hinten zu Boden warf. »Was soll das?« sagte er, als die Augen des Alten langsam fahl wurden und seine Gesichtsfarbe schwand. Irgendwie war er im Begriff, sich selbst zu ersticken.

»Das läßt du schön bleiben«, rief Sulu und riß seine Kiefer auseinander, um die Zunge wieder aus der Kehle hervorzuziehen. »Du hängst in der Sache drin. Wo ist die Frau, du verdammter Mistkerl?«

»Das sage ich nicht«, sagte der Alte leise und verstummte wieder.

So kam Sulu nicht weiter. »Hör zu. Wenn du weißt, wo sie ist und ein Freund von ihr bist, sag ihr, daß Heihachiro nach ihr sucht. Wenn sie gefangen ist, hilf ihr zu fliehen. Sie findet mich hier … Nein, sagen wir lieber in dem Pinienwäldchen am Fuße des Fuji. Wenn du aber ihr Feind bist, komm mit all deinen Leuten dorthin, dann kämpfen wir bis zum letzten Mann.«

Mit diesen Worten ließ er den Mann los und sank in völliger Erschöpfung zu Boden. Er beachtete den Burschen nicht einmal, der schnell im Unterholz verschwand. Sulu legte methodisch seine Waffen an, ritt mit dem Pony zum Strand und setzte sich zum Warten hin.

Die Ironie der Lage war ihm deutlich bewußt. Er saß da und dachte über die Ehrenhaftigkeit anderer Leute nach – die von Entführern, vielleicht sogar von Mördern –, während er, der zu den ›Guten‹ gehörte, seine eigene anzweifelte. Oder seinen Mangel an Ehrenhaftigkeit.

Das Mondlicht glitzerte über der Brandung des Meeres, die den Sand neu formte, sich zurückzog und wieder anschwoll. Selbst die Schatten, die sich ihm näherten, warfen Schatten. Sie zeichneten sich im fahlen Mondlicht ab. Er war kampfbereit. Die Gruppe, die sich ihm näherte, hielt außerhalb der Reichweite seines todbringenden Schwertes an. Der Anführer rief ihn.

»Bist du Heihachiro-sama?«

»Heihachiro reicht«, sagte Sulu. »Ja, der bin ich.«

»Heihachiro reicht? Du bist bescheiden wie immer«, sagte eine Stimme, die in seinem Kopf wie ein Glockenspiel klang.

Zuerst glaubte Sulu, die Gestalt sei ein junger Mann, kein Mädchen. Nicht *dieses* Mädchen. Sie kam stolz und aufrecht mit den anderen Soldaten auf ihn zu und trug, wie alle anderen, einen Hakama.

»Oneko?«

Sie schritt an dem Anführer vorbei und kam allein auf ihn zu. Im Mondlicht sah ihr Gesicht gepudert aus. So wie er es einst in Schloß Fushimi gesehen hatte.

»Also war es deine Stimme, in der Dunkelheit«, sagte Sulu mit gelassener Überzeugung.

»Bist du überrascht? Auch ich bin ein Krieger«, erklärte sie einfach.

»Ja. Ich habe vergessen, daß du an dem Tag, an dem

ich dich traf, gekämpft hast, aber ... Du siehst so anders aus.«

»Es sind die Frauen, die wie Teufel kämpfen und den berittenen Feind am Schloßtor niedermetzeln. Manchmal bist du wirklich ein Bauerntölpel.« Sie schien ihn zu tadeln. »Seit Anbeginn der Zeit reiten Frauen in diesem Land in den Kampf. Und es ist ihre Aufgabe, ihre Söhne den Umgang mit der Waffe und Taktik zu lehren, bevor sie mit den Männern üben dürfen.« Dann sagte sie in einem Tonfall, der halb Frage und halb Feststellung war: »Du bist in großen Schwierigkeiten, Heihachiro-sama.«

»Ich verstehe nicht. Wieso reitest du mit einer Bande von Räubern oder Ninjas durch die Gegend?«

Oneko lachte in der koketten Art, die die Luft mit Glockengeläut erfüllte.

»Ich komme aus einer uralten Ninjafamilie. Man hat mich gerettet.« Sulu glaubte, einen Anflug von Ironie in ihrer Stimme zu erkennen. Er schaute sie an und sah, daß sie unter ihrer zerbrechlichen Hülle aus Stahl bestand.

Wieder sprach sie mit der koketten Stimme, die ihn ins Wunderland katapultierte. »Du wolltest mich finden. Du hast mich gefunden. Komm, wir müssen uns auf den Weg machen.« Auf den leisen Pfiff des Anführers hin kam ein hagerer Mann aus der schützenden Dunkelheit, der die Pferde führte. Es war der alte Gärtner.

Obwohl Sulu neben Oneko ritt, machte er nicht die geringsten Anstalten, ein Gespräch anzufangen. Nur Oneko machte ein paar unbeholfene Versuche. Aber Sulus Kopf schmerzte. Gerettet! Er hatte sich Sorgen gemacht, er könne den normalen Ablauf der Geschichte verändern. Er hatte es sogar zweimal getan – zwei Vorfälle, die einander aufhoben. Man hatte sie retten wollen, als er ihr das erste Mal begegnet war, und nun war es ihnen endlich gelungen.

Nach einiger Zeit, als der Morgen gerade heraufdämmerte, kamen sie an einen abgelegenen Bauernhof. Oneko glitt leichtfüßig aus dem Sattel und verschwand mit dem Anführer der Gruppe im Innenhof. Der Anführer war ein schlanker, drahtiger Mann mittleren Alters. Oneko hatte ihn unterwegs mehrmals Onkel genannt, und nun, im Tageslicht, war Sulu sicher, das sie ihn nicht nur so nannte, sondern daß er auch ihr Onkel war. Ihre Schönheit hingegen war so wundervoll, daß Sulu hinter ihr herstarrte wie ein nach Beute Ausschau haltender Adler.

Der Onkel kniete vor der Tür des Hauses, rief den Vater, das Familienoberhaupt, und berichtete ihm, daß er mit einem Gefangenen zurückgekehrt sei. Der Onkel und Oneko betraten das Haus. Sulu wurde unter Bewachung angewiesen, draußen zu warten. Die dünnen Stoffwände ließen ihn die laute Diskussion über sich mithören. Und er vernahm, wie seine Hinrichtung befohlen wurde. Oneko flehte um sein Leben. Sonst bekam er nichts mit. Dann wies ihn ein Diener an einzutreten.

»Komm näher«, sagte der grimmige Patriarch, der vor ihm saß. Der alte Mann stellte keine Fragen, er starrte Sulu nur eine Zeitlang an. Irgendwann schien er zufrieden zu sein und brummte seine Zustimmung. Das war alles.

Sulu wurde hinausgebracht. Man gab ihm neue Kleider und richtete ihm eine Mahlzeit. Er war gerade damit fertig geworden, sich anzukleiden, als Oneko in den Raum trat.

Sulu blieb sachlich und wurde wieder zu dem ernsthaften Starfleet-Offizier, der dazu bestimmt war, den Grund für die sich zuspitzende Situation zu erfahren.

»Die Leute hier ... Sind es deine Verwandten?« fragte er ohne Einleitung. »Warum haben sie meine Leute angegriffen? Warum haben sie Kiku getötet?«

»Kikus Tod war ein Unfall«, sagte sie, während sie

sich vorbeugte und ihn mit flehenden Blicken ansah. »Es ist bedauerlich. Ich werde dir unser Geheimnis anvertrauen, aber du mußt mir auch das deine verraten. Bitte!«

»Ich verspreche nichts. – Aber du mußt mir alles erzählen.«

»Ich bin die Enkelin des Führers einer Ninjasippe, die ursprünglich aus der Provinz Koga stammt. Unsere Sippe arbeitet gegen Tokugawa. Er ist so gerissen, das er selbst ein guter Ninja wäre«, sagte sie mit bitterer Stimme. »Die Pläne, mit denen er seine Gegner ausschaltet, sind genial. Es ist ein endloses Spiel aus Spionage und Gegenspionage. Kiku war meine Tante. Sie war dazu bestimmt, im Haus eines Fürsten zu arbeiten. Sie sollte vor drei Jahren eine Konkubine begleiten, die zu Mototada geschickt wurde. Ihr Plan: In Mototadas Haus zu spionieren. Das Mädchen bekam auf dem Weg eine Erkältung. Es war die echte Oneko. Kiku befahl den Soldaten, die Kranke auf einen nahe gelegenen Bauernhof zu bringen. Sie wußte, daß der Bauer mit unserer Sippe zusammenarbeitete. Er schickte einen Boten zu meinem Großvater, der sofort ein Komplott ausarbeitete. Die Soldaten und Diener, die das Mädchen begleiteten, wurden getötet. Das Mädchen starb an Lungenentzündung. Die Soldaten wurden durch unsere Leute ersetzt, und ich übernahm die Rolle des Mädchens.

Mein Parfum, meine Gesten, meine Stimme ... Alles wurde so trainiert, daß ich meine Rolle wahren und jeden täuschen konnte. Ich bin sehr gut ausgebildet. Ich war dazu bestimmt, Mototada auszuspionieren. Ich sollte seine Schwächen in Erfahrung bringen. Ich sollte Wissen über die Stärke und Ausrüstung seiner Truppen sammeln ... Alles, was irgendwie verwendbar war.

Es wundert mich, daß ich nicht den Befehl bekam, ihn zu töten. Man wollte mich gerade zurückholen, als du auf der Straße auftauchtest. Ich hatte keine Wahl, ich mußte weiter das Leben der treuen Konkubine spielen und die Angreifer abwehren. Du bist ein sehr guter Fechter. Großvater hatte die Männer ausgesandt, um mich nach Hause zu bringen, bevor das Westheer einfällt. Aber ich glaube, er hätte auch den Gedanken nicht ertragen, von meinem Tod zu hören.«

»Wie konntest du nur?« sagte Sulu erbost. »Du trägst doch Toriis Kind in dir…«

»Pssst…« Sie legte schnell ihre Hand auf Sulus Mund und deutete auf den Wandschirm. Sie schüttelte den Kopf. Ihre Augen füllten sich mit Trauer, und Sulu schloß sie in die Arme.

Alles war schiefgegangen. Oneko war nicht die, die sie hätte sein sollen. Der oberste Landesfürst war es nicht wert, daß man ihm vertraute. Sein eigener Herr hatte sich von einer Ninja an der Nase herumführen lassen … Und wer war er – etwas Besseres? Konnte er denn erwarten, daß alle anderen besser waren, wenn er selbst glaubte, daß man sich um die Ehre nicht sonderlich zu scheren brauchte?

»Nun mußt du mich in dein Geheimnis einweihen. Es ist sehr wichtig, denn ich habe Großvater davon überzeugt, daß du ein Gott bist. – Oder zumindest ein Berggeist, ein *Tengu,* einer der Zauberkrieger, die unsere Sippe wegen ihrer Stärke verehrt. Ich sehe in deinen Augen und deiner Seele, daß du nicht von dieser Welt bist. Ist es wahr?«

Sulu lachte hysterisch. »Nein, nein! Ich bin kein Gott. Ich bin ein ganz normaler Mensch.« *Ein ganz normaler Navigator aus dem dreiundzwanzigsten Jahrhundert,* dachte er verbittert. Er spürte, wie sich die Romantik zerschlug. All seine Kinderträume. Er war in einer verwirrenden und komplizierten Welt gefangen, in die er nicht hineingehörte, doch das schlimmste war, daß er sie nicht verlassen konnte.

»Bitte, sag, daß es doch so ist«, bat sie ängstlich.

Aber Sulu war zu sehr mit sich selbst beschäftigt, um auf sie zu hören.

»Ich bin nichts Besonderes. Eigentlich ... wird mir erst jetzt allmählich klar, wie gewöhnlich ich eigentlich bin.«

»Du hast keine besonderen Kräfte? Keine Magie? Bitte, sag, daß es doch so ist.«

»Genau, sag, daß es doch so ist.« Die schlanke, adleräugige Gestalt des Onkels betrat den Raum. »Raus, Oneko!« befahl er.

»Bitte, bitte ...«, flehte Oneko. Sie warf sich vor ihm zu Boden und klammerte sich verzweifelt an seine Beine. Er trat sie einfach beiseite.

»Ich weiß zwar nicht, was diese Narretei soll, aber ich weiß, daß du zu Toriis Männern gehörst!« schrie der Mann mit den adlerhaften Zügen. »Das steht fest. Du bist weder ein *Tengu,* noch bist du ein Gott. Du bist nur ein Feind. Und du wirst es gestehen!« Er rief vier bewaffnete Wachen herein. »Jetzt wirst du uns über die Truppenstärke und die Befestigungen des Schlosses berichten. Erzähle uns etwas über die Verteidigungspläne, von denen Oneko nichts weiß.«

Die Wachen wollten Sulu packen, aber er sprang tretend und schlagend vor und schickte sie zu Boden, wo sie sich wanden. Diesmal war keine Waffe griffbereit. Sulu riß eine Decke an sich und warf sie den beiden Männern entgegen, die schon wieder auf den Beinen waren und sich anschickten, ihn erneut anzugreifen. Dann warf er sich durch die Papierwand, die ihn vom nächsten Raum trennte. Auch dort nahmen ihn zwei Posten in Empfang.

Sulu trat dem ersten Angreifer in den Bauch, und man quittierte seine Widerspenstigkeit mit Schlägen und Hieben.

»Rede oder stirb!« schrie jemand. Die Klinge eines Messers war an seiner Kehle.

Warum sollte er nicht reden? Er konnte doch reden. Was würde es ändern? Ob er redete oder nicht: Das

Schloß war ohnehin zum Untergang verdammt. Warum sollte er sein Wissen für sich behalten?

»Sprich«, kam die Warnung, »oder bei meiner Ehre – ich töte dich auf der Stelle.«

Ehre.

Sulu schaute zu dem Mann auf und lächelte hämisch.

»Ihr seid herzlich eingeladen, Selbstmord zu begehen«, sagte Sulu.

Das Messer wurde zurückgezogen. Sulu setzte sich mit dem Wissen zur Wehr, daß er es nicht schaffen würde. Er hörte einen Aufschrei.

Und dann brach die Hölle los.

36

SCHOTTLAND, 1746

Dann ... dann werde ich also unterliegen, nicht wahr?«

Scotty musterte den jungen Mann, der in einem Umhang mit Kapuze vor ihm stand. Er stellte ein draufgängerisches Grinsen und ziemliche Zuversicht zur Schau.

Scotty wußte zwar nicht genau, was er empfand, aber er war bis zu einem gewissen Grad sicher, daß es Ehrfurcht war. Er stand Prinz Charles persönlich gegenüber. Charles Edward Stuart, dem jungen Mann, der den Thron von England, Schottland und Wales beanspruchte.

Ich dürfte gar nicht hier sein, dachte Scotty. Er wußte es ganz genau. Etwas stimmte hier nicht. Irgend etwas war böse durcheinandergeraten. Es hatte nicht nur damit zu tun, daß er sich in Inverness aufhielt, im Privatzelt des Prinzen. Er hatte nicht nur das Gefühl, daß es nicht sein konnte. Es *durfte* nicht sein. Es war unmöglich.

Aber warum war es unmöglich? Weil...

Stuart war tot. Seit Generationen schon. Seit Jahrhunderten.

(Wird tot sein. Ist tot. Wird tot sein.)

»Fühlt Ihr Euch nicht wohl?« fragte Charles. Er wirkte echt besorgt.

Seine Stabsoffiziere umringten sie. Einer der Männer fiel Scotty aufgrund der verwahrlosten Perücke auf, die er nun abnahm; darunter kam ein rasierter Schädel zum Vorschein. Er winkte einem Berater zu, der ihm eine wollene Zipfelmütze reichte; sie verlieh ihm das eigenartige Aussehen eines Nikolaus, der sich in Kaschemmen herumtrieb.

»Ja, das ist schon besser«, sagte der Mann. »Ich bin General John Murray, Sir, der Sohn des Herzogs von Atholl. Ich will Euch offen sagen, daß ich nicht viel von Wahrsagern im Kriegsrat des Prinzen halte.«

»Ja, aber vielleicht habe ich etwas für Wahrsager übrig«, sagte Charles ernst. Murray verfiel auf der Stelle in Schweigen. Charles wandte sich wieder zu Scotty um. »Tja, wenn ich also geschlagen werde... werde ich auch exekutiert?«

»Nein«, sagte Scotty mit einem Seufzer. »Ihr werdet den Rest Eures Lebens im Exil verbringen. Aber wenn's Euch tröstet: In der Zukunft wird Euer Bild in Millionen von schottischen Häusern hängen – und auf Millionen Whiskyflaschen, Keksdosen und Porzellantellern prangen.«

Charles musterte Scotty eine geraume Weile, dann warf er den Kopf in den Nacken und lachte erfreut. »Dann werde ich also kein Herrscher sein«, sagte er, »sondern eine Ikone, was? Vielleicht habt Ihr wirklich das Zweite Gesicht, Sir. Vielleicht aber auch nicht. Aber ich konzediere Euch einen bizarren Sinn für Humor. Kommt, tafelt mit uns.«

Die Tafel glitzerte im Kerzenschein, das sich fröhlich auf den Silbertellern widerspiegelte. Scotty lief das Wasser im Mund zusammen, als er die herrlichen Düfte roch, die aus der Küche zu ihnen hinüberwehten.

Die einfache Landmahlzeit bestand aus dicker, schäumender Porreesuppe, gebratenem Hähnchenfleisch, Lamm, verschiedenen Brotsorten, Gewürzen und einer ordentlichen Lage französischen Weines. Der Prinz war ganz in Ordnung. Scotty hatte schon lange nicht mehr so gut gespeist. Er lechzte besonders nach dem Pudding, einer üppigen Mischung aus kandierten Früchten und Nierenfett, die schmackhaft gedünstet und dann mit einem Schuß Brandy am Tisch flambiert wurde. Das spektakuläre Ende einer exzellenten Mahlzeit.

Doch als sein quälender Hunger gestillt war, nahm er sich die Zeit, seine Tischgefährten anzusehen, und besonders den Prinzen. Er war ein stattlicher junger Mann mit ausgezeichneten Manieren, weit weniger hochmütig veranlagt als sein Gegenspieler und Vetter, der Herzog von Cumberland. Er wirkte auch recht ehrlich und tauschte hier und da Informationshäppchen und Ratschläge mit seinen engsten Beratern aus, zwei mannhaften alten Iren und einem französischen Ritter, die seine besten Freunde zu sein schienen. Auch der Blick eines Mannes namens Alexander Keppoch blieb auf dem Prinzen haften. Was hier auch vor sich ging – Scotty konnte den Groll politischer Unruhe aus einer Meile Entfernung riechen.

»Nun denn, Mr. Scott«, wandte Murray ein, »was sagt Euer Zweites Gesicht über unseren Feldzug? Gibt es irgend etwas, das wir tun können, um den Untergang zu verhindern, den Ihr predigt?«

»Tja ...« Scotty überdachte, was er über die britischen Waffen wußte *(wissen würde?)*. »Ich weiß, daß die britische Artillerie Euch die Intimitäten wegschießt, wenn Ihr Euch nicht ebenfalls um irgendwelche Kanonen bemüht.«

»Ach, wir haben das Depot von Falkirk eingenommen«, sagte einer der Iren, »aber irgendein Tölpel hat es in die Luft gejagt. Aber das macht nichts, ich bin ohnehin der Meinung, daß jeder Hochländer viel besser mit seinem treuen Schwert kämpft, als mit Musketen. Zudem sind Schwerter auch viel verläßlicher.«

Der Prinz nickte zustimmend. Keppoch und Murray setzten finstere Mienen auf; die drei Freunde des Prinzen grinsten. So war es also. Der Prinz war ein Romantiker. Leider war das Schlachtfeld nun einmal kein Ort für verstiegene Phantasien. Damit war die Unterhaltung, sehr zu Scottys Erleichterung, beendet. Nach dem Essen zog man sich in einen Salon zurück, wo der Prinz höchstpersönlich an einem zierlichen Spinett Platz nahm und ein paar Stücke im munteren, fast mathematischen Stil der Epoche spielte.

Dann wandte sich die Diskussion örtlichen Problemen und der Schwierigkeit zu, die Menschen zu einen. Scotty empfand Abscheu, als er hörte, daß das interne Gezänk die Glengarrys und Clanranalds bereits hatte desertieren lassen.

»Mein Gott«, sagte er. »Wie können wir hoffen, die Sache zu gewinnen, wenn schon die Untersippen eines Clans keinen Frieden miteinander halten können?« Niemand hatte Einwände gegen seinen Kommentar.

Später an diesem Abend dankte Scotty seinen Gastgebern und bereitete sich zum Aufbruch vor. Als er an der Tür war, trat Murray zu ihm.

»Ich würde gern noch einmal mit Euch über die Sache mit der Artillerie sprechen. Wenn Ihr meinen Leuten erlaubt, Euch in mein Quartier zu bringen, um dort auf mich zu warten, könnten wir vielleicht über die Angelegenheit reden.«

»Aye, Sir. Es wäre mir eine Ehre, Euch helfen zu dürfen.«

Die Unterkunft des Generals befand sich in einem Haus in der gleichen Straße. Kurz darauf saß Scotty in einem behaglich eingerichteten Salon. Er machte in einem großen Ohrensessel ein Nickerchen. Seine Füße lagen warm auf dem Kamingitter, und er wartete darauf, daß Murray von der Feier des Prinzen zurückkehrte.

Als Murray kam, war Keppoch bei ihm. Während Murray drei Gläser mit schwerem roten Likör füllte, machte der Clan-Chef es sich bequem. Schließlich kam Murray zur Sache.

»Erzählt mir von der britischen Artillerie«, befahl er.

»Es wäre vielleicht nützlicher, Euch zunächst etwas

über die Vergangenheit zu erzählen«, sagte Scotty wie ein Dozent. »Die alte keltische Königin Boadecia und ihre Clans – insgesamt etwa 200 000 Krieger – haben einst eine Legion des römischen Heeres angegriffen, etwa fünfhundert bis tausend Mann. Wißt Ihr, was geschah? Die Römer haben die Kelten abgeschlachtet, obwohl sie weit in der Minderheit waren. Die keltische Strategie bestand nämlich nur darin, sich mit Geschrei in den Kampf zu stürzen und wild das Schwert zu schwingen. Die römische Strategie hingegen bestand darin, eine Front zu bilden. Sie haben die Kelten in Stücke geschlagen, und zwar einen nach dem anderen. Wie heißt es doch so schön? Wer aus der Geschichte nichts lernt, ist dazu verdammt, sie zu wiederholen. So wie ich es sehe, bahnt sich hier eine Katastrophe an. Wie ich gehört habe, sind die beiden irischen Hauptleute, denen der Prinz sein Ohr leiht, der Meinung, Loyalität und Mut seien ausreichend. Ihr hingegen, meine Herren, seid trotz Eurer traditionellen Sichtweise offenbar klug genug, den Wert moderner Kanonen zu verstehen.« Und er endete mit den Worten: »Ich hoffe, ich bin niemandem zu nahe getreten, Gentlemen.«

»Ich würde alles tun, um den jungen Stuart zu bewegen, sein Heer zu modernisieren«, wandte Murray ein, »und zwar sofort. Doch das leidige Problem zwischen den zum Donald-Clan gehörenden Clanranalds und den Glengarrys, von dem Ihr erfahren habt, ist nur das Ästchen eines Problems, dessen Wurzeln weit in die Vergangenheit zurückreichen. Angesichts des Mangels an Unterstützung beim Kleinadel und der endlosen Fehde zwischen den Clans dürfte es einem Wunder gleichkommen, wenn es uns gelingt, ein Heer aufzustellen.«

»Aber woher kriegen wir eine Kanone? Es ist ein Traum, Sir, ein Traum«, sagte Keppoch leidenschaftlich.

»Was ist mit Fort Augustus?« schlug Murray vor. »Wir haben die Forts an der Großen Klamm zwar schon früher eingenommen, aber leider nie halten können. Vielleicht ist es unerläßlich, sie einzunehmen, auszurauben und niederzubrennen. Damit hätten wir dann unsere Kanonen, und die Engländer hätten keine Möglichkeit, sie je zurückzukriegen. Sie stehen doch auf unserem Land, Mylord, oder etwa nicht?«

»Das ist richtig. Sie sind eine Bedrohung, die ich gern los wäre. Fort Williams und Fort Augustus wären in der Tat eine fette Beute. Mr. Scott, wenn wir eine Kanone rauben könnten, könntet Ihr dann eine Methode ersinnen, sie auf einen Wagen zu montieren, um sie nach Inverness zu bringen? Und falls ja, könntet Ihr auch Kanoniere ausbilden, um sie zu bedienen und abzufeuern?«

»Aye«, sagte Scotty. Er stand mit stolzgeschwellter Brust auf. »Und ob ich das kann!«

Der Vorschlag eines Angriffs auf die Große Klamm wurde bald darauf dem Rat der Häuptlinge unterbreitet, die ihn als brillanten Streich militärischer Strategie priesen.

»Bei Gott, meine Herren«, rief der Prinz begeistert aus und schlug laut mit der Hand auf den Tisch. »Dies dient tatsächlich dazu, unsere Westflanke zu sichern. Keppoch und Lochiel, sammelt Eure Truppen.«

Und so zog Scotty am nächsten Morgen in den Krieg: Unter dem Banner Alexanders, des siebzehnten Keppoch, eines Gutsherrn des Clanranald-Zweigs der Donalds. Die Dudelsäcke pfiffen trotzig all jenen entgegen, die es wagen wollten, sich diesen stolzen Männern entgegenzustellen.

Irgend etwas in seinem Hinterkopf sagte Scotty, daß er etwas zu tun im Begriff war, von dem er lieber die Hände lassen sollte. Doch es war nur eine blasse, sich auflösende Erinnerung, und er wischte sie wie eine Stechmücke beiseite.

37

MOSKAU, 1942

Chekov spürte, daß eine weiche Hand seine Stirn berührte. Langsam öffnete er die Augen.

Er war leicht desorientiert, wie jeder, der an einem unbekannten Ort wieder zu sich kommt. Doch wer das Bewußtsein in einer fremden Zeit zurückerlangte, konnte keine größere Desorientierung empfinden.

Die Frau, die auf ihn hinabsah, trug einen komischen Kittel, und so fragte er sich, wieso sie, um alles in der Welt, so angezogen war wie eine Krankenschwester des 20. Jahrhunderts in einem Lazarett der Roten Armee. Blondes Haar umrahmte ihr Gesicht.

Chekov runzelte die Stirn.

»Schwester … Chapel?« fragte er.

Die Frau musterte ihn verwirrt, dann erwiderte sie: »Nein, es war kein Schrapnell …«

Nun war Chekov an der Reihe, sich zu wundern. Nach und nach fand er wieder in die Wirklichkeit zurück. Sein Blick wurde klarer. Nun erst sah er, daß die sich über ihn beugende Frau eine andere war.

Er hatte sich geirrt. Sie war eindeutig nicht Christine Chapel … Sie sah nicht mal so aus. Sie war nur eine blonde Krankenschwester, mehr nicht. Natürlich, er war in der Sowjetunion. 1942. In einer sehr unangenehmen Lage.

Wie konnte man den Leuten sagen, daß ihnen bessere Zeiten bevorstanden? Eigentlich gar nicht. Er mußte sich in dieser Umgebung zusammennehmen. Außerdem würde man ihm ohnehin nicht glauben.

Er empfand leichte Niedergeschlagenheit über seine Lage. »Na klar, Genossin«, sagte er. »Ich habe wohl phantasiert.«

»So was kommt vor«, sagte sie gelassen. Nun lächelte sie. »Schön, Sie wieder wach zu sehen, Genosse Chekov. Sie waren fast eine Woche lang mehr oder weniger ohne Besinnung.«

Chekov schaute sich um und sah die Betten in seiner Umgebung. Sie standen viel zu dicht zusammen und waren mit Verwundeten belegt. »Sieht so aus, als stünde Stalingrad noch.«

»Kann schon sein«, sagte sie, stand auf und glättete ihren Rock. »Aber viel sieht man von hier aus nicht davon.«

Chekov schaute sie verwirrt an. »Was?«

»Wir sind in Moskau.«

»Ohhh«, sagte er langsam. »Darf ich fragen, wie ich hierhergekommen bin? Oder würden Sie mir ein Staatsgeheimnis verraten?«

Die Kälte ihres Blicks sagte ihm, daß sie es überhaupt nicht komisch fand, wenn jemand auf Kosten des Staates Witze riß. Chekov fragte sich einen Moment lang, ob sie eventuell zur Geheimpolizei gehörte. *Jetzt leide ich aber wirklich an Verfolgungswahn,* sagte er sich.

»Sie wurden von einer Transportmaschine gebracht… in der sich auch der Kommissar befand.«

Chekov nickte. Offenbar hatte John Kirk die Landung gut hingekriegt. Tja, so was konnte man schließlich von einem Träger seines Namens erwarten. Dann war es ihnen also auch gelungen, die Benzinleitung zu flicken.

Chekov wollte sich aufrichten und verspürte einen heißen Schmerz in seinem Arm. Er zuckte zusammen und sackte auf das Bett zurück.

»Seien Sie vorsichtig«, sagte die Krankenschwester.

»Das hätten Sie auch eher sagen können«, murmelte er.

»Sie haben eine Menge Blut verloren. Wenn Sie nicht aufpassen, reißt vielleicht die Naht auf.«

»Ich bin vorsichtig«, versicherte er.

Sie stand auf. »Jemand hat verlangt, daß er benachrichtigt wird, sobald Sie aufwachen.«

Sie ging flink hinaus und ließ Chekov mit seinen Gedanken allein. Wer konnte das sein? John Kirk? Wahrscheinlich. Er lümmelte bestimmt irgendwo herum und wartete darauf, daß er wieder in Ordnung kam, bevor er sich seinem eigenen Leben zuwandte. Dem Leben, das Chekov gerettet hatte.

Oder etwa nicht? Eigentlich hatte Kirk in der ganzen Zeit so gewirkt, als könne er sehr gut selbst auf sich aufpassen. Es war durchaus möglich, daß die Ströme der Zeit mehr als nur fähig waren, in ihre zugewiesenen Kanäle zu fließen, ohne daß jemand ...

»Chuikov?«

Chekov schaute verblüfft auf. Der Mann, der neben ihm stand, war eindeutig ein General der Roten Armee. Neben ihm stand ein anderer. Er trug Zivilkleider und einen langen Mantel, in dem er fast verschwand. Er hatte den Hut ins Gesicht gezogen, was recht eigenartig war, wenn man bedachte, daß sie sich in einem Gebäude aufhielten.

Der General war ein onkelhaft aussehender Mann, doch hinter seinen zusammengekniffenen Augen war deutliche Weisheit und Nachdenklichkeit zu erkennen. Der General hatte den Namen ausgesprochen; eine leichte Verballhornung des Namens Chekov.

»Ja?« sagte Chekov langsam und vorsichtig.

»Wie heißen Sie mit vollem Namen?«

»Pavel Andrejewitsch Chekov ...«

Der General riß die Augen auf. »Wissen Sie, wer ich bin?« fragte er.

»General?« fragte Chekov vorsichtig.

»Ich bin General Vassili Chuikov. Sind Sie der Sohn meines verstorbenen Bruders Andrej?«

Chekovs Lippen bewegten sich. Sein Verstand raste. »Ich weiß nicht genau ...«, sagte er dann. »Verzeihen Sie, Genosse General, aber ... Nach der Revolution ... Das ganze Hin und Her ...«

»Du hast wohl auf der Straße gelebt«, sagte Chuikov. »Da warst du nicht der einzige, mein Junge.«

Der Mann im Mantel sagte seidenweich: »Und wo hat ein Straßenjunge gelernt, wie man mit einem Flugzeug umgeht? Und wie man sich durch die deutschen Linien schleicht?«

Chuikov drehte sich um und maß seinen Begleiter mit einem durchdringenden Blick. »Der Argwohn ist Ihr Leben, Pawlow, nicht wahr?« Er wandte sich wieder Chekov zu und neigte den Kopf leicht in seine Richtung. »Ignoriere ihn einfach, Neffe. Es ist sein Beruf, allem zu mißtrauen.«

Chekov spürte, daß ihm kalt wurde. Pawlow war vom KGB, daran zweifelte er nicht.

»Ich lerne sehr schnell«, sagte Chekov. »Das war schon immer so. Außerdem war ich mit einem Piloten befreundet. Er hat mir viel gezeigt. Eigentlich sogar alles.« Er redete wie ein Buch, weil er nicht der größte Lügner der Welt war und die Lügen deswegen mit Höchstgeschwindigkeit hinter sich bringen wollte.

»Daran zweifle ich nicht«, sagte Chuikov. Er setzte sich neben Chekov aufs Bett und studierte sorgfältig sein Gesicht. »Du hast wirklich eine Menge von Andrej. Besonders um die Augen.«

Chekov nickte und rang sich ein Lächeln ab. Er fragte sich, ob dieser Andrej einer seiner Vorfahren war. Wenn ja, erklärte es die Ähnlichkeiten, die Chuikov sah. Andererseits war er aber vielleicht nur ein einsamer Mensch, der in der Hoffnung lebte, Familienangehörige zu finden, die sich im Alter um ihn kümmerten. Worin seine Motive auch bestanden, Chekov war kaum in der Position, ihn zu entmutigen.

Chuikov stand auf. »Ich bin mir ganz sicher. Also,

sag mir, Neffe ... Da du dich schon allein so tapfer geschlagen hast ... Möchtest du nicht gern in die Rote Armee eintreten?«

Chekov schaute von Chuikov zu Pawlow. Pawlow sah aus, als würde er ihm am liebsten das Gehirn aus dem Schädel blasen.

Die *Rote Armee!* Leider war er kein Soldat, sondern Starfleet-Offizier. Er war ...

Pawlow musterte ihn mit verkniffener Miene. Sein Mantel klaffte vorn auf. Chekov sah den Knauf eines Schießeisens unter der Jacke des KGB-Mannes hervorragen.

Er war in Schwierigkeiten. In nie gekannten Schwierigkeiten.

»Ich könnte mir nichts Schöneres wünschen«, sagte Chekov mit erzwungener Begeisterung. »Entschuldige Onkel, aber der Amerikaner ... Kirk ...«

»Er ist auf dem Weg nach London«, sagte Chuikov. »Und allen, die an dem Unternehmen teilgenommen haben, geht es prächtig. Und nun, ruh dich aus ... Genosse Leutnant.«

Dem KGB-Mann war er entwischt. Dafür war er nun in der Roten Armee. Irgendwie, so schien ihm, war die Zukunft nun noch weiter entfernt als vorher.

38

Die Stunden, die sie brauchten, die Strecke vom Landeplatz der *Columbus* zu Weylands Burg zurückzulegen, schienen endlos zu sein. Kirk stellte sich die *Enterprise* in der Kreisbahn vor – in der zusammenbrechenden Kreisbahn –, und er fluchte innerlich über die Zeit, die alles in Anspruch nahm. Sie konnten sich nicht mehr viele Fehler leisten, wenn sie …

Wenn sie was? Er wußte nicht mal genau, was sie machen sollten, wenn sie ihr Ziel erreicht hatten.

Kral wußte es ebensowenig, auch wenn er es nicht zugeben wollte. Er marschierte mit einer Selbstsicherheit dahin, die für die Jugend typisch war.

Kirk verlangsamte leicht und lehnte sich an einen großen Findling.

Kral betrachtete ihn mit kaum verhohlener Erheiterung. »Sie werden müde?«

Warum das Offensichtliche bestreiten? »Ja«, gab Kirk zu. »Und wenn Sie älter werden, werden auch Sie müde, wenn Sie etwas tun, was Ihnen keine Mühe gemacht hat, als Sie noch jünger waren.«

»Es gibt keine alten Klingonen«, sagte Kral mit einem Anflug von Stolz.

Kirk musterte ihn neugierig. »Und das halten Sie für gut?«

»Das Alter muß einen Beitrag für die Gesellschaft leisten, sonst hat es keinen Nutzen.«

»Bei Ihnen ist alles nur schwarz oder weiß, Kral.« Kirk schüttelte den Kopf. »Das Universum ist nicht so.

Die Frage ›Einer gegen alle‹ stellt sich doch gar nicht. Es gibt nur ›uns‹. Wer das nicht sieht, ist kurzsichtig.« Er deutete nach vorn. »Machen Sie die Augen auf. Schauen Sie dorthin. Da ist die Burg.«

Kral drehte sich in die Richtung, in die Kirk zeigte. Da, mehrere hundert Meter entfernt, stand wirklich die Burg. Ihre Türme ragten über den Baumkronen auf. »Sie haben recht.« Er hielt inne. »Wie sollen wir es Ihrer Meinung nach machen?«

»Machen?« fragte Kirk.

»Wer von uns bringt ihn um?«

Kirk musterte Kral amüsiert. »Wie sollen wir es Ihrer Meinung nach machen?«

»Sie haben einen Phaser. Ich kann nur wiederholt meine Wut darüber ausdrücken, daß man mir keinen Phaser oder Blaster zugestanden hat.«

»Was denn – den hier?« Kirk hob seinen Phaser hoch. »Seien wir doch mal neugierig«, sagte er und zielte mit der Waffe. Er drückte ab.

Nichts geschah.

»Oh, wunderbar«, sagte Kral.

»Als wir das letzte Mal hier waren und einer seiner Leute starb, hat er sich nicht in unsere Waffentechnik eingemischt«, merkte Kirk an. »Dem Anschein nach möchte er nicht, daß so etwas noch einmal vorkommt.«

»Was bedeutet, daß er von unserem Hiersein weiß«, sagte Kral überraschend ruhig.

»Ja«, sagte Kirk. »Und die Frage lautet: Was wird er dagegen unternehmen?«

Zu ihren Füßen machte es *Klatsch.*

Sie schauten zu Boden.

Knapp einen Meter vor Kirks Füßen lag eine Granate.

»Weg!« schrie er und machte einen Satz zurück.

Kral machte einen Luftsprung; er knallte gegen Kirk, und sie stolperten zusammen rückwärts in die Deckung eines Gebüschs. Die Granate ging hoch.

Kirk und Kral durchbrachen das Gebüsch und rollten

einen Abhang hinab. Um sie herum flackerten Plasmaflammen auf und entfachten kleine Feuer, die sich schnell selbst erstickten.

Kirk und Kral purzelten mit wirbelnden Armen und Beinen umher, und als sie unten ankamen, rappelten sie sich so schnell wie möglich auf. Kral hinkte leicht. Kirk verkniff sich eine Bemerkung über die Schwäche einer gewissen Spezies.

Vor ihnen stand eine heruntergekommene Hütte. Kirk zögerte, sich ihr zu nähern, da er die Bewohner nicht in Gefahr bringen wollte. Doch dann explodierte links von ihm der Boden in einem Hagel von Blasterfeuer, und er traf einen Entschluß. Außerdem war Kral vor ihm, machte einen Satz und drückte die Tür mit der Schulter ein. Kirk hatte keine andere Wahl, als ihm zu folgen.

Hinter Kral sprang er in die Dunkelheit hinein.

39

SCHOTTLAND, 1746

Obwohl Scotty die gewaltigen Ausdehnung des Weltraums gewohnt war, rührte ihn der Anblick der ursprünglichen Schönheit der welligen Felder. Auf ihnen lag noch Schnee, und hier und da hörte man das Donnern von Fällen, deren funkelnde Wasser mit einer rohen Kraft sprudelten, die diese einfache Welt weder erschaffen noch beherrschen konnte.

Seamus marschierte neben ihm; er grinste breit, weil es ihn nervös machte, an diesem Unternehmen teilzunehmen. Um die Wahrheit zu sagen: Scotty erging es nicht anders.

Sie marschierten nach Südwesten, vorbei an Loch Ness, dessen stilles, schwarzes Wasser im Schatten der schartigen Berge lag, die sie gleich zweimal begrüßten: Einmal als Widerspiegelung ihrer widerstandsfähigen Seelen, und einmal für das Wissen, daß Cumberlands Männer hier keine Hilfe finden würden, da das Land so rauh war.

Und so marschierten sie durch die Große Klamm und die enge Vogelklamm, deren Luft im fortwährenden Schatten der Felsschlucht noch kalt war. Das Gedudel der Instrumente hob ihre Stimmung.

Fort Augustus ragte grau auf, sein Fundament erhob sich auf einem steinigen Gelände dicht am felsigen Ufer des Lochs. Auf den Mauern waren hölzerne Pfähle verankert, die dem Bauwerk sowohl zusätzliche Höhe als auch Unverletzlichkeit verliehen. Das Heer schlug lautlos sein Lager auf; es entzündete kein Feuer, um dem Feind seine Position und seine Zahl nicht zu verraten.

Der Kommandostab stand auf einem Hügel und beobachtete das Ziel.

»Nun, Lochiel, irgendwelche Vorschläge?« fragte Keppoch.

»Wir stürmen einfach los«, sagte Lochiel, »dann kriegen sie es mit der Angst und lassen uns ein.«

»Das ist Selbstmord, Sir«, warf Scotty kopfschüttelnd ein. »Ich möchte davon abraten.«

Keppoch schüttelte den Kopf. »Wir können uns keine lange Belagerung leisten. Wenn wir hier festsitzen, könnte früher oder später ein Kurier entfleuchen und aus Fort Williams im Süden Verstärkung holen. Dann sitzen wir wie zwischen Hammer und Amboß in der Falle und werden zerschmettert. Aber habt Ihr einen Plan, Sir?«

»Wir könnten die Mauer mit einigen Fässern Pulver sprengen«, schlug Scotty vor. »Dann könnten wir wenigstens durch eine Bresche stürmen.«

»Es gibt hier nur wenig Deckung«, sagte ein Captain. »Wir würden jeden verlieren, der sich an der Mauer zu schaffen macht.«

»Tja«, sagte Keppoch nachdenklich, »in den alten Zeiten haben wir Belagerungstürme gebaut.«

»In den alten Zeiten gab es auch noch alte Bäume«, sagte Lochiel. »Aus den kleinen Dingern von heute kann man nichts mehr bauen.«

»Könnten wir nicht jemanden einschleusen? Er könnte die Mauer von innen untergraben oder uns das Tor öffnen«, schlug ein anderer Captain vor.

Spottgelächter ertönte, doch Scotty sagte: »Moment. Die Idee ist nicht schlecht. Da drin ist genug Schießpulver. Könnte man einen oder zwei Männer hineinbringen, könnten sie von innen her zuschlagen. Aber es wäre ein Selbstmordkommando.«

»Glaubt Ihr, Ihr kriegt es hin, Mr. Scott?« fragte Keppoch.

Scotty stöhnte auf, denn die erste Regel in jedem

Heer der Welt lautet: Melde dich niemals freiwillig. »Ich glaube schon, Mylord«, sagte er resigniert.

Kurz nach Sonnenaufgang schlichen Scotty und Seamus über das Gelände und nutzten jede Deckung aus, die ihnen die wenigen Felsen und Büsche boten.

»Wie kommen wir durch das Tor?« fragte Seamus.

»Ich weiß noch nicht, mein Junge«, sagte Scotty. Dann fügte er, irgendwie an sich selbst gerichtet, hinzu: »Irgendeine Gelegenheit wird sich schon bieten. Mein Wort in Gottes Ohr.«

Der Wind trug das Geräusch marschierender Stiefel und knarrender Wagen an ihre Ohren. Bald konnten sie eine Patrouille und mehrere Karren sehen, die über die Landstraße zuckelten.

»Ich hab's doch gesagt, mein Junge«, sagte Scotty und dankte stumm der Gottheit, die seine Bitte erhört hatte. Sie pirschten sich dicht an die Straße heran, und als der erste Wagen an ihnen vorbei war, rollten sie sich über den Weg. Die großen Räder verfehlten sie nur um Zentimeter. Die zottigen Hufe der Pferde, die den nächsten Wagen zogen, wirbelten ihnen Staub ins Gesicht, aber sie rappelten sich auf, duckten sich, achteten darauf, nicht mit den Pferden zu kollidieren und hangelten sich an der Deichsel entlang. Scotty hielt sich daran fest, und Seamus hielt sich an Scotty fest. Sie ließen sich mitschleifen, und Scotty war dankbar, daß der Wagen sich nur langsam bewegte. Schließlich zog er sich unter das Fahrzeug. Dann hielt der Wagen vor dem Haupttor. Seamus tat das gleiche.

Als er den Weg ins Innere des Forts fortsetzte, hielten sie sich fest und beanspruchten jeden Muskel.

Seamus fiel mit einem dumpfen Schlag zu Boden.

»Is' was runtergefallen?« fragte jemand.

»Bei mir nich', Henry«, antwortete ein anderer Mann.

Seamus tauchte in einem Heustapel unter. Scotty ließ sich vom Bauch des Wagens behutsam nach unten sinken. Als er sich zu Seamus gesellte, erlaubte er sich ein schmerzhaftes Ächzen und massierte seine steifen Gelenke.

»Und jetzt?« fragte Seamus leise.

»Abwarten.«

Sie hockten dicht nebeneinander schweigend da, und Scotty bemühte sich, den Rhythmus der gelegentlich vorbeikommenden Wachen zu berechnen. Der Tag zog sich endlos dahin. Als die Nacht hereinbrach und der Hof still wurde, wußte er, in welchen Abständen die Patrouille kam.

Rums! Rums! Rums! Scotty wartete, bis die Wache vorbeigegangen war, dann zischte er: »Jetzt!« Seamus und er lösten sich von dem Heustapel und eilten zu dem großen Gebäude in der Mitte des Forts. Dort mußte das Magazin sein.

»Abgeschlossen«, flüsterte Seamus.

»Warte mal...« Scott zog eine schmale Klinge aus dem Stiefelschaft und fiel mit einer Geschicklichkeit, die seinen jungen Gefährten sichtlich beeindruckte, über das Schloß her, bis es aufsprang. »Rein«, sagte Scotty. »Schnell.« Er schob Seamus vor sich her.

Rums! Rums! Rums!

»Das war knapp«, murmelte Scotty. Er wischte sich den Schweiß von der Stirn und bemühte sich, das Klopfen in seinem Brustkorb abflauen zu lassen. Was hätte er nicht alles für eine Funzel gegeben. Seine Augen brauchten eine Weile, um sich an den schwachen Mondschein zu gewöhnen, der durch die wenigen Fenster zu ihnen hineinfiel. Da standen Kisten und Fässer... Es roch nach Schießpulver.

Sie schoben ein Pulverfaß zur Tür, und Scotty kantete es über die Schwelle, während Seamus das nächste holte.

»Halt!« Jemand schob den Lauf einer Muskete in Scottys Gesicht. Er richtete sich äußerst langsam auf und hob die Hände.

40

MOSKAU, 1942

Kurz nach seiner »Rekrutierung« wurde Chekov, obwohl er hin und wieder noch einen Stich in seinem Arm verspürte, auf dem schnellsten Weg in eine geheime Ausbildungsschule versetzt, die etwa acht Kilometer vom Hauptflughafen entfernt lag. Dort gab es eine kleine Landebahn und mehrere niedrige Gebäude, in denen die einfachen Quartiere der Schwadron Rote Garde untergebracht waren. Chekov fand sich in seiner neuen Uniform schick. Aber war auch reichlich nervös. Obwohl der inzwischen nach Stalingrad zurückgekehrte Chuikov ihm seine fadenscheinige Geschichte fast ohne Rückfragen geglaubt hatte – aus privaten Gründen, nahm Chekov an, weil er wohl eine Familie und Soldaten brauchte –, verfolgte ihn Pawlow noch immer mit großem Mißtrauen. Er war wenig begeistert gewesen, als der General ziemlich stur darauf beharrt hatte, seinen Neffen in die fliegende Eliteschwadron zu versetzen. Außerdem hatte er befohlen, daß man Chekov auf der Stelle mit allen nötigen Ausweispapieren versah.

Da Chekov für einen Kadetten etwas alt war, begegnete man ihm anfangs recht erheitert. Doch nach dem ersten Flug machte er ziemlichen Eindruck bei seinen Kameraden. Er fing mit einer P-39 an, entwickelte schnell ein Gefühl für die Maschine, beeindruckte den Fluglehrer mit seinem Können und verblüffte die restlichen Kadetten mit seiner Luftakrobatik, indem er die Grenzen der Propellermaschine erprobte. Als er schließlich den Befehl erhielt, sich im Kreml zu melden, war man allgemein davon überzeugt, daß er eine Art Heiliger sein mußte.

Der Befehl freute Chekov allerdings weniger, denn er hatte eigene Pläne.

Es war sein Ziel, aus Rußland zu verschwinden.

Anfangs hatte er patriotische Hingabe für das Volk und das Land empfunden, in dem er aufgewachsen war. Doch nun wurde ihm immer rascher klar, daß er die Vergangenheit sehr romantisiert gesehen hatte. Das Rußland dieser Epoche war ihm völlig fremd. Die allgemeine Aura von Furcht und Bedrücktheit, die wie ein graues Tuch über dem ganzen Land hing, erstickte ihn beinahe.

Das Problem war: Er wußte nicht, wie er herauskommen sollte. Die Grenzen wurden streng bewacht, und er selbst nicht minder.

Es sah so aus, als hätte der meist schweigsame, fast schon gespenstische Pawlow ihn zu seiner Herzensangelegenheit gemacht. Er hatte ihm die Papiere wortlos persönlich ausgehändigt. Er hatte ihn nur mit seinen gespenstischen, glühenden Augen gemustert. Er brauchte auch nichts zu sagen. Seine Gedanken waren klar. Pawlow traute Chekov keine Sekunde.

Irgendwie wurde Chekov den Eindruck nicht los, daß Pawlow sich immer irgendwo im Hintergrund aufhielt, sobald er sich umdrehte. Entweder Pawlow selbst oder einer seiner Spürhunde.

Ich leide nicht an Verfolgungswahn, dachte Chekov. Sie sind wirklich hinter mir her. Er war ernstlich in Gefahr.

Wie in dem alten Spruch: Er wußte zuviel. Er wußte zuviel über Rußland und das, was passieren würde. Es gab kein Land auf der Erde, in dem er gefährlicher gelebt hätte, und ausgerechnet hier saß er fest.

Er mußte raus, und die einzige Möglichkeit war der Luftweg.

Seine Absichten waren also kaum ehrenhaft, und in

seiner ständigen Paranoia kam ihm das russische Volk aufgrund des sich in alles einmischenden KGB eher wie das klingonische vor. Mit der aufgeklärten Gesellschaft, in der er groß geworden war, hatte das Land nichts zu tun.

Als der kommandierende Offizier ihn informierte, daß seine Anwesenheit im Kreml erforderlich sei, erbleichte Chekov innerlich. So verrückt es auch klang, er war sicher, daß im KGB irgend jemand wußte, daß er aus der Zukunft kam. Er stellte sich einen kleinen Raum mit hellen Scheinwerfern vor, in dem Pawlow ihn verhöhnte.

»Warum gerade ich?« fragte er. Seine Frage galt ebenso seinem Vorgesetzten wie den Mächten im Himmel.

»Um Stalin kennenzulernen, natürlich!« sagte der kommandierende Offizier ungläubig. »Es ist doch eine große Ehre, ihm zu begegnen, oder etwa nicht?« Er drückte ihm die Hand und schickte ihn zu einem wartenden Wagen hinaus.

Das Trommeln der über die Pflastersteine des Roten Platzes holpernden Reifen wirkten auf Chekov, der steif auf dem Rücksitz saß, wie der Pulsschlag der Angst und Aufregung. Sein Magen schlug Purzelbäume. Die Pracht der alten St. Basiliuskirche und ihre sich in den grauen Himmel reckenden, märchenhaften Zwiebeltürme erschienen ihm wie eine surrealistische Mischung von Farben und Phantasie im Ödland nüchterner Regierungsgebäude.

Und dann war er im Kreml. Nach kilometerlangen Korridoren und Dutzenden von Identitätsüberprüfungen ließ man Chekov schließlich vor der Tür eines Büros warten – auf einem hübschen Sessel, dessen zerfetzter Brokat und Holzschnitzereien von freundlicheren Zeiten kündeten. Ein mehrere Dienstgrade über ihm stehender Adjutant holte ihn ab.

Aus der Gruppe von Offizieren, die vor irgendwelchen auf einem Kartentisch ausgebreiteten Papiere standen, ragte die Gestalt eines Mannes hervor. Auch wenn er ihm gerade den Rücken zuwandte: Chekov wußte, wer er war. Eine Art elektromagnetisches Feld schien von ihm auszugehen. Falls er je bezweifelt hatte, daß es Charisma gab – nun wußte er es.

Der Mann drehte sich um: der georgische Bauer, der zum neuen Zaren der Volksrepublik aufgestiegen war. Chekov knallte die Hacken zusammen. Stalin war jünger als in seiner Erinnerung. Er hatte ihn in der Schule auf Bildern gesehen. Chekov vertrieb die gefährlichen Gedanken, die die Aufregung des Augenblicks freigelassen hatte. Er salutierte und nahm jeden Gesichtszug Stalins in sich auf: seine harte, paternalistische Art, die durch seinen altmodischen Schnauzbart noch mehr zur Geltung kam; seine schiere körperliche Kraft; seine Augen. Er hatte einen durchdringenden Blick, der freundlich und kalt zugleich war. Chekovs Magen erinnerte sich freilich daran, daß dieser Mann in den schrecklichen Jahren der ›Säuberung‹ Hunderttausende von Menschen in Arbeitslager geschickt hatte und noch schlimmere Dinge tun würde.

Und dann erblickte er Pawlow. Er saß in einer Ecke. Er musterte Chekov auf seine unmißverständliche Art, als rechne er damit, daß dieser seinem Führer plötzlich an die Kehle springen könnte.

»Sie sind also der Anwärter auf den Orden, was? Glauben Sie, daß Sie den Titel eines Helden der Sowjetunion auch verdienen?«

»Ich verdiene ihn nicht mehr und nicht weniger als die Männer und Frauen, die mit mir in Stalingrad gekämpft haben, Genosse Generalsekretär«, sagte Chekov mit zittriger Stimme. Stalins Blick wurde etwas sanfter, und Chekov holperte weiter: »Es waren Tausende, und sie alle sind Helden.« Dann hielt er den Mund, bevor ihm der geschickte Stratege noch mehr entlocken konnte.

Stalin streckte eine Hand aus, und ein Offizier reichte ihm gehorsam ein Schächtelchen. Chekovs Gesicht blieb in der Gegenwart des mächtigen Diktators teilnahmslos. Stalin heftete ihm den goldenen Stern am roten Band an die Brust. Chekov stand stramm und salutierte; in seinem Geist wogte eine Flut gemischter Gefühle. Er wartete auf das Zeichen, daß er sich zurückziehen konnte.

Doch Stalin schaute ihm in die Augen – diesmal mit der Kälte des Winters. »Und wen bewundern Sie in meinem Stab am meisten?« fragte er.

Chekovs Blick flog unbeherrscht über die im Raum anwesenden Männer. Da war Marschall Schukow. Er natürlich. Ohne Zweifel! Doch Schukows Blick enthielt eine Warnung. Wenn laut ausgesprochen wurde, daß er ein genialer und beliebter Kriegsführer war, konnte es ihn den Kopf kosten.

Chekovs Blick fiel wieder auf Stalin, und er ließ sich von der charismatischen Kraft des Mannes anziehen. Dann sagte er, in der Hoffnung, daß man es ihm ohne weiteres abkaufte: »Wenn Lenin unser Großvater war, sind Sie unser Vater. Und alle anderen Offiziere sind unsere Onkel und Brüder. Zwar tun wir alle das Beste für unseren Staat, aber manche tun mehr als andere – wie es ihren Fähigkeiten entspricht. Aber Sie, Genosse, sind der größte Held des Volkes.«

Stalin schaute ihn an. Er runzelte die Stirn. »Sie haben zwar politischen Verstand, mein Junge, aber ich möchte einen Namen hören. Vielleicht nennen Sie mir jemanden, den ich belohnen kann.«

»Dann nenne ich General Chuikov.« Chekov spürte, daß sich Erleichterung im Raum breitmachte. Dies war eindeutig die einzige Antwort, die keine politischen Auswirkungen haben konnte. Stalin wirkte zufrieden. Er entließ Chekov, und obwohl er wie Espenlaub zitterte, gelang es ihm, den Raum zu verlassen, ohne über den Teppich zu stolpern oder sich sonstwie zum Narren zu machen.

Der Fahrer war längst weg, und Chekov setzte mit dem blitzenden Orden an der Brust und dem Gefühl deutlicher Verlegenheit dazu an, per Anhalter in die Kaserne zurückzukehren. Diesmal gelang es ihm, den gewaltigen Roten Platz Stein für Stein kennenzulernen. Ein Truppentransporter, der seine Richtung nahm, rumpelte vorbei, und Chekov hielt ihn rennend und rufend auf, bis der gelangweilte Fahrer sich die Mühe machte anzuhalten.

»Wo wollen Sie denn hin?« fragte der Fahrer und beäugte Chekovs Orden.

»Ähm«, sagte Chekov, dem nun einfiel, daß der Standort seiner Truppe geheim war. »Ein paar Kilometer nach Nordosten.«

»Ah – zum geheimen Ausbildungslager!« sagte der Mann erfreut. »Aber klar!«

Sie grinsten beide. Dann legte sich eine Hand auf Chekovs Schulter.

Er drehte sich um. Pawlow starrte ihn an.

»Ich weiß, daß Sie nicht der sind, für den Sie sich ausgeben«, sagte Pawlow. »Und irgendwann ... sehr bald ... werde ich auch eine Möglichkeit finden, es zu beweisen.«

Er drehte sich um und ging fort. Chekov spürte, daß ihn eine große Kälte überkam.

Eins wurde ihm klar: Je eher er von hier verschwand, desto besser.

41

JAPAN, 1600

Das Geräusch von Metall, das auf Metall schlug, sagte Sulu, daß das Haus angegriffen wurde.

In der momentanen Verwirrung schlug er schnell zu. Sein linker Fuß glitt hinter den Mann, der ihn festhielt. Er brachte ihn zu Fall, und beide Wachen stürzten in einem Wirrwarr von Armen und Beinen zu Boden.

Sulu rollte sich schnell beiseite und trat dem ersten Mann ins Gesicht. Dann sprang er auf, um dem nächsten Angreifer entgegenzutreten.

Der Raum war leer.

Sulu war überrascht. Ob an den magischen Kräften der Ninja doch etwas dran war?

Plötzlich bekam er einen Schlag auf den Hinterkopf. Er verfluchte sich, den Mann vergessen zu haben, den er nur zu Boden geworfen hatte. Er rollte vorwärts und kam wieder hoch, als der Ninja auch schon mit gezücktem Schwert auf ihn zusprang. Sulu sah ein Messer, es lag auf dem Gang. Er wollte es erreichen, aber der Ninja schnitt ihm den Weg ab. Sulu wappnete sich und reckte die Arme in die Luft, um den Mann abzuwehren, obwohl er wußte, daß er nicht den Hauch einer Chance hatte.

Plötzlich sprengte ein Mann auf einem Pferd durch die Papierwand. Sulu schaute verblüfft auf. Der Ninja tat es ihm gleich, doch es war das letzte, was er tat, bevor er unter die stampfenden Pferdehufe geriet.

Der Reiter hatte sein Gesicht zum Schutz vermummt.

Er gestikulierte wild, und Sulu, der es sich nicht zweimal sagen ließ, sprang auf den Pferderücken. Der Reiter wendete, und sie ritten rasch davon.

Es waren noch mehr Männer auf dem Grundstück. Sie waren in einfaches Indigoblau gekleidet wie Bauern, und auch ihre Gesichter waren vermummt. Die Schwerter, die sie mit tödlicher Genauigkeit einsetzten, waren allerdings keine regulären landwirtschaftlichen Werkzeuge. Sein Retter hielt ihn fest und warf etwas, das wie eine Rauchbombe aussah.

Die anderen warfen ebenfalls Rauchbomben, aber auch einige kleine schwarze Gegenstände, die wie steinharte, scharfe Blumensamen aussahen. Sie bohrten sich in die Füße der Angreifer und verursachten offenbar starke Schmerzen.

Sulu und sein Retter galoppierten in die Abenddämmerung hinein.

Jeder Sprung des Pferdes ließ Sulu vor Schmerz zusammenzucken. Seine Rippen schmerzten fürchterlich bei jeder Bewegung. Er preßte die Zähne zusammen, um den Schmerz zu kompensieren. Währenddessen dachte er darüber nach, ob er nicht schon wieder auf einen miesen Trick hereingefallen war, der nur dazu diente, ihn in die Hände einer anderen geheimnisvollen Gruppe zu spielen, die an Informationen herankommen wollte. Irgendein neuer Versuch, an seinen nicht vorhandenen magischen Fähigkeiten teilzuhaben.

Als der Mann das erschöpfte Pferd endlich langsam zügelte, rutschte Sulu aus dem Sattel und fiel unter Schmerzen zu Boden.

Sein Retter sprang elegant aus dem Sattel und wies seine Leute an, alle Spuren zu verwischen. Er half Sulu wieder auf die Beine.

»Nun, Ihr seid also kein Koga-Spion?« sagte der Mann, dessen Vermummung ihn in der Dunkelheit wie unverwundbar erscheinen ließ.

»Watanenabe Sadayo?« sagte Sulu, als er Mototadas

grauhaarigen Samurai-Fechtmeister erkannte. »Wie habt Ihr mich gefunden?«

»Man hat so seine Verbindungen«, sagte Sadayo, während sich ein beruhigendes Lächeln auf sein Gesicht legte. »Wir haben mit einem Spion gerechnet, aber wir kannten seine Identität nicht. Als Ihr auftauchtet, waren wir sicher, daß Ihr es seid. Doch als ich sah, daß Ihr beinahe den Kopf verloren hättet, wurde ich eines Besseren belehrt.«

»Ich habe den alten Gärtner aus dem Schloß gesehen«, platzte Sulu heraus. »Er muß es gewesen sein.« Aber über Oneko konnte er nichts verraten. Irgend etwas reizte ihn zwar, sie in die Pfanne zu hauen, aber dann erinnerte er sich an ihren traurigen Blick. Er konnte sie nicht verraten.

Der Fechtmeister rief seinen Männern zu, sie sollten ein Lager aufschlagen, und befahl einem Knecht, dem Samurai Wasser zu bringen. »Setzt Euch«, sagte er zu Sulu. »Die Männer werden für uns Reis kochen. Berichtet, was passiert ist. Ist Oneko-domo ihre Geisel? Wir sind Euch zum Gasthof gefolgt, aber wir waren noch zu weit entfernt, als die Koga-Banditen angegriffen haben. Warum haben sie Euch nicht getötet, wenn Ihr nicht zu ihnen gehört? Daß sie das Mädchen lebend haben wollten, verstehe ich ja ...«

»Warum sie mich haben leben lassen?« *Weil das Mädchen,* dachte er, *das ihr retten wollt, für mich gesprochen hat.* Doch er sagte die Wahrheit. »Es war wohl Glück. Sie wollten mich aushorchen. Sie wollten militärische Informationen. Obwohl ich gar nichts weiß. Ich habe nichts erzählt. Ich war auch nicht lange genug bei ihnen.«

»Wollen sie Lösegeld für das Mädchen?«

»Ich glaube nicht«, antwortete Sulu zurückhaltend.

»Wir müssen sie retten. Sie darf nicht in ihren Händen bleiben. Hat sie das Kind noch?«

»Ich glaube schon«, sagte Sulu.

Als Sadayo sah, daß Sulu sich schüttelte, verstand er ihn falsch und sagte brüsk: »Ihr braucht nicht an Eurer Ehre zu zweifeln. Ihr habt Euch nicht entehrt. Ich sehe ein, daß der erste Eindruck, den ich von Euch hatte, falsch war. Ihr seid wirklich ein sehr ehrenwerter Mann.«

Nein, dachte Sulu, *dein erster Eindruck war schon richtig.*

Am nächsten Tag – man hatte Sulu nach einem Bad im kalten Flußwasser in neue Kleider gesteckt – sah er aus wie einer der hundert Koku-Männer, die in Torii Mototadas Diensten standen. Er bestieg sein Pferd und richtete die beiden Schwerter an seinem Gürtel so aus, daß sie die richtige Position hatten.

Als er auf die Lichtung zurückkam, sah er Sadayo an, daß er grimmig eine Strategie austüftelte.

»Die Koga-Sippe wird so schnell keinen zweiten Angriff erwarten. Das ist unsere Chance, sie auszuradieren und Fürstin Oneko zu finden«, ordnete Sadayo an. »Wenn wir in das Koga-Gebiet kommen, werdet Ihr Oneko sofort retten. Wir machen indessen die Ninja nieder.«

»*Hai*«. Sulu nickte. Er mußte sie schnell finden. Sadayo war kein Dummkopf, und Oneko würde nicht lange leben, wenn sie wie eine Familienangehörige auf dem Gehöft umherspazierte.

Der Rückweg ging schneller vonstatten als der Hinweg, den er durchgeschüttelt in Sadayos Sattel zugebracht hatte. Sie sammelten sich in einem kleinen Wäldchen, einige Meter vor dem Tor, das ein Diener gerade öffnete, um zwei Frauen ins Freie zu lassen. Sie trugen Früchte, die sie auf einem nahe gelegenen Markt verkaufen wollten. »Jetzt!« schrie Sadayo und gab seinem Pferd die Sporen.

Der Diener wollte das Tor schließen, doch er wurde von Sadayos Pferd niedergewalzt. Mototadas Männer schlugen die Ninjas nieder, die in den Hof zu gelangen versuchten. Alsbald war die Luft vom Rauch der Bomben erfüllt. Beide Seiten verloren ihren Vorteil, als sie die schädlichen Dämpfe der Rauchbomben einatmeten. Diesmal warf die Infanterie auch noch Reißnägel und schützte sich, indem sie sich dicht am Boden bewegte, während die Pferde mit den Hufen in die Nägel traten und sich vor Schmerzen aufbäumten. Sulu sah gerade noch, daß Sadayo aus dem Sattel gestoßen wurde und auf den staubigen Boden fiel, dann suchte er im herrschenden Chaos nach Oneko und drosch sich durch das allgemeine Kampfgetümmel. Eine schmächtige Gestalt tauchte aus dem Staubchaos auf und schlug mit einer *Naginata* nach seinem Pferd. Sulu reagierte sofort, wehrte den Hieb ab und schlug dem Gegner das Schwert aus der Hand. Er ritt an dem vor Schmerz schreienden Mann vorbei, den er unter dem Namen Onkel kannte, bis ein anderer Samurai ihn auf die Lanze nahm. Auf Wiedersehen, Onkel.

Im Durcheinander der Schreie und Hiebe hörte Sulu Onekos Stimme. Er riß sein Pferd herum und preschte durch das staubige Kampfgetümmel. Sie rannte auf ihn zu. Er gab dem Pferd die Sporen, ritt zu ihr hin und packte ihren Arm, um sie in den Sattel zu heben. Er ritt um ihr beider Leben, und hinter ihnen war der Kampf in vollem Gange.

42

SCHOTTLAND, 1746

Scotty tastete mit den Händen die Wände seiner Zelle ab. Dann nahm er sich das Gitter am Fenster vor und betete darum, einen lockeren Eisenstab zu finden, doch die Zelle bot ihm nicht einmal ein Mauseloch zur Flucht.

Scotty sank zu Boden. Er wollte sich aber um keinen Preis von der Verzweiflung übermannen lassen.

»Schließlich kann ich doch zaubern«, murmelte er.

»Mr. Scott?« zischte plötzlich eine vertraute Stimme. »Geht von der Tür weg.«

Scotty riß die Augen auf. Allmählich fing er an, seinen eigenen Worten zu glauben.

Er hatte gerade noch genug Zeit, in eine Ecke des kleinen Raumes zu hechten, als auch schon die Druckwelle der Pulverladung über ihn hinwegfegte. Daß die fliegenden Türsplitter sein Hinterteil zersiebten, ignorierte er.

»Rennt, aber schnell«, befahl der Junge. Scotty fand seinen Vorschlag nicht übel.

Sie schlugen Haken wie Karnickel und wichen einem Dutzend Männern aus, die nun in den Innenhof strömten. Seamus übernahm die Führung. Er eilte durch einen Gang, der hinter den Schlafsälen lag.

Dann war die Hölle los: Das gesamte Fort schien zu explodieren.

Scotty wurde meterweit geschleudert. Er landete unter Schmerzen ein Stück vor Seamus auf einem Steinhaufen.

»Ich hab das Magazin in Brand gesteckt«, keuchte der Junge. »Das ganze Pulver ist in die Luft geflogen. Ist das nicht toll?« Er grinste im Schein des schrecklichen Feuers, das das Fort verzehrte. »Los«, sagte er dann ausgelassen und rappelte sich auf. Sie liefen auf den Mauerrest zu. Inzwischen waren Keppochs und Lochiels Truppen in das Fort eingedrungen; sie brüllten den Kampfruf ihrer Clans und machten alles nieder, was sich bewegte.

Der Rest war eine Kleinigkeit. Die Abwehr der Engländer brach zusammen. Sie sahen in ihren roten Röcken wie hüpfende Hummer aus, als sie das Hasenpanier ergriffen und im Morgengrauen Zuflucht in den kalten Hügeln suchten.

»Was Eure Kanone angeht, Mr. Scott«, sagte Seamus traurig, »so ist es wirklich schade um sie.« Er trat ein Stück Schlacke beiseite, die einst der Stolz des englischen Heeres gewesen war.

Scotty war schon in melancholische Stimmung verfallen, als er den Beginn des Gemetzels gesehen hatte. »Tja, sie hätte uns wohl ohnehin nicht geholfen«, sagte er traurig. »Danke, daß du mich gerettet hast.«

»Ich schätze, damit sind wir quitt, Sir«, sagte der Junge linkisch.

»Aye, Seamus, das kann man sagen.«

»Ich war's Euch schuldig, Sir«, sagte Seamus. »Aber das ist noch nicht alles.« Er schaute schweigend zu Boden und stieß dann hervor: »Ach, Mr. Scott, ich muß Euch etwas beichten. Ihr wart zu mir und Meg wie ein Vater. Aber ich trage eine schreckliche Last mit mir herum. Als ich Euch damals die Kleider brachte, und Ihr mich fragtet, warum …«

»Aye, du hast gesagt, du hättest deine Gründe …«

»Tja, meine Gründe waren … Ach, Mr. Scott, die Engländer wußten, daß es einen Spion gab. Ich wollte den Herzog eigentlich erschießen und die Waffe dann bei Euch verstecken, damit man Euch festnimmt und ich weiter als Spion hätte arbeiten können. Und ...« Sein Gesicht wurde rot vor Ärger und Scham. »Ich ... würde es Euch nicht verübeln, wenn Ihr mir nicht vergeben würdet. Ich dachte einfach, Ihr wäret jemand, den ich benutzen könnte. Ich wollte nie ...« Er ließ den Kopf hängen und war kaum in der Lage, seine Tränen zurückzuhalten.

»Natürlich vergebe ich dir, mein Sohn«, sagte Scotty und nahm ihn in die Arme. »Im Krieg kommen solche Dinge nun mal vor. Das ist immer so.«

»Was werdet Ihr nun tun?« fragte Seamus nach einer kurzen Pause der Verlegenheit.

»Ich gehe nach Inverness zurück und melde General Murray, daß ich versagt habe. Und du?«

»Ich gehe mit Keppoch. Ich habe noch immer Pflichten. Ich muß dem Stab des Prinzen Bericht erstatten.« Dann fragte er schüchtern: »Mr. Scott, wenn Ihr nach Inverness zurückgeht ... kümmert Ihr Euch bis zu meiner Rückkehr um meine Megan?«

»Natürlich, mein Sohn. Und außerdem werde ich auf eurer Hochzeit tanzen.«

Bevor Scotty sich auf die einsame Fahrt nach Inverness begab, wurde er zu Alexander Keppoch gerufen.

»Was könnt Ihr mir über Fort William erzählen, Mr. Scott?«

Scotty überlegte einen Moment. »Sir, meiner Meinung nach ist Fort William nicht so leicht einzunehmen wie Fort Augustus. Ohne Kanone müßt Ihr Euch bestimmt auf eine lange Belagerung einrichten.«

»Aye. Doch unser Heer ist nicht im Vollbesitz seiner Kraft. Man hat die Campbells – die verdammten Verräter an der Sache des Prinzen – ausgeschickt, um unsere Güter zu verwüsten. Viele Männer sind desertiert, um ihre Familien zu beschützen. Wer kann es ihnen verübeln?«

»Gott möge Euch den Sieg schenken, Sir«, sagte Scott.

»Und Euch den Frieden«, sagte Keppoch und schaute in Scottys gequälte Augen.

Scotty schulterte seinen kleinen Rucksack und begab sich auf die Straße nach Inverness. Sein Kilt schwang völlig unbeschwert hin und her, im krassen Gegensatz zu dem, was Scotty persönlich empfand.

43

MOSKAU, 1942

Die Rückkehr zur Einheit brachte Chekov wieder das gesegnete Vergessen aufgrund der schweren Arbeit. Kurz darauf teilte man ihm die Aufgabe zu, einige seiner Kameraden mit den Problemen der P-39 bekannt zu machen. Chekov hatte sich das neue Wissen schnell angeeignet. Schließlich war er ein ausgebildeter Offizier, und die meisten seiner Genossen waren Bauernburschen, die nichts Komplizierteres kannten als Traktoren oder Röhrenradios.

Und so waren die Tage von monotonen Unterrichtsstunden erfüllt, die etwa so begannen: »Dies ist die Luftkobra. Euch wird auffallen, daß das Triebwerk mittschiffs liegt, hinter dem Piloten. Die Antriebswelle verläuft unter dem Cockpit nach vorn. Ein 30-Millimeter-Geschütz befindet sich in der Nabe des Bugpropellers ...« Und dann behandelte er die tödlicheren Aspekte, denn die Maschine neigte dazu, bei Sturzflügen ins Trudeln zu geraten. Abgesehen vom Fliegerjargon, den Chekov früher für romantisch gehalten hatte und der nun Routine war, war es wie bei jeder Flugausbildung – bloß studierte man an der Akademie zuerst Naturwissenschaften und Forschung und dann erst, als letzte Eventualität, die Kampftechniken. Hier hatte nur das tödliche Geschäft einen Stellenwert.

Nachmittags wurde geflogen, und das war gut. Den Abend verbrachte Chekov mit seinen Freunden, tapferen jungen Piloten, die von der melancholischen russischen Ausgelassenheit erfüllt waren, und das war noch besser.

Doch die regelmäßigen und bedrückenden obligatorischen Zusammenkünfte mit dem Politoffizier, der sie marxistisch schulte, waren nicht nur langweilig, sondern für einen in einer freien Gesellschaft aufgewachsenen Menschen auch erschreckend. Und wieder schrien in Chekov die Zweifel, um sich Gehör zu verschaffen. Am schlimmsten war, daß es niemanden gab, mit dem er sich unterhalten konnte. Die russische Gesellschaft basierte auf Mißtrauen.

Als Pawlow sich dann in Luft aufzulösen schien, empfand Chekov Erleichterung. Doch wenn er annahm, den KGB-Mann nie wiederzusehen, hatte er sich getäuscht.

Bald kam die Zeit, in der für Chekov der Ernst des Lebens begann. Seine Staffel wurde auf eine Mission geschickt. Sie hatten eine ganze Reihe der neuen YAKs bekommen – schmucke, kleine Maschinen, die besten in der Sowjetunion hergestellten Flugzeuge. Die Männer hatten knapp vier Tage, um die neuen Maschinen kennenzulernen, dann ging es hinaus. Chekov wurde zum Staffelführer ernannt. Zwar fühlte er sich für das Kommando noch nicht reif, aber Befehl war Befehl. Er erinnerte sich flüchtig an Starfleet und die vielen Jahre, die man in Friedenszeiten brauchte, um in ein Kommando hineinzuwachsen. In Kriegszeiten konnte man sich keinen solchen Luxus leisten. Hier wurde man nur befördert, wenn man überlebte.

Chekov war ein Nervenbündel. Er konnte nicht an einer Luftschlacht teilnehmen. Die Erste Direktive war eindeutig. Die Möglichkeiten, ein Zeitparadoxon hervorzurufen, waren ungeheuer hoch. Seine Hand durfte nie das Leben eines Menschen des 20. Jahrhunderts beenden. Es war unmöglich. Die Starfleet-Offiziere hatten gelobt, eher ihr Leben zu geben, bevor sie derlei taten.

Und dann kam seine Rettung mit einem Wort.

Schweden.

Es fiel während einer abendlichen Besprechung. Schweden war neutral. Da das Land nicht am Krieg teilnahm, konnte nichts, was Chekov dort tat, den Kriegsverlauf beeinflussen.

Der Gedanke, Rußland für immer zu verlassen, machte ihn traurig, aber andererseits war es ja eigentlich nicht sein Rußland. Es war nicht einmal das Rußland, an das er sich Generationen später erinnern würde. Nicht nur das: Je länger er hier blieb, desto größer wurde die Möglichkeit, daß er etwas tat, das die Zukunft verhinderte.

Er mußte schnellstens nach Schweden. Pawlow hatte zwar beschlossen, ihn in Ruhe zu lassen, aber wer wußte, wie lange noch? Und wenn man ihn ins Kampfgebiet schickte …

Wenn er abgeschossen wurde, löste dies automatisch all seine Probleme. Chekov mußte auch damit rechnen. Doch wenn es nach ihm ging, war es ihm verständlicherweise am liebsten, wenn es nicht dazu kam.

In dieser Nacht lag er in der Garnison und wartete, bis er das Schnarchen der anderen hörte. Dann glitt er langsam aus dem Bett. Er zog sich schnell an und nahm seine schon tagsüber gepackte Ausrüstung. Er schaute nach links und rechts, um sicherzugehen, daß er nicht beobachtet wurde, dann schlich er wie ein Gespenst durch die Hintertür.

Chekov hielt wachsam Ausschau, umging geschickt die Wachen und schlug sich quer durch die Kaserne bis zu den Hangaren durch. Er zog eine Hangartür auf und stand vor seiner glänzenden Maschine.

Er wußte nicht genau, ob er genug Treibstoff hatte, um die Strecke nach Schweden in einem Rutsch zu schaffen, aber es war ihm egal. Aus dem Unterricht kannte er die Position mehrerer Treibstofflager. Selbst wenn er sich nicht für eine Zwischenlandung entschied – etwa, weil man seine Flucht bemerkt hatte –, er würde irgendwo herunterkommen und zu Fuß weitergehen. Ihm war jeder Ort lieber als die finstere, paranoide Version seiner geliebten russischen Heimat.

Dann ertönte hinter ihm das leise Klicken eines Schlagbolzens. Chekov erstarrte und klammerte sich an seine Flugtasche.

»Sie kommen nicht weg. Keine Bewegung! Drehen Sie sich um.«

»Was denn nun?« fragte Chekov berechtigterweise. »Keine Bewegung oder umdrehen?«

»Umdrehen. Aber langsam.«

Chekov drehte sich um. Er wußte, was er sehen würde.

Pawlow stand im matten Licht des Hangars; seine Pistole war starr auf Chekov gerichtet.

»Ich habe Ihren gesamten Lebenslauf zurückverfolgt«, sagte Pawlow. »Es hat mich eine Menge Zeit gekostet. Akten sind, wie man so sagt, manchmal unklar, und ich wollte gründlich sein. Wissen Sie, was ich entdeckt habe?«

»Daß ich ein beispielhafter Bürger und ein Vorbild für die Kinder der Welt bin?«

Pawlow lächelte dünn. Doch auch das Lächeln machte sein Gesicht nicht anziehender.

»Sie haben keine Vergangenheit. Niemand kennt Sie. Weder auf der Straße, noch in der Umgebung. Niemand. Ihre Fingerabdrücke sind nirgendwo registriert. Sie existieren gar nicht.«

»Dann habe ich wohl auch nichts verbrochen, nehme ich an«, sagte Chekov und bemühte sich, beiläufig zu klingen.

Pawlow kam einen Schritt näher. »Man wird Sie verhören, Pavel Chekov. Wir vom KGB kennen perfekte Methoden, die die Nazis gerade erst ausprobieren. Der Schwerpunkt der Nazi-Methoden liegt auf Folter und

Grausamkeit. Wir legen mehr Wert auf Leistungsfähigkeit. Wir haben Drogen, die einen dazu bringen, alles zu erzählen, was wir wissen wollen. Alles, was *Sie* wissen. In zweiundsiebzig Stunden kennen wir die kleinste Kleinigkeit ihrer Erinnerungen.«

Chekov setzte eine starre Miene auf.

»Ich wußte es immer«, sagte Pawlow. »Man muß Leuten wie Ihnen nur genug Leine lassen, dann verraten sie sich. Sie sind schlampig, Chekov. Und Sie hätten sich den Rücken freihalten sollen.«

»Sie aber auch«, sagte Chekov. Er riß die Augen auf und schrie: *»Schnappt ihn euch!«*

Pawlow drehte sich reflexartig zur Seite.

Chekov fegte wie ein Blitz heran und schwang seine Flugtasche. Sie knallte gegen Pawlows Arm, und die Waffe des KGB-Mannes segelte im hohen Bogen durch die Dunkelheit.

Als Pawlow sich aufrappeln wollte, stieß Chekov ihm die Stiefelspitze ins Gesicht. Pawlow fiel nach hinten; Blut spritzte aus seiner Nase.

Pawlow war jedoch nicht leicht auszuschalten. Er kam schwankend hoch und setzte zu einem Haken an. Chekov blockte ihn mit einem hochgerissenen Arm leicht ab und trat ihm mit dem Knie in den Magen. Nun ging es nicht mehr um Paranoia und Angst, sondern gegen einen realen Feind, das Symbol all dessen, was in Rußland nicht stimmte. Chekov ließ seinem Zorn freien Lauf; er schleuderte den Agenten gegen die Hangarwand. Pawlow klatschte mit einem Knirschen dagegen, sank wie ein Sack zu Boden und verlor die Besinnung.

Chekov packte ihn unter den Armen und zog ihn in eine dunkle Hangarecke. Dort fesselte er ihn gründlich und stopfte ihm als Knebel einen Lappen in den Mund. Mit etwas Glück blieb er ein paar Stunden besinnungslos – Stunden, von denen Chekov wußte, daß er sie brauchte.

Er bedeckte den Agenten gründlich mit Zeitungen und Putzlappen, damit man ihn nicht sah. Dann ließ er ihn in der Ecke zurück und ging zu seiner Maschine.

Im Hangartor stand General Chuikov.

»Das erstaunt mich aber«, sagte er. Seine Hand schwebte in der Nähe seiner Dienstwaffe.

44

Kirk schaute sich langsam um und erblickte die Familie, die sich an die gegenüberliegende Wand drückte: einen Mann, eine Frau und ein kleines Mädchen, das sich ans Bein der Mutter klammerte. Neben ihnen lehnten einige Ackergeräte an der Wand.

»Tut uns leid«, sagte Kirk sofort. »Wir wollten Sie nicht in die Sache hineinziehen.« Er drehte sich schnell zu Kral um. »Wir müssen hier raus. Wenn noch mehr von Weylands Untertanen verletzt werden ...«

Kral schnaubte geringschätzig. »Was macht es denn aus, wenn sie im Kampf sterben? Dann sterben sie ehrenhaft. Und nur die Ehre zählt.«

Zu Kirks Erstaunen trat die Frau dem hingeduckten Kral ins Gesicht.

Der überraschte Klingone fiel auf den Rücken und legte die Hand auf die Schramme an seiner Wange.

»Mein Sohn ist tot!« schrie die Frau. »Er ist nicht ehrenhaft gestorben! Ihm wurde die Haut von den Knochen gebrannt!«

»Der Kleine ... war Ihr Sohn?« sagte Kirk langsam.

Die Frau sagte nichts. Statt dessen wandte sie sich ihrem Gatten zu und weinte sich an seiner Brust aus. Klägliche, zermürbende Schluchzer. Kirk beobachtete eingehend den Klingonen, um dessen Reaktion zu sehen.

»Es war ein Unfall«, sagte Kral.

»Ich glaube, das ist den Leuten wirklich egal«, sagte Kirk.

»Natürlich, Kirk«, sagte Kral hochfahrend. »Schieben Sie es nur ganz allein den Klingonen in die Schuhe. Um einen Krieg anzufangen, benötigt man aber immer zwei.«

»Ja. Und auch, um ihn zu beenden.«

Kral starrte ihn an.

Dann kam von draußen eine laute Stimme, die beiden bekannt war. »Kirk! Lassen Sie Kral allein! Die Sache geht Sie nichts an. Sie geht nur ihn und mich etwas an! Wenn Sie herauskommen, lasse ich Sie leben.«

Sie schauten sich an. »Wie stehen die Chancen in dieser Sache?« fragte Kirk trocken.

»Gut, glaube ich. Es ist eine Sache zwischen Kbrex und mir, wie immer. Seit unserer Jugend.«

»Sie sind alte Freunde?« sagte Kirk überrascht. »Und trotzdem hat er Sie mit Gewalt Ihres Kommandos enthoben?«

»Nein, wir sind keine alten Freunde«, sagte Kral. Er hielt inne und fügte traurig hinzu: »Kbrex ist mein Bruder.«

Kbrex hockte vor der Hütte in den Büschen und schüttelte den Kopf. Er konnte die Situation, in die er sich hineinmanövriert hatte, nicht fassen.

Als Weyland seine Nachricht beantwortet hatte, war er ekstatisch gewesen. Als er das furchtbare Wesen über den unzweifelhaften Angriff Kirks und Krals informiert hatte, hatte Weyland eine neutrale Miene aufgesetzt. Nun wußte Kbrex eins ganz sicher: Weyland, der Unsterbliche, war nicht ganz so allmächtig, wie er behauptete.

Er hatte zugestimmt, ihn auf die Oberfläche des Planeten zu transportieren. Er hatte sogar zugelassen, daß Kbrex' Waffe wieder funktionierte – eine Gefälligkeit, die er seinen Worten zufolge weder Kirk noch Kral zugestand.

Allerdings hatte Kbrex gestutzt, als Weyland ihm zu verstehen gegeben hatte, nur er allein dürfe sich auf den Planeten hinunterbeamen.

»Wenn Sie bewaffnet sind und gegen einen geschlagenen Klingonen und einen schwachen Föderations-Captain stehen«, hatten Weylands Worte gelautet, »haben Sie doch wohl keine Angst.«

»Ich fürchte mich vor nichts«, hatte Kbrex erwidert.

»Vor einem sollten Sie sich fürchten – und zwar vor dem, was passiert, wenn Sie bei der Verfolgung der Invasoren irgendeinem meiner Untertanen etwas antun.«

Kbrex hatte den Mund geöffnet – und ihn wieder geschlossen. Irgend etwas hatte ihn davor gewarnt, Weyland in dieser Angelegenheit herauszufordern.

Nun hockte er auf dem Planeten Cragon, und die, auf die er es abgesehen hatte, verschanzten sich in einer Hütte. Er konnte nicht auf sie schießen, weil er nicht wußte, was passierte, wenn er irgendwelche Bauern verletzte. Doch zum Glück wußten Kral und Kirk nichts davon.

»Es ist Ihre letzte Chance, Kirk! Die Sache geht Sie nichts an! Sie geht nur Kral und mich etwas an. Gehen Sie raus. Sie schulden ihm nichts. Er würde Sie ohne weiteres preisgeben.«

Kbrex schwieg einen Augenblick. Kirk würde die Klugheit seiner Worte bestimmt erkennen. Auch wenn er log. Er hatte vor, ihn bei erstbester Gelegenheit zu liquidieren. Aber zuerst mußte er hundertprozentig sicher sein, daß Kral tot war.

Er vernahm ein hackendes Geräusch und runzelte die Stirn. Er wußte zwar nicht, woher es kam, aber es gefiel ihm ganz und gar nicht.

»Kirk!« schrie er. »Ihre letzte Chance! Ich meine es ernst!«

Wieder das Hacken. Wo, zum Teufel, kam es her?

Dann ein Knirschen, als …

… stürze eine Mauer ein.

Kbrex reckte seinen Stiernacken und brüllte seine Wut hinaus. Da waren Kral und Kirk – auf der anderen Seite der Hütte. Sie tauchten im Wald unter. Er hatte kein freies Schußfeld. Und schon waren sie verschwunden.

Aber er wußte, wohin sie wollten. Er brauchte nur eine Abkürzung zu nehmen und ihnen den Weg abzuschneiden. Dann hatte er sie.

Kirk und Kral eilten durch den Wald; außer der minimalen Vorsicht schlugen sie einfach alles in den Wind.

Jedes Zweigknacken klang wie ein Gewehrschuß, jeder tanzende Schatten verbarg hundert Gegner. Kirk wußte nicht einmal genau, ob ihre Flucht einen Sinn hatte, denn er wußte nicht, welcher Empfang ihnen bevorstand.

Das Heulen eines Blasters ertönte und sägte rechts von ihm einen Ast ab. Kirk änderte die Richtung. Plötzlich fiel ihm auf, daß er von Kral getrennt war.

Kral warf einen Blick über seine Schulter und sah, daß Kirk weg war. Nun, er hatte es erwartet. Wenigstens hatte der feige Föderationsweichling nun endlich Farbe bekannt.

Oh, sicher, Kirk war zwar nicht auf Kbrex' Geheiß aus der Hütte gekommen, aber er hatte es zweifellos nur deswegen nicht getan, weil er wußte, daß Kbrex' nicht zu trauen war.

Irgendwie empfand Kral eine leichte Enttäuschung. Nach der ganzen Ziererei Kirks wäre es beinahe erfrischend gewesen, wenn sich der Mann als ehrlich erwiesen hätte. Ein Verbündeter. Waffenstillstand. Kooperation, Gerede über Ehre und Treue. Was für ein Quatsch.

In diesem Augenblick rutschte Krals Fuß in ein Loch.

Er stolperte, verfluchte seine Schwerfälligkeit und

fiel zu Boden. Er hörte ein Knacken. Er spürte es sogar. Und dann erkannte er mit Grauen, daß sein Knöchel geknackt hatte.

Kral grunzte, blockte den Schmerz ab und setzte sich kriechend in Bewegung. Er mußte sich in einem Gebüsch verstecken. Dann hörte er hinter sich ein leises, höhnisches Lachen.

Er drehte sich um und stützte sich auf einen Ellbogen.

Da stand Kbrex. Er schüttelte langsam den Kopf. Sein Blaster zielte auf Krals Schädel.

»Endlich«, sagte er.

»Endlich«, sagte Kral zustimmend. »Endlich hast du die Gelegenheit, deinen pathologischen Haß an mir auszutoben, Bruder.«

»Er hat nichts Pathologisches«, erwiderte Kbrex. »Es ist nur ganz normaler, sauberer Haß.«

»Das ist nicht wahr.«

»Haß hat immer einen Sinn«, sagte Kbrex.

»Stimmt«, gab Kral zu. »Das habe ich mir auch immer eingeredet.«

Kbrex' Blaster zitterte nicht. »Du kannst dir gar nicht vorstellen, wie gedemütigt und ehrlos ich mir vorkam, als du vor mir befördert wurdest. Man hat dir die Ehre eines Kommandos verliehen. Mir hat man die Ehre verliehen, unter jemandem zu dienen, der im Vergleich zu mir ein Kind war.«

»Ich habe dich gebeten, auf meinem Schiff zu dienen, weil ich mir keinen besseren neben mir vorstellen konnte«, sagte Kral.

»Damit ich deine Überlegenheit jeden Tag zu sehen bekam.«

»Nein«, sagte Kral und schüttelte traurig den Kopf. »Ich habe vermutet, daß du so denkst… aber da war es schon zu spät. Als es mir klar wurde, hattest du den Umsturz schon geplant. Es war mein einziges Versehen, Kbrex.«

»Schmücke dich nicht mit solch edlen Motiven, Kral. Mach dir lieber die wahren Gründe deiner Absichten bewußt...« Kbrex' Finger spannte sich um den Abzug. »Und die Schande deiner Niederlage...«

Kral wartete auf die Entladung und fragte sich, ob er sie spüren würde.

In diesem Augenblick schlug ein Stein Kbrex die Waffe aus der Hand.

Der Klingone heulte auf und umfaßte seine verletzte Hand. Der Blaster flog in die Büsche. Kbrex fuhr herum und schaute in die Richtung, aus der der Stein gekommen war.

Etwa sieben Meter von ihm entfernt stand Kirk. Er hielt den nächsten Stein wurfbereit.

»Sie zielen ausgezeichnet«, sagte Kbrex.

»Es sieht nur so aus«, sagte Kirk. »Ich habe auf Ihren Kopf gezielt.«

Kbrex griff nach unten und zog ein Messer aus seinem Stiefel. »Dann nehmen wir halt dies. Ihnen das Genick zu brechen, Kirk, würde einfach zu lange dauern.«

Er ging Kirk entgegen, der mit flammendem Blick stehenblieb, ausholte und sich bereitmachte, den Stein zu werfen. Kbrex mußte innerlich lachen. Als könnte ein dermaßen läppischer Versuch ihn auch nur verlangsamen. Er ließ Kirk nicht aus den Augen und wartete darauf, daß der jämmerliche Mensch die geringste Bewegung machte.

Kirk rührte sich nicht. Er stand wie angewachsen da und schaute dem Klingonen in die Augen, als wolle er in die Tiefen seiner Seele vordringen – oder ihn vielleicht mit einem bösen Blick abschrecken.

Tölpel.

Kbrex holte aus, bereit, das Messer zu werfen. Kirk rührte sich noch immer nicht.

»Bis später, Kirk!« fauchte Kbrex. »In der Hölle!«

Sein Fußknöchel stieß gegen irgend etwas.

Gegen was war er gestoßen? Sein Verstand registrierte etwas Dünnes und Straffes.

Ein Draht.

Ein Stolperdraht.

Sein Geist schrie ihm eine Warnung zu, dann flog aus einem Versteck in den Büschen ein Brett mit drei kunstvoll arrangierten Klingen auf ihn zu. Es knallte mit einem dreifachen übelkeiterzeugenden Geräusch in Kbrex hinein, und der Ton vermischte sich mit dem schrillen Schrei aus seiner Kehle.

Kbrex flog nach hinten; seine Hände versuchten an dem Brett zu ziehen, und sein Blick fing die ins Holz geschnitzten Buchstaben des klingonischen Alphabets auf ... Buchstaben, die seine eigene Hand geschrieben hatte. Buchstaben, die jenen als Warnung dienten, die aufmerksam waren – eine Warnung vor der Falle, die er aufgestellt hatte.

Er klatschte mit ausgestreckten Armen auf den Boden, und das Leben strömte mit dem Blut aus ihm heraus. Die Welt rings um ihn wurde nebulös, dann erhaschte er einen Blick auf Kirk.

Und noch einmal sagte er, diesmal mit einer Stimme, die des Todes gewiß war: »Kirk ... Wir sehen uns ... in der Hölle wieder ....«

Kirk schaute auf den toten Klingonen hinab. »Steigen Sie schon mal ohne mich hinab«, sagte er.

Dann ging er zu Kral hinüber. »Ist er tot?« fragte Kral.

Kirk nickte langsam.

»Ich möchte ihn sehen.«

Kirk half ihm auf. Kral stützte sich auf ihn; sie gingen zu Kbrex hinüber und blieben vor ihm stehen. Kral berührte den Toten mit seinen Zehen.

»Glauben Sie, er ist allein gekommen?« fragte Kral.

Kirk nickte. »Sonst wären wir jetzt tot. Kral ...« Seine Stimme erstarb. Er wußte nicht genau, ob er eine Beileidsbekundung oder einen Glückwunsch aussprechen sollte.

Kral warf den Kopf in den Nacken und schrie auf.

Es war ohrenbetäubend; Kirk zuckte aufgrund der schieren Lautstärke zusammen. Als Kral erschöpft aufhörte, sagte Kirk: »Was, zum Teufel, soll das bedeuten?«

»Der klingonische Todesschrei. Er ist ehrenhaft gestorben.«

Kirk schaute ihn verblüfft an. »Aber er wollte Sie doch umbringen.«

»Natürlich«, sagte Kral gelassen. »Als Klingone mußte er das doch tun.«

45

JAPAN, 1600

Sulu lag im warmen Sand und lauschte dem Rauschen der Wellen. Oneko rührte sich leicht, als er seinen Körper in eine bequemere Lage brachte. Sein Arm war schon vor einiger Zeit eingeschlafen, aber er brachte es nicht über sich, ihn fortzuziehen und sie damit zu wecken. Sie kuschelte sich an ihn und hatte dabei den Ausdruck eines schutzsuchenden Kindes. Er versuchte, die rhythmisch auf die Felsen schlagenden Wellen auf sich einwirken zu lassen, um über wichtigere Dinge als Ehre nachzudenken.

»Heihachiro-sama«, murmelte sie erwachend.

»Pssst, schlaf weiter«, beruhigte er sie. »Es ist noch Nacht.«

Vom Rauschen des Meeres eingelullt, schliefen beide bis in die frühen Morgenstunden.

»Wohin jetzt?« fragte er.

»Vielleicht ist es besser, wenn wir beide von den Klippen in den Tod springen«, sagte sie müde. »Wohin können wir schon gehen?«

Er sah sie lächelnd an und sagte: »Nein, du trägst Toriis Kind. Du darfst an so etwas nicht einmal denken.«

Sie brach in ein Schluchzen aus und wischte sich die Tränen mit dem Ärmel vom Gesicht. Schließlich beruhigte sie sich. »Wir könnten uns in den Bergen verstecken«, sagte sie voller Hoffnung. »Wir könnten Bauern werden. Heihachiro-sama, komm mit, bleiben wir zusammen.« Sie preßte sich sehnsüchtig an ihn. Sulu drückte sie fest. Hatte er das nicht schon gewollt, als er sie zum ersten Mal gesehen hatte? Was war er Torii schuldig? Was zählten einhundert Koku Sold von einem Toten? Der Tod war alles, was ihn auf Schloß Fushimi erwartete.

Und was war mit Oneko? Er würde ihr Kind gern zusammen mit denen aufziehen, die sicherlich noch folgen würden. Auch wenn es bedeutete, daß er sein Wort brechen und dem Kind sein Geburtsrecht vorenthalten mußte? Hatte die Ethik seiner Zeit ihn so verbogen, daß er die der Gegenwart nicht akzeptieren konnte? Oder die Ethik dieser stolzen, familienorientierten Kultur, die im Begriff war, sein Herz und seinen Willen zu steuern? Oder lag es an ihm, dem alten Sulu, der nie eine Entscheidung zugunsten der Liebe fällen konnte?

»Bitte«, bettelte ihre silberhelle Stimme.

»Hör auf damit«, rief er. Seine übliche Zurückhaltung und Herzlichkeit zerbrachen an den Gefühlen, da er innerlich mit sich kämpfte, um sich nicht noch einmal von ihr becircen zu lassen. »Ich weiß nicht, wie ich die Gefühle erklären soll, die ich für dich empfinde, Oneko«, erklärte er. »Ich glaube, ich liebe dich. Aber ich kann meinen Gefühlen nicht trauen. Irgendwie komme ich mir vor wie ein Go-Stein, den nur dazu da ist, einen Zug zu machen oder aus dem Spiel genommen zu werden.«

»So ist der Lauf des Lebens«, sagte Oneko mit fester Stimme und gesenktem Blick. »Zwar glaube ich dir, wenn du sagst, daß du keine magischen Kräfte hast, aber für mich hast du trotzdem etwas Zauberhaftes. Deine Liebe zu mir ... war so ... neu und frisch. Du bist das Gegenteil meines Ichs.« Sie schaute ihm in die Augen. »Ich bin das Geheimnisvolle, du bist die Ehrlichkeit. Ich bedauere nur, daß auch Torii ein ehrlicher Mensch ist. Man hat mich in dem Glauben erzogen, es sei eine Schwäche, von den Geschickten und Schlauen ausgenutzt zu werden. Aber ich habe Torii beobachtet, und er ist besser als sein Herr. Vielleicht wird man sich später an seinen Herrn erinnern; vielleicht wird er Japan mit seiner Schlauheit unter einem Gesetz vereinen. Mag sein, daß dieser Friede das Land nicht erstickt, sondern ihm Nutzen bringt, ich weiß es nicht. Aber in den Augen des Himmels, Buddhas und der Götter ist Torii der Rechtschaffene. Ich wäre so gern das gewesen, was er in mir gesehen hat.«

Die quälende Stimme in Sulus Innerem flüsterte ihm zu, daß die Geschichte ihren Lauf nehmen mußte. Du bist dem ehrenwerten Torii verpflichtet, sagte er sich. Du hast ihm dein Wort gegeben. Was für ein Mensch bist du, wenn du ein Leben auf einem gebrochenem Versprechen und einer geraubten Frau aufbaust? Tja ... Und trotzdem: Das Tokugawa-Shogunat ist japanische Geschichte.

»Ich bringe dich nach Edo, wie geplant. Glaube mir, niemand weiß, welche Rolle du in diesem Spiel gespielt hast. Und ich bezweifle, daß jemand von einer Familie überlebt hat, der dich verraten könnte.«

Sie schmiegte sich in seine Arme, wie ein Mädchen, das seinem großen Bruder vertraut. Er spürte, daß ihre Tränen seinen Ärmel näßten. Das Zirpen der Grillen und das Rauschen der Blätter deuteten den kommenden Morgen an, und der kurze Augenblick ließ ihm jede Sekunde seines Lebens kostbar erscheinen.

Als sie am nächsten Tag unterwegs waren, redeten sie nicht viel miteinander. Sie genossen lieber jeden Moment ihres Zusammenseins, und keiner wagte es, an den Zeitpunkt zu denken, an dem sie sich trennen würden. In der nächsten Nacht hielten sie sich liebevoll in den Armen und genossen die wenige ihnen noch verbleibende Zeit wie ein ganzes Leben.

Als sie Edo erreichten, machten sie sich direkt auf den Weg zu Mototadas Anwesen. Sie dankten unzählige Male den Göttern, als sie erfuhren, daß der Onkel, der sie aufnehmen sollte, schon nach Sekigahara unterwegs war und Oneko ohne Schwierigkeiten oder Fragen in Mototadas Haus eingelassen wurde. In dieser Welt würde ihr wahrscheinlich nie wieder gestattet werden, ins Freie zu treten, um einen ›Verwandten‹ zu besuchen. Nun war sie in Sicherheit. Sulu war sich dessen sicher.

Doch das Tor zu Mototadas Anwesen wirkte auf das junge Paar wie der Eingang zur Hölle. Onekos Miene nahm nun wieder die einstudierten und unergründlichen Züge an, die sich für eine feine Dame geziemten. Sulu richtete sich auf und ging mit dem Stolz eines Samurai umher, der in den Diensten eines ehrenwerten Herrn wie Mototada stand. Man führte Oneko fort und wies ihn – noch bevor er die Zeit gefunden hatte, sich den Straßenstaub aus den Kleidern zu klopfen – an, in die Empfangshalle zu kommen. Er verbeugte sich und hockte sich auf den Boden.

»Wie ich sehe, habt Ihr überlebt«, sagte eine vertraute Stimme links von ihm. »Gut gemacht.«

»Watanenabe Sadayo – Ihr habt auch überlebt«, rief Sulu erfreut aus und verbeugte sich vor dem grauhaarigen Fechtmeister.

»Ja, Ihr habt gute Arbeit geleistet, Heihachiro-domo«, lobte ihn auch der älteste Sohn seines Herrn. Er war seinem Vater wie aus dem Gesicht geschnitten. Diese Generation der Familie Mototada war sicher. »Die Befreiung der Konkubine Oneko wurde tapfer und geschickt ausgeführt. Sadayo-domo hat alle verantwortlichen Ninja getötet.«

»Ich danke Euch für Eure freundlichen Worte, Herr«, sagte Sulu knapp. Er verneigte sich und dachte: *Sie sind freundlicher, als du dir vorstellen kannst.* Nun, da alle Ninja tot waren, war Onekos wahre Identität als Koga-Agentin wohlbehütet.

»Bringt nun die Dokumente mit den Angaben über

die Truppenstärke von Ishidas Heer nach Fushimi zurück. Ihr müßt reiten wie der Teufel, um meinem Vater die Papiere zu bringen.«

»*Hai*«, war Sulus einfache Antwort.

Als Oneko, in ihrem seidenen Kokon niedlich wie immer, hereingeführt wurde, erhielt Sulu das nächste Lob. Er bedankte sich abermals für die ihm erwiesene Ehre, doch als Oneko ihm dann mit glockenheller Stimme dankte, bekam er kaum ein Wort heraus. Die älteren Männer schmunzelten, als sie die Verlegenheit des Samurai sahen, doch glaubten sie in Sulus Verhalten lediglich die natürliche Schüchternheit zu erkennen, die für junge Männer in Gegenwart von Frauen typisch war. Als Sulu, der sich fortwährend verbeugte, den Raum verließ, hatte er kaum Blickkontakt mit Oneko. Die wichtigen Dokumente waren sicher unter seinem Kimono verstaut. Auf dem Weg nach Fushimi konnte er noch genug trauern.

Sulu verließ den Audienzraum, um eine warme Mahlzeit einzunehmen. Inzwischen wurde sein Pferd für die Reise fertig gemacht. Noch in der gleichen Stunde befand er sich auf dem Rückweg nach Schloß Fushimi.

Er versuchte gar nicht erst, an das Gefecht zu denken, dem er entgegenritt. Mehr konnte er nicht tun, um sich von ihr abzulenken. Ein Teil seines Ichs hatte diese starre Welt voller Tod satt. Wieso konnte er nicht einfach als freier Samurai fortreiten? Was konnten die Dokumente schon am Ausgang des bevorstehenden Kampfes verändern? Das Ende stand doch längst fest!

Als er eine Kreuzung erreichte, zügelte er sein Pferd. Er dachte über die Welt nach, in der er sich befand. Und er dachte über die Welt nach, die er verlassen hatte.

Er überlegte, was James T. Kirk von ihm erwartete. Er überlegte, was Mototada von ihm erwartete. Sie erwarteten in jeder Hinsicht das gleiche von ihm.

Also lautete die Frage: Was erwartete *er* von sich?

Der eine Weg führte zum Schloß. In den Tod. Zur Ehre.

Der andere führte in ferne Länder. Ins Leben. In ein Leben ohne Ehre.

Ein Leben ohne Ehre. Ein ehrenhafter Tod.

Wie einfach.

Er wurde plötzlich sehr müde.

46

SCHOTTLAND, 1746

Nur der Gewaltmarsch und die beißende Kälte ließen Scotty geistig gesund bleiben. Als er die zermalmende Niedergeschlagenheit seines Versagens verdrängte, kam er sich fast gewichtslos vor. »Die Kanonen, die Kanonen«, ächzte er dann und wann. Seine einzige Chance, den Kriegsverlauf zu verändern, war in Fort Augustus schmählich in die Hose gegangen. Und jetzt? Was konnte er jetzt noch tun? Die Tragödie bis zu Ende mitspielen? Auf seiner Stirn brach der feuchtkalte Schweiß des Fiebers aus. Er sehnte sich nach einem Arzt und einem seltsamen Gerät, das sich an seine Schulter drückte und komische, zischende Geräusche machte. Mac … Mac Sowieso. Ein Schotte, den er irgendwann einmal kennengelernt hatte? Oder irgendwann kennenlernen würde?

Beinahe wäre Scotty gedankenlos an der kleinen Hütte vorbeigelaufen. Er hatte kaum noch einen Blick für die atemberaubende, ursprüngliche Schönheit des rauhen Landes. Doch den Klängen des leisen Gesanges gelang es, sein Fieber zu durchdringen. Er wankte auf einen Hügel am Straßenrand, um die Quelle des sich wiederholenden Singsangs besser auszumachen. Die Hütte war ein zusammensackendes Ding aus Flechtwerk, besudelten Wänden und einem Strohdach. Ein kleiner Flechtwerkzaun, dessen Zweige ziemlich unordentlich um die Pfosten gewickelt waren, begrenzte einen kleinen Hof. Darin hockte ein Mann auf den Fersen vor einer Feuerstelle aus glühendem, qualmendem Torf. Er erhitzte irgendwelche Körner, rührte sie sorgfältig um und schüttelte sie von Zeit zu Zeit, und während er dies tat, näselte er sein Liedchen.

»Komm runter«, befahl der Mann, ohne aufzuschauen.

»Ich wollte nicht stören«, brachte Scotty heraus und wandte sich zum Gehen. Die Welt drehte sich um ihn.

»Komm runter, hab ich gesagt«, befahl der Mann. Seine alte, knarrende Stimme schnitt in Scottys Gehör. Er drehte sich gehorsam um und lief den Hang zum Haus hinab. Unter seinen Füßen spritzte Kies davon.

Scotty stand wartend da, aber der kleine Mann rührte und summte weiter vor sich hin.

»Tja, was stehst du da rum?« sagte der rätselhafte Alte plötzlich und schaute zu ihm auf. Eins seiner Augen war so hell wie die Sonne auf einem See, während das andere, obwohl er mit ihm sehen konnte, nach unten blinzelte.

»Ins Haus mit dir.«

Scotty tat, wie ihm geheißen. Das Haus war ein Wunder aus eigenartigen Gegenständen und Gerümpel. Eine ausgestopfte Eule zierte eine Nische über dem Kamin. Scotty nahm zumindest an, daß sie ausgestopft war – bis sie krächzte und den Kopf bewegte. Aber da waren auch Knochen: Schädel von Hirschen und Rindern, und kleine Kräuter- und Federbündel.

Über dem offenen Feuer hing ein großer, eiserner Kessel, aus dem herrliche Düfte aufstiegen, doch sie wurden fast überlagert vom rauchigen Geruch warmer, sprießender Gerste und gärender Maische. Durch die offene Tür konnte Scotty ein Faß auf einem Dreibein und ein Gewirr seltsamer Gerätschaften sehen. Dia ganze Hütte roch nach Destille – aber was war das für ein Geruch! Das einem zu Kopfe steigende Bukett hatte so viel Ähnlichkeit mit dem üblichen Fusel wie ein Wildbret-Schmorgericht mit dünnem Porridge.

»Setz dich hin, Montgomery Scott«, befahl der Alte.

»Woher kennst du meinen Namen?« erwiderte Scotty verblüfft.

Der Alte gab keine Antwort. Statt dessen füllte er eine Schale mit Eintopf und reichte sie Scotty mit einer Scheibe Brot.

»Darf ich das denn essen?« fragte Scotty vorsichtig. Die fast vergessenen Erinnerungen an das zerfledderte Märchenbuch, aus dem seine Großmutter ihm vorgelesen hatte, kamen ihm plötzlich sehr real und wichtig vor. In all diesen Märchen stand, daß man nie wieder in die Menschenwelt zurückkehrte, wenn man die Nahrung aß, die einem Feen und Trolle anboten.

Der Alte lachte und schlug sich aufs Knie. »Ich hätte nicht gedacht, daß du diese Geschichten kennst. Gut, gut. Iß oder iß nicht; ganz wie du willst. Es macht keinen Unterschied.« Er wandte sich um und füllte eine Schale für sich selbst.

Scotty zuckte die Achseln, dann nahm er einen Löffel und aß. Es war egal. Was konnte ihm noch passieren? Er war verloren und allein. Er hatte seine Pflicht nicht erfüllen können. Was machte es da noch aus, wenn die Trolle ihn schnappten?

Er war gerade im Begriff, die zweite Schale zu leeren und fühlte sich schon besser, als der Alte eine Flasche Whisky hervorzog.

»Das ist der Nektar der Götter«, sagte er stolz und hob die Flasche hoch. »Diese Füllung wurde vor fast einem Jahrhundert gebrannt. In diesen Hügeln gibt es Fässer, die noch älter sind. Los, trink.« Er prostete Scotty zu. »*Slainte mhor* – auf deine Gesundheit!«

Das Bukett war nur das schwache Versprechen eines flüssigen Wunders gewesen. Scott ließ den Whisky über die Zunge rollen und genoß seine Glätte – und noch mehr den beinahe erregenden Schock brennender Energie.

Der Alte schenkte ihm noch einen ein und dann noch

einen. In Scottys Kopf drehte sich alles. Seine Ohren glühten, aber er störte sich nicht daran.

»So«, sagte der Alte. »Du glaubst also, daß du das Zweite Gesicht hast.«

Scotty musterte ihn aus glasigen Augen. »Die Zukunft … steht mir offen. Ich kann Wunder wirken.«

Der Alte lachte heiser. »Aber im Krieg sind dir die Wunder ausgegangen, was?«

»Ach, ja. Ich habe versagt. Ich habe versagt. Früher habe ich nie versagt.« Irgend etwas nagte an Scottys Gewissen. Aber er sprach weiter. »Ich hab's immer geschafft. So gefährlich die Lage auch war; so wenig Zeit ich auch hatte … Es ist mir immer gelungen …« Sein Geist umwölkte sich. »Gelungen …«

»Haaahaha«, lachte der Alte. »Bist etwas kurzsichtig, wenn es dich selbst betrifft, was? Wie kommst du überhaupt darauf, daß du versagt hast?«

»Ich habe versagt, weil ich erfolglos war!«

»Du warst erfolgreich, weil du nur versagen konntest!«

Scotty musterte den Alten eingehend, dann stürzte er sich wütend auf ihn. Doch der Alte wich ihm irgendwie aus; Scotty fiel zu Boden und schlief auf der Stelle ein.

Er erwachte im Licht des Vollmondes. Die Luft war ungewöhnlich warm. Der seltsame Alte war spurlos verschwunden.

Dann wurde der Mond von einer dunklen Form verdeckt, die am Horizont zu schweben schien. Scotty blinzelte, als sie vorüberhuschte. Der Mondschein wurde plötzlich unerträglich hell. Er bedeckte sein Gesicht mit den Händen und rieb sich die Augen. Als er sie wieder sinken ließ, stand eine Frau in einem langen, losen Gewand vor ihm.

»Monty«, gurrte sie.

»Mutter?« Er hatte die Stimme seit langer Zeit nicht mehr gehört.

»Monty, du hast nicht versagt. Es war einfach nicht deine Aufgabe. Du warst schon immer einer von denen, die es mit der ganzen Welt aufnehmen wollten.«

»Aber, Mama!« rief er in frustrierter Seelenpein aus.

»Es war nicht deine Aufgabe. Die Würfel sind gefallen, mein Sohn. Du kannst es nicht ändern.« Sie ragte vor ihm auf und schien den Himmel einzunehmen.

»Du bist nicht meine Mutter«, sagte Scotty und fragte verwundert: »Wer sind Sie?«

»Ich bin das Land«, sagte sie rätselhaft. »Ich bin das Land. Ihr seid alle meine Kinder. Was sein muß, muß sein. Ich leide mit euch, aber so muß es nun einmal sein.«

»Ich verstehe nicht...«, ächzte er und streckte die Arme nach ihr aus.

»Hat er es dir nicht erzählt... der Schnapsbrenner? Meine Kinder sind keine geistlosen Sklaven der Kanone. Sie sind Träumer und Krieger. Damit das Land leben kann, müssen sie ihrem Geist gerecht werden, egal zu welchem Preis. Im Tanz der Zeit werden sich ihre Methoden ändern, doch das, was hier geschieht, wird ihren Geist stärken, damit sie sich ihrer Bestimmung stellen können. Du hast ein warmes Herz, Montgomery Scott. Hör auf das, was es dir sagt!«

Während sie dies sagte, wurde sie transparenter, bis sie nur noch ein dünner Streifen am Himmel war.

»Schließ Frieden mit dir«, flüsterte sie und verblaßte.

»Wacht auf, Mann! Wacht auf!«

Scotty erwachte. Jemand schüttelte ihn. Es gelang ihm, die Augen zu öffnen. Ein dürrer Mann in den mittleren Jahren mit dünnem, unter einem großen schwarzen Hut hervorwachsendem grauen Haar und dicken, auf seiner Nase thronenden Brillengläsern schüttelte ihn wild, bis er hellwach war.

»Danke, lieber Gott«, seufzte der Mann und schaute zum Himmel auf. »Ich bin William Smythe, der Vikar der Gemeinde, die hinter dem Hügel dort liegt.« Er deutete in die Richtung. »Ich war auf meiner Runde, als ich Euch sah. Ihr saht aus wie tot. Ah, guter Mann, Ihr seid ja in Schweiß gebadet.« Er legte eine Hand auf Scottys Stirn. »Ihr habt Fieber, zweifellos. Aber es geht zurück, Gott sei Dank. Seid Ihr die ganze Nacht hier draußen gewesen?«

Scotty nickte. Der Geistliche schüttelte den Kopf. »Hier draußen passieren nachts schreckliche Dinge. Man sagt, daß die Alten und die Trolle sich nachts im Moor herumtreiben.«

»Also wirklich«, sagte Scotty. »So was Albernes habe ich ja noch nie gehört.«

47

MOSKAU, 1942

Als Chekov den General in der Hangartür stehen sah, erstarrte er.

»Das erstaunt mich aber«, wiederholte der General.

Chekov fragte sich, wie er reagieren sollte. Ihm fiel nichts ein. »Was machen Sie denn hier, Genosse General?«

Der General kratzte sich an der Seite, ein kleines Stück neben der Pistolentasche. »Habe ich nicht das Recht hinzugehen, wohin ich will, Neffe?«

»Ja. Ja, natürlich. Genosse General, ich ...«

Chuikov hob eine Hand. »Natürlich dürfte ich nicht so überrascht sein. Woher wußtest du es?«

Chekov runzelte unsicher die Stirn. »Woher?«

»Ja. Woher?«

Chekov hatte nicht die geringste Ahnung, wovon der General sprach, aber er spürte, daß es keinen Grund gab, dies einzugestehen. Also riß er sich zusammen und sagte in leicht prahlerischem Tonfall: »Wieso hätte ich *nicht* davon wissen sollen?«

Chuikov zuckte zusammen. »Ich glaube, du hast recht. Unsere Bemühungen, etwas geheimzuhalten ... sind wirklich ein Witz, findest du nicht auch?«

Chekov lachte und stieß geringschätzig die Luft aus. Er tappte noch immer völlig im Dunkeln.

»Wissen es etwa alle?« fragte der General.

»Wenn's so ist, redet jedenfalls keiner darüber.«

»Dann gibt es also *doch* jemanden, der Geheimnisse für sich behalten kann. Nun ja, in spätestens einer Stunde werden alle von dem Unternehmen erfahren.

Ich muß zugeben, als ich durch die Garnison kam und das Licht hier im Hangar brennen sah, hatte ich irgendwie ...« Er hob tadelnd einen Finger. »... irgendwie das Gefühl, daß nur du es sein könntest. Aber ich wollte mich selbst davon überzeugen. Du bist so aufs Fliegen versessen, daß du die Maschine sofort überprüfen mußtest, was?«

Chekov lachte und tätschelte zärtlich den Bug seiner Kiste. »Das kann man wohl sagen. Sie kennen mich sehr gut, Genosse General.«

Chuikov zuckte die Achseln. »Ich habe eine Nase für so was. Ich kenne mich mit Menschen aus. Aber ... Jetzt komm mit, Neffe. Inzwischen dürfte der Rest der Staffel geweckt worden sein. Tut mir leid, daß alles so kurzfristig anberaumt wurde, aber du weißt ja, manches könnte falsch verstanden werden.«

Die Flugtasche, die Chekov glücklicherweise beiseite geworfen hatte, fiel dem General nicht auf. Chekov ging zu ihm hin, und der General legte freundschaftlich einen Arm um seine Schultern. Zusammen gingen sie zur nun erhellten Garnison. Der gefesselte und geknebelte KGB-Mann und Chekovs Flugtasche blieben hinter ihnen zurück.

Dann saß Chekov im Staffelraum, vom Rest der Männer umgeben. Einige rieben sich noch den Schlaf aus den Augen. Der kommandierende Offizier beschrieb ihnen die Mission.

Es ging um ein diplomatisches Unternehmen, das aber nicht ungefährlich war. Der amerikanische Politiker Averell Harriman war mit neuen Hilfsangeboten als Präsident Roosevelts persönlicher Vertreter in Moskau gewesen. Nun mußte er wegen eines engen Terminplans wieder nach London, und das bedeutete einen Flug durch ein großes Territorium, das der Feind besetzt hielt. Chekovs Staffel sollte seiner Maschine Geleitschutz geben. Wenn sie Glück hatten, würde es nicht zu Kampfhandlungen kommen, aber wenn sie Pech hatten, bestand ihre Aufgabe darin, den Diplomaten um jeden Preis zu schützen.

»Harrimans Maschine hat einen Aktionsradius von 1200 Meilen«, sagte der kommandierende Offizier, »also kann er London problemlos erreichen. Wir fliegen nach Westen, bis nach Riga, an die lettische Küste. Dort ist ein geheimes Tanklager. Dann drehen wir um, und die Maschine mit Onkel Wanja – der Deckname unseres Diplomaten – wird von einer aus Schweden kommenden Staffel der RAF übernommen. Sie wird ihn den Rest des Weges begleiten.«

Chekov machte große Augen. Es war perfekt! In einer Stunde würden sie in der Luft sein, dann konnte er sich bei erstbester Gelegenheit absetzen und nach Schweden fliegen. Er konnte einen Triebwerksschaden vortäuschen und sagen, daß er unbedingt landen mußte. Niemand würde ihm mißtrauen.

Dann blickte er General Chuikov an, der ihn von der anderen Seite des Raumes her anstrahlte. Chekov schämte sich plötzlich. Wie konnte ein als Held der Sowjetunion ausgezeichneter Flieger im schrecklichsten Krieg, den dieses Land je erlebt hatte, desertieren? Was würde aus General Chuikov werden? Würde sich seine Flucht nicht auf ihn und sein Leben auswirken? Andererseits: Konnte Chekov die stalinistische Nachkriegsära überleben? Es war natürlich eine rein akademische Frage. Der besinnungslose KGB-Mann hatte die Sache längst entschieden. Nun gab es kein Zurück mehr.

Es schmerzte Chekov, als er daran dachte, daß er für den Rest seines Lebens würde schweigen und die schreckliche Verletzung der Menschenrechte ignorieren müssen, die sein Volk in den kommenden Jahrzehnten heimsuchen würde. Es war sicherlich die finsterste Periode in der Geschichte seines Landes – jedenfalls sah es im Moment so aus. Wie gut konnte er sein technisches Wissen und sein Geschick verheimlichen? Würde er der Grund für den Dritten Weltkrieg sein, wenn das fein abgestimmte Gleichgewicht der Macht plötzlich durch irgendeine futuristische Technik durcheinanderkam? In einem Land wie Schweden mußte er relativ sicher sein.

Obwohl Chekov deutlich bewußt war, daß es keinen anderen, ethisch vertretbaren Kurs für ihn gab, erzeugte die Vorstellung, sein Vaterland für immer zu verlassen und in den Augen seiner Freunde und Gefährten zum Verräter zu werden, in ihm Schmerzen, die er noch gar nicht gekannt hatte, und er verfluchte den unbekannten Dämon, der ihn hierhergebracht hatte.

48

JAPAN, 1600

Am achtzehnten Tag des siebenten Mondes brach die erste Angriffswelle über Schloß Fushimi und dessen Befestigungen herein.

Der Feind stürmte gegen die Schloßmauern an und schoß dabei mit Waffen, die er von den portugiesischen Katholiken und den englischen und holländischen Protestanten bekommen hatte, um ihn an ihre Religion und ihre Politik zu binden. Doch die Japaner hatten die Waffen beider Seiten angenommen, ohne irgendwelche Versprechungen zu machen.

»Köpfe runter!« schrie Sulu, der an der Front auf und ab lief und die Männer anwies, vor den Geschossen der primitiven Musketen in Deckung zu gehen. Er glaubte sogar, in der Ferne die kleine Kreuzung zu erkennen, an der er so lange gezögert hatte. Er konnte auch die Kurve der Straße sehen, die in die andere Richtung führte – in Sicherheit. Es war der Weg, den er nicht gewählt hatte.

Natürlich fiel niemandem auf, daß Sulu keinen Menschen traf. Er konnte das Risiko, jemanden zu töten, einfach nicht eingehen, denn er wußte nicht, welche Folgen ein solcher Eingriff in die Geschichte haben würde. Bei jedem Schuß achtete er darauf, sein ›Ziel‹ zu verfehlen.

Es war besser so, denn auf diese Weise verletzte er die Erste Direktive nicht. Kein innerer Kampf um die Ehre. Man konnte ihm zwar alles mögliche vorwerfen – daß er ein Fatalist und kompletter Idiot war –, aber man würde ihm nicht nachsagen können, er sei kein Mann von Ehre gewesen.

Außerdem war es nicht schlecht, Teil einer Legende zu werden. Wenn auch nur ein kleiner Teil.

Brandpfeilsalven flogen ins Innere der Festung. Die Flammen suchten nach Nahrung und brachten willkürlich Tod und Verderben.

»Feuer löschen, verdammt!« schrie Motonaga.

Ein Löschkommando eilte in schweren gewebten Gewändern heran und versuchte, die Brände zu ersticken. Und das in einer Welt, in der Papier zu den Grundlagen des Hausbaus gehörte.

»Seht, seht!« schrie ein erschreckter Mann. Er stand auf und deutete auf den Turm. »Der Turm brennt!« Es waren seine letzten Worte, dann brach er mit einem Pfeil im Rücken zusammen. Seine Warnung veranlaßte einige andere, mit einer Leiter den Turm hinaufzuklettern, um die Flammen zu bekämpfen. Ein besonders mutiger Bursche sprang genau in die schwarzen Rauchwolken hinein, die aus der Aussichtsplattform quollen. Sein Husten übertönte das Kampfgeschrei und das Wimmern der Verletzten. Gelbe Flammen zuckten neben ihm hoch. Dann sah man nur noch schwarzen Rauch. Doch das Feuer war erloschen. Der Leichnam des Helden stürzte rücklings übers Geländer und fiel zu Boden. Er hatte die Hitze und den Qualm nicht überlebt.

Zwei Tage später befanden sie sich noch immer auf der Mauer, schossen Pfeilsalven ab, löschten Brände und zählten ihre Toten. Es war schon fast dunkel, als das erste Essen kam. Die Lakaien ächzten unter der Last der Fässer mit gekochtem Reis.

»Hier, großer Fechter«, sagte Motonoga, als er Sulu eine Schüssel mit Reis, Fisch und Gemüse reichte. Sulu setzte sich auf den flachen Boden und lehnte sich gegen eine Kiste voller Pfeile.

»Danke«, brummte er und wartete, bis der Junge

ebenfalls eine Portion in Empfang genommen und neben ihm Platz genommen hatte.

»Ich habe nämlich nicht damit gerechnet, dich wiederzusehen«, sagte der Junge offen.

»Ich wurde zurückbefohlen«, erwiderte Sulu.

»Also hattest du keine andere Wahl. Man hat dich zurückbefohlen, und du hast den Befehl ausgeführt. Gut für dich.« Seine Worte klangen großtuerisch, und er begleitete sie mit entsprechenden Gesten seiner Eßstäbchen.

Sulu stöhnte leise, aber er reagierte nicht auf die beabsichtigte Beleidigung. Es brachte nichts, wenn er jetzt die Muskeln spielen ließ, denn er wußte ebenso wie alle anderen, daß man sie an diesem Ort begraben würde.

»Sag, Heihachiro«, fuhr der Junge fort, »hast du schon mal Angst gehabt?«

»Aber natürlich«, sagte Sulu einfach. »Ich bin nicht auf den Tod aus.«

»Ängstlich wirkst du aber nie. Du bist ein mutiger Samurai. Ich habe zwar keine Angst vor dem Tod, aber ich fürchte mich davor, im Augenblick des Todes den Mut zu verlieren.«

Sulu zeigte ein freundliches Lächeln, als er sah, daß der Junge sich stolz aufrichtete. »Es gibt nie einen guten Grund zum Sterben«, sagte er. »Nur der Tod ist unser Feind. Ein Krieger sucht den Tod nicht, weder durch die Hand eines Gegners noch durch die eigene. Wenn der Tod unausweichlich ist, betrügt er ihn, indem er ihn mit der gleichen Liebe umarmt wie seine Gattin. Man nährt den Tod nicht mit der Angst, die man empfindet. Es ist das Mutigste, was man tun kann. Wenn es soweit ist und wir ihn reinen Herzens empfangen, haben wir unserer Pflicht genüge getan. Wir dienen tapfer, bis zum Ende. Daran habe ich keinen Zweifel.«

»Danke, Haihachiro«, erwiderte Naito Motonaga und verneigte sich ehrerbietig. Sie saßen noch eine Weile zusammen, verzehrten ihr einfaches Mahl und schauten in das kleine Feuer, an dem die Männer Sake erhitzten und Tee kochten.

Nach zehn höllischen Tagen waren die Truppen im Inneren der von Mototada befehligten Befestigungen vom Dauerhagel der Pfeile und Geschosse der Belagerungstruppen erschöpft. Überall brannten Feuer, und vom Tor gellten ständig Hilferufe. Dann erblickte man das Banner General Ishidos. Er war gekommen, um seine Truppen anzustacheln, doch er stachelte nur Mototadas Leute an, weiter durchzuhalten. Als Belohnung dafür, daß sie den großen General Ishida gezwungen hatten, von seinem Plan Abstand zu nehmen, den Hauptschlag gegen Sekigahara zu führen, um Schloß Fushimi anschließend in die Zange zu nehmen, gab es eine Ration Sake für jeden. Ein Moment lang bestand sogar Hoffnung auf die Möglichkeit, die Belagerung zu überleben.

Doch am Morgen des zehnten Tages begannen die letzten Angriffe, und als Sulu die zunehmende Verzweiflung sah, wurde ihm klar, daß das Ende bevorstand. Sie hatten das Schloß so lange wie möglich gehalten, aber nun kam die Zeit, in der der Sensenmann seinen Tribut verlangte. Sulu glaubte das Mahlen des Schicksals buchstäblich in seinem Kopf zu hören.

Trotzdem schenkte er ihm nur wenig Beachtung.

Wieder und wieder schaute er dem Tod ins Angesicht.

Bei jeder Angriffswelle wurden die Verteidiger weniger. Und jedesmal fanden mehr Feinde einen Weg, um in die Sicherheit der Festung vorzudringen, so daß es, als die letzte Angriffswelle heranstürmte, keinen Ort mehr gab, an dem man sich hätte in Sicherheit bringen können. Es war aus; Sulu wußte es.

Als er Torii Mototada zum letzten Mal sah, wirkte er zwar bleich, aber zufrieden. Er hatte Sulu zum Standartenträger gemacht und mit Galgenhumor hinzugefügt, der Posten bringe ihm tausend Koku zusätzlich ein.

Sulu wußte, er brauchte sich keine Gedanken darüber zu machen, wie er das Geld ausgeben würde.

Der Tod und ein hoffnungsloser Kampf erwarteten ihn. Und natürlich die Ehre.

Teufel noch mal … An Kämpfen, die man gewinnen konnte, konnte schließlich jeder teilnehmen. Aber die hoffnungslosen Fälle waren das Salz in der Suppe.

Er fragte sich, von wem dieser Spruch stammte. Entweder von Mototada oder von Kirk.

Als der Feind anrückte, erschien es ihm, als hätten die beiden Lehnsherren im Grunde recht gut miteinander auskommen können.

Er riß sein Pferd herum und preschte dem Feind entgegen. Es war sein Recht, sich das Leben selbst zu nehmen. Es war ein ehrenhafter Weg. Ein würdiges Geschenk, das ein ehrenwerter Gegner einem unterlegenen Feind machte. Aber die Welten Mr. Sulus, des Starfleet-Lieutenant Commanders, und Okiri Heihachiros, des Bannerträgers Torii Mototadas, prallten in diesem Moment aufeinander, und ein *Seppuku* kam für einen Krieger nicht in Frage. Mit ernster Gelassenheit stellte Sulu sich seinem Schicksal.

»Entschuldigen Sie, daß ich nicht zum Dienst erschienen bin, Captain!« rief er laut und meinte damit zwei Zeiten und zwei Kommandeure gleichzeitig. »Lebe wohl, Oneko; hallo, Ehre!« rief er, als der Feind näher rückte.

49

SCHOTTLAND, 1746

In Inverness kursierten zahllose Kriegsgerüchte. Murray schritt auf und ab. Sein Kahlkopf glänzte, als er durch den Lichtkegel schritt, der durch das bleiverglaste Fenster seines Arbeitszimmers fiel. Als Scotty ihm in allen Einzelheiten berichtete, was in Fort Augustus passiert war, hörte er aufmerksam zu.

»Ihr habt alles getan, was man unter diesen Umständen tun konnte«, tröstete ihn der General. »Doch es ärgert mich«, fuhr er fort und nahm seine Wanderung wieder auf, »daß wir nun erfahren haben, daß Cumberland seine Truppen nicht geteilt hat. Sie rücken in Massen an, so daß wir Keppoch, Lochiel und alles, was von ihren Leuten noch übrig ist, zurückrufen müssen. Und es wird noch schlimmer. Der Prinz hört immer mehr auf Mr. O'Sullivan und die seinen, und sie planten geradezu selbstmörderische Unternehmen. Ich befürchte, unser Charlie ist mehr mit romantischen Märchen aufgewachsen als mit praktischer Ausbildung.«

Scotty blieb bei Murray. Er diente ihm als Adjutant und taktischer Berater, doch hauptsächlich als emotionale Unterstützung, die der General bei den endlosen Besprechungen dringend brauchte, da auch sie reine Schlachtfelder waren. Auch versuchte Scotty mehrmals, das Versprechen zu erfüllen, das er Seamus bezüglich Megan gegeben hatte, doch die Stadt war ein Tollhaus, in der es fast unmöglich war, das Mädchen ausfindig zu machen.

Als der 15. April anbrach, riefen die Dudelsäcke zu den Waffen, und die Männer der Clans versammelten sich.

»Mr. Scott«, rief Murray die Treppe hinauf. »Zu den Waffen, Mann!«

Scotty beeilte sich mit dem Anziehen und eilte die Treppe hinunter. Claymore und Dolch hingen schon an seinem Gürtel. Er lief ins Freie, kam an einem kleinen Teich vorbei und hielt plötzlich inne.

Er sah sein Abbild. Doch er sah sich in einer anderen Uniform ... Er erblickte ein eigenartiges goldenes Symbol auf seinem Brustkorb.

Dann war die Reflexion verschwunden, und er sah nur noch sich selbst. Er eilte weiter, zum Ort der Schlacht.

Scotty suchte den Horizont ab. Die bereits anwesenden Clansmänner standen in einer dünnen, ungeordneten Reihe mitten im Gelände. Es war in der Tat ein prächtiges Gelände – aber leider nur für den Herzog von Cumberland.

Scotty schüttelte ungläubig den Kopf. Der flache, ebene Grund war geradezu ideal für bewegliche Artillerie und dichte Reihen disziplinierter Soldaten. Für die wilden, ungezähmten Clansmänner, deren Überlegenheit nur aus Mut und Kühnheit bestand, war er eine Katastrophe.

»Oh, mein Gott«, stöhnte Scotty.

»Ja, Mr. Scott, möge Gott uns gnädig sein, denn Cumberland ist es bestimmt nicht.« Murray wendete sein Pferd und sprengte los, um den Prinzen zu suchen.

Doch er fand nur O'Sullivan. Murray schob wütend das Kinn vor, vergaß seinen Stolz und bat darum, man möge das Heer an die Nairn Waters verlegen, ein paar hundert Meter hinter dem weichen, sumpfigen, unebenen Grund, wo man eine Chance zu sinnvollem Widerstand hatte. Doch sein Appell traf auf taube Ohren.

Murray trottete langsam zu seinen Männern zurück. Scotty war neben ihm. Sie warteten ab.

Gegen zehn Uhr fragte Scotty nervös: »Wo bleiben sie denn?«

Murray schüttelte den Kopf. »Ein Stoßtrupp hat gemeldet, daß der Herzog seinen Geburtstag feiert und seine Männer möglicherweise mit ihm trinken. Irgendwann werden sie umfallen. Bis dahin warten wir ab.«

»Warum? Wenn sie zu tief ins Glas schauen, könnten wir sie doch leichter schlagen als sonst«, beharrte Scotty.

»Ihr habt recht, Mann. Es könnte unsere Rettung sein.«

Doch auch diesmal war die Kommandokette unbeweglich, und der Heeresgeneral konnte sich nicht bei seinem königlichen Befehlshaber durchsetzen. Und so standen die Männer herum, verloren den Mut und wurden immer hungriger.

Scotty fiel auf, daß die Reihen sich lichteten. Viele Männer wanderten in den Ort zurück, um zu essen und sich auszuruhen. Er fragte sich, wo Keppoch war. Tobten die verstreuten Clans noch immer wild und frei in den Hügeln umher, während Cumberland den unbarmherzigen militärischen Feldzug vorantrieb, um den schottischen Prinzen und sein bunt zusammengewürfeltes Heer zu zerschmettern?

Gegen Nachmittag ritt der Prinz dorthin, wo Murray wartete. Seine irischen Lieblinge und viele höfische Speichellecker umgaben ihn.

»Ich halte es wirklich für eine nette Idee, den Feind in seinem Lager anzugreifen. Wäret Ihr bereit, ein solches Abenteuer zu wagen, Sir?«

Murray verbeugte sich zähneknirschend und äußerte kein Wort, denn sonst hätte er den Prinzen einen Narren heißen müssen. Der geeignete Moment für einen solchen Abmarsch war seit Stunden vorbei. »Wenigstens«, sagte Murray leise zu Scotty, als sie hinter dem Prinzen herritten, um die letzten Pläne zu schmieden,

»können wir nun von diesem elenden Flecken abziehen.«

Doch der Nachtmarsch war schlimmer, als man sich vorgestellt hatte; die wenigen Pferde, über die sie verfügten, rutschten im Sumpfgelände aus. Den Männern erging es nicht besser. Auch sie rutschten, schürften sich die Haut von den Knien und Beinen und verfluchten die Dunkelheit und sich selbst.

Im Morgengrauen hörten sie, daß die Trommeln des Generals das englische Lager weckten, aber sie waren noch zu weit entfernt, um dem Feind einen Schlag zu versetzen. Die Rotröcke waren schon auf und sammelten sich. Und so machte man kehrt und eilte zurück, ohne irgend etwas erreicht zu haben. Weitere Männer machten sich dünn, um hier eine Mahlzeit und dort etwas Ruhe zu suchen, und noch mehr warfen ihre Musketen und Rundschilde weg, um sich von der Last zu befreien, ohne einen Gedanken an die Konsequenzen dieser Narretei zu verschwenden.

Montgomery Scott wußte inzwischen, daß die Sache zum Untergang verurteilt war. Es war Wahnsinn. Er wußte, daß sie alle sterben würden…

Und er musterte die ermüdeten, frustrierten Schotten. Er schaute in ihre Augen und in ihre müden, verhärmten Gesichter.

Er hatte das Zweite Gesicht. Sie nicht. Und doch…

Sie wußten es. Sie wußten ebenso wie er, daß sie geschlagen waren.

Und trotzdem blieben sie.

Manchmal, wurde ihm klar, machte es nicht den geringsten Unterschied, wenn man das Zweite Gesicht hatte. Es hatte keinen Einfluß auf das, was getan werden mußte.

Am Morgen des 16. April war Montgomery Scott noch immer bei den seinen. Charles Stuarts Heer stand auf dem gleichen Gelände wie am Tag zuvor. Doch nun waren weniger Männer da, und die Übriggebliebenen waren von dem sinnlosen Unternehmen des vergangenen Tages erschöpft und hungrig. Dann kam das englische Heer in Sichtweite, fast siebentausend Mann, und jedes Bataillon marschierte mit siegessicherer Lebhaftigkeit im Trommelwirbel dahin.

Die Schotten waren noch immer nicht komplett. Die Clansmänner stritten wie die Verrückten über ihre Standpunkte. Scotty hätte sie erwürgen können.

Der rollende Donner der Artillerie ging los, und die Männer fielen in Scharen. Ihre Kameraden scharrten wie angebundene Pferde den Boden auf und warteten auf den Befehl zum Angriff.

»Bitte, Prinz«, schrie jemand lauthals, als Charles vorbeiritt, »gebt den Befehl zum Angriff!«

Murray wiederholte die Bitte, doch in der Verwirrung war nur eins klar: daß die Schotten dort, wo sie standen, in Stücke geschossen wurden.

Von irgendwoher wurde der Ruf »Claymore!« laut, und die Dudelsäcke plärrten mißtönend, als jeder Clan seine eigene Schlachthymne zum Himmel hinaufschrie. Doch der Befehl legte den Weg durch das Gelände nur langsam zurück, so daß die Clans sich nur nach und nach in den Angriff warfen. Sie präsentierten dem Feind keine Front, sondern liefen in Grüppchen in den sicheren Tod.

Als eine Kugel das Pferd tötete, auf dem Scotty saß, wurde er in die Luft geworfen. Er kam halb betäubt wieder auf die Beine. Die ihn umgebenden Männer drängten sich den gegnerischen Reihen entgegen. Scotty zückte sein Claymore und lief los, um sich in die Schlacht zu stürzen, doch seine unmittelbare Umgebung ließ ihm keinen Raum, sein Breitschwert zu schwingen. An der Front schlugen sich die Engländer in dichten Reihen und mit aufgepflanzten Bajonetten eine Bresche in die wütenden Clansmänner. Sie selbst hatten nur geringe Verluste.

Von halb hysterischen Clansmännern, die voller

Kampfeseifer, aber planlos an ihm vorbeirannten, fortwährend umhergestoßen, packte Scotty vergeblich die Schultern der Krieger und unternahm den Versuch, den hoffnungslosen Vormarsch aufzuhalten, um wenigstens eine kleine Angriffseinheit zu organisieren. In seinem Inneren schrie eine Stimme: *Es ist sinnlos! Du schaffst es nicht!* Und eine andere Stimme erwiderte: *Es ist mir egal! Ich tue, was ich tun muß! Es ist mir wirklich egal!*

Scotty stürzte sich mit neuem Eifer in die Arbeit und bemühte sich, den ziellosen Marsch zu stoppen. Vielleicht schaffte es auch ein kleiner Trupp, die Kanone zu erbeuten und das Gemetzel zu beenden. Doch niemand wollte anhalten, niemand hörte ihm zu. Schließlich wurde er zu Boden geworfen; er kroch durch den Dreck und gab sich alle Mühe, der trampelnden Menschenwoge zu entgehen, die ihm den Garaus zu machen drohte.

Und ebenso, wie sich die Kampflinie aufgelöst hatte und dem Feind entgegengerannt war, machte sie kehrt, um dem gnadenlosen Heer des Todes zu entfliehen.

Als Scotty endlich aus der schwitzenden Menschenmenge heraus war, rannte er mit den anderen. Er floh vom Schlachtfeld, denn nun stand fest, daß dort nichts mehr zu gewinnen war. Die warme, klebrige Feuchtigkeit, die an seiner Seite herablief, bemerkte er nicht.

Dann fiel er hin; seine Lunge brannte.

»Mr. Scott! Mr. Scott!«

»Megan! Oh, Megan! Mädel, was machst du denn hier?« keuchte er, als ihr Gesicht im rötlichen Nebel auftauchte. Scotty schaute sich um. Er war weit vom Schlachtfeld entfernt, hinter Culloden House. Erst dort war er gestürzt. Nur vereinzelte Schüsse fielen noch. Männer und Frauen aus der Ortschaft kamen, um die Toten zu begraben und den Lebenden zu helfen. Oder die Toten ihres Besitzes zu berauben.

»Oh, Mr. Scott – Ihr seid verletzt. Ihr dürft Euch nicht

bewegen. Kommt mit. Schnell. Die Sachsenhunde sind schon dabei, die Überlebenden abzuschlachten.« Sie zog ihn auf die Beine, und sie wankten zusammen fort.

»Hier«, sagte sie und zog ihn in eine kleine Höhle, die eher eine Felsnische war. Auf der dunklen Erde hockte schon ein Mann.

»Seamus, du lebst!« rief Scotty aus. Er griff nach dem Jungen, bis seine eigene Verletzung ihn zu Boden sinken ließ.

Um Seamus' Stirn war eine blutige Bandage gewickelt; Megan hatte den Stoff von ihrem Hemd abgerissen. Und er hatte einen glasigen Blick.

»Ah, er hat eine Gehirnerschütterung«, sagte Scotty mit belegter Stimme. »Er darf auf keinen Fall einschlafen. Sorg dafür, daß er wach bleibt, Mädel. Hast du mich verstanden?«

»Aye, Mr. Scott. Ich achte darauf. Kommt, laßt mich auch Eure Wunde verbinden.«

Sie blieben zwei Tage in ihrem Versteck, ohne sich zu rühren, und beteten jedesmal, wenn sie die Geräusche von Menschen hörten – denn es waren stets Engländer, die darauf aus waren, auch den Rest der Rebellen zu erledigen.

»Ob wir es wagen können, nach Inverness zu gehen?« fragte Megan einmal.

»Vielleicht hat man eine allgemeine Amnestie erlassen«, meinte Seamus voller Hoffnung. Seine Genesung war ein reines Wunder der Jugend.

»Ich weiß nicht«, stöhnte Scotty. »Aber eins weiß ich: Wenn wir nichts zu essen und zu trinken kriegen, werden wir hier sterben.«

Bei Einbruch der Nacht schlich Megan hinaus, um Wasser zu holen. Als Scotty in der Finsternis lag und auf ihre Rückkehr wartete, spürte er die Hand des Todes.

»Seamus, bist du da?«

»Aye, Mr. Scott«, antwortete Seamus. »Ich bin es.« Er

sprach nun deutlich, und Scotty war von der Hoffnung erfüllt, daß er sich erholen würde.

»Du mußt deine Lehre beenden. Sieh zu, daß du das Leben meisterst, Junge, auch für Megan. Versprich es mir.«

»Ich verspreche es, aber Ihr dürft keine so dunklen Gedanken haben. Auch Ihr werdet gesunden – und der Taufpate unserer Kinder sein.« Der Junge kroch auf ihn zu.

»Ach, Junge«, sagte Scotty und nahm Seamus' Hand. »Ich bezweifle es. Vergiß nie, daß der Geist der Revolte kostbarer ist als ihr Erfolg oder ihre Niederlage. Die Schotten haben vielleicht weniger Reichtum und Ehrgeiz als die Engländer, doch der Geist dieses Landes wird immerfort Herz und Mut eines geeinten Britannien sein.« Ein Hustenanfall brachte ihn zum Schweigen. Keiner von beiden gab zu, daß er Blut gehustet hatte.

Dann kam Megan mit dem Wasser zurück, und etwas später schliefen alle ein. Scotty erwachte spät in der Nacht und hatte Schmerzen. Er machte sich über seinen Zustand nichts vor. In der nächtlichen Kälte sah er ein Schimmern und wußte, daß es aus war. Er stand auf und schleppte sich aus der Höhle und ins Moor. Er wollte noch ein letztes Mal die Sterne sehen.

Die Sterne ...

Und eine sanfte Stimme sprach zu ihm: »Die Sterne. Du kennst sie, nicht wahr?«

»Mein Zuhause«, sagte er leise. »Mein ... Zuhause. Heilige Jungfrau ... Mein Zuhause ...«

Sie schwebte vor ihm her, so ätherisch wie damals. »Du erinnerst dich.«

»Ja.« Ein erschöpfter Seufzer. »Ja, ich erinnere mich.«

»Warum erst jetzt?«

»Weil ...« Er seufzte. »Hätte ich mich früher erinnert, hätte ich nicht helfen können ... Ich wollte mich nicht erinnern, weil ich ... irgend etwas tun wollte ...«

Sie lächelte. »Du hast etwas getan.«

»Es war sinnlos. Ich habe nichts erreicht. Ich habe für eine hoffnungslose Sache gekämpft.«

»Das war deine Leistung«, sagte sie und streckte die Hand aus, um seine Stirn zu kühlen.

Und die Sterne leuchteten durch sie hindurch …

50

AM HIMMEL, 1942

Die Kräfte der Schwerkraft zerrten an Chekov, als seine Maschine sich immer höher in die Luft schwang. Es war ein erfrischendes Gefühl, auch wenn es hier nur um ein winzig kleines Bruchstück der Kraft ging, die die *Enterprise* aufzuweisen hatte. Dies hier war wahres Fliegen.

Er warf einen kurzen Blick auf seine Staffel. Es machte ihn stolz, wie die Jungs in Formation blieben. Dann seufzte er innerlich. Er konnte sich nicht erinnern, je etwas so bedauert zu haben.

Seine Staffel traf sich mit dem Transporter, einer umgebauten B-24. Man behielt mehr oder weniger Funkstille bei und brach das Schweigen nur, um Befehle und Anweisungen zu geben. Ansonsten hielt man den Himmel von dem üblichen Geplapper frei, zu dem es auf Bomberflügen kam. Es hatte keinen Sinn, das Schicksal herauszufordern.

Chekov betete, daß es nicht zu einem Kampf kam. Mehr verlangte er nicht. Denn wenn sie in einen Kampf verwickelt wurden, durfte er um keinen Preis jemandem vom Himmel holen. Was bedeutete, daß er sich nicht an der Verteidigung der B-24 beteiligen durfte. Und das wiederum bedeutete … Er wollte gar nicht erst darüber nachdenken.

Dann hörte er eine Stimme, bei der es ihm kalt über den Rücken lief. Sie kam aus dem knisternden Funkgerät.

»Onkel Wanja an Kirschkuchen«, kam die Meldung aus der B-24. »Wir sehen da was.«

»Oh, mein Gott«, sagte Chekov.

»Pavel?« meldete sich eine andere Stimme.

»Kirk?« erwiderte Chekov. Das Herz rutschte ihm in die Hose. Ausgerechnet! Und ausgerechnet jetzt, wo es Zeit wurde, sich von der Staffel zu trennen! Nun, wenn die Sache wirklich haarig wurde, mußte er sich darauf verlassen, daß die anderen Kirk beschützten.

»Freut mich, dich zu hören, Pavel! Also hierhin haben sie dich versetzt!« John Kirk klang ekelerregend jovial.

»Keine Sorge, John«, sagte Chekov lahm. »Wir passen schon auf euch auf.« Sein Herz hämmerte. Schon wieder hatte sich sein Weg mit dem von John C. Kirk gekreuzt.

Bald hatten sie die Front überflogen und rasten über Feindesland dahin. Die Luft wurde ständig turbulenter, nun flogen alle blind durch dicke Wolken.

Chekov schaute auf seine Instrumente. Jetzt. Die perfekte Zeit, um sich abzusetzen. Schweden war greifbar nahe. Die RAF würde in wenigen Minuten zur Stelle sein. Wenn er sich jetzt dünnmachte, kam die Staffel auch ohne ihn aus. Wenn er bis zum Rendezvous wartete, wollten die anderen möglicherweise mit ihm landen.

Chekov entbot allem, was er zurückließ, seinen Abschied. »Onkel Wanja...«, wollte er zur Einleitung sagen, um den nichtexistenten Maschinenschaden zu melden.

Aber Kirk meldete sich plötzlich wieder. »Yeah, ich kann sie sehen.«

Chekov blinzelte. Dann riß er alarmiert die Augen auf. Die Deutschen. 190er Focke-Wulffs. Die schnellen, wendigen Maschinen gehörten zum Besten, was die Luftwaffe zu bieten hatte. Aber man hatte sie noch nicht gegen die YAK getestet. Chekov schaute zu, wie die kompakten deutschen Vögelchen heranjagten. Er war sich überhaupt nicht sicher, ob seine Staffel ihr Ziel war.

»Feind auf drei Uhr!« rief Chekovs Flügelmann. Seine Stimme klang dünn und blechern aus dem Lautsprecher. Doch Chekov hatte schon die Hand ans Kehlkopfmikrofon gedrückt ...

Dann erstarrte er.

Sein Gehirn schrie ihm zu, sich zu verdrücken. Sich wie der Teufel davonzumachen. Es war nicht sein Krieg. Es konnte nicht sein Krieg sein.

Wenn er sich verdrückte, entkam er möglicherweise lebend ...

Und John Kirk vielleicht nicht. Wahrscheinlich nicht.

Die Wahl, die er hatte, war gar keine.

»Kirsche Eins und Drei, hoch und rechts ausscheren«, sagte er. »Lenkt sie von Onkelchen ab. Der Rest folgt mir.« Er scherte nach links aus, tauchte hinab und kam hinter zwei deutschen Maschinen wieder hoch.

Er feuerte kurze, präzise Salven ab und zielte nur auf die Schwingen.

Der Himmel wimmelte von Flugzeugen, aus allen Richtungen wurde geschossen. Seine Staffel war zahlenmäßig unterlegen. Chekov bekämpfte die in ihm aufsteigende Panik.

Der Himmel rings um ihn machte einen Ruck. Er beobachtete die B-24. Bisher war ihr noch nichts passiert.

Dann zischte eine deutsche Maschine aus dem Nichts heran und eröffnete das Feuer auf sie.

Chekov stieß einen Alarmschrei aus, als er sah, daß sie Kirks Maschine seitlich beschoß. Er brach aus der Formation aus, fegte mit voller Kraft nach unten auf den deutschen Flieger zu und beschoß ihn von hinten. Er zerfetzte sein Heck, und die Maschine schmierte ab. Chekov betete, daß der Pilot abspringen konnte.

»John«, rief Chekov auf englisch, »hau hier ab! Geh höher. Der Himmel gehört dir!«

»Ich hab aber auch Geschütze«, antwortete Kirk mit

einer Entschlossenheit, die Chekov so vertraut war, daß ihn der Mut verließ.

»Nein, Captain!« schrie er zurück. »Verschwinde von hier! Du mußt dich retten!«

»Nein, Pavel!«

»Du hast einen Auftrag, verdammt!« rief Chekov. »Harriman muß nach London!« argumentierte er. »Bitte!«

»Der Teufel soll dich holen, Pavel«, erwiderte Kirk frustriert. »Aber du hast recht! Aber ich bin noch kein Captain!«

»Hau ab!« schrie Chekov und zog seine Maschine hoch, um einen weiteren Deutschen abzufangen.

Er zog nach rechts, wich der deutschen Maschine elegant aus, und einer seiner Genossen blies sie vom Himmel.

Welche Verschwendung, dachte Chekov. *Welche Verschwendung. Daß man die Technik für Krieg und Zerstörung einsetzt statt zum Nutzen der Menschheit. Was für eine gottverdammte Verschwendung.*

Weitere Maschinen näherten sich. Chekov gestattete sich eine Sekunde, um zuzusehen, wie Kirks großer Transporter sich in die Kurve legte und ›Gas‹ für einen Anlauf über die schwedische Grenze gab.

Seine Leute umschwirrten die Focke-Wulffs wie Fliegen; die neue YAK-1 zeigte, was sie konnte; und die Staffel bewies, daß sie jeder anderen Luftstreitmacht ebenbürtig war.

Dann tauchte der große Langstreckenbomber aus dem Himmel auf, seine Geschütze spuckten Feuer, und die Focke-Wulffs spritzten wie Hennen auf einem Bauernhof auseinander, hinter denen der Fuchs her war. Doch mit einem hohen Tier wie dem Botschafter an Bord konnte Kirk sich nicht mehr als einen Vorbeiflug leisten. Mit einem Kippen der Schwingen in Chekovs Richtung raste er der Freiheit entgegen.

»Wir haben's geschafft!« schrie Chekov.

Dann wurde ihm die linke Tragfläche weggeschossen.

Chekov drehte sich alarmiert um und erblickte den rauchenden Stummel, der von dem Flügel übriggeblieben war.

Die Maschine trudelte. Chekov kämpfte wie ein Löwe, doch es war völlig sinnlos. Sämtliche Warnzeichen auf seinem Armaturenbrett drehten durch.

»Teufel noch mal«, murmelte er. So kam er nie im Leben nach Schweden.

Die ihn umgebenden Wolken wurden dichter und rüttelten ihn durch. Rings um ihn donnerte es, dann hörte er Kirks Stimme durch das Funkgerät rufen: »Chekov! Deine Männer sagen, du bist getroffen! Ich hol dich raus!«

»Unsinn!« erwiderte Chekov. »Ist nur 'ne kleine Turbulenz! Wenn du umdrehst, Kirk, mach ich dich platt!«

»Wenn du genau weißt...«

»Ich weiß es genau.«

Chekov wartete fünf Sekunden, dann öffnete er die Cockpithaube und stieg aus.

Er war kaum aus der angeschossenen Maschine heraus, als er auch schon die Leine zog. Als der Fallschirm aufging, spürte er, daß er nach oben gerissen wurde. Er fragte sich, wie lange er in dem eisigen Wasser überleben konnte. Das Blut dröhnte in seinen Ohren; er fühlte sich schwach. Er schaute zum dunklen Fleck des seidenen Baldachins hinauf. Es hatte aufgehört zu regnen, und durch eine Lücke zwischen den Wolken konnte er die Sterne sehen.

Dann sah er nichts mehr.

51

Weyland saß auf seinem Thron und musterte die beiden vor ihm stehenden Männer. Kirk stützte den Klingonen. Sie sahen aus, als wären sie durch die Hölle gegangen. Ihre Kleider waren zerrissen, sie selbst waren verschrammt und schmutzig. Überall im großen Saal standen Einheimische und begutachteten die beiden Außenweltler mit unverhohlenem Interesse.

»Ihr habt allerhand durchgemacht, nicht wahr?«

Kral deutete mit einem Finger auf Weyland. »Ihretwegen! Alles, was wir durchgemacht haben, haben wir nur Ihretwegen durchgemacht.«

»Ach, wirklich?« sagte Weyland gelassen. »Ich habe Sie doch nicht gezwungen, meinen Planeten zu betreten. Ich habe die Feindschaft zwischen den Klingonen und der Föderation doch nicht angeordnet. Ich war doch nicht der Grund dafür, daß Menschen gestorben sind.«

»Bald werden Sie es aber sein«, sagte Kirk. »Mein Schiff kann seine Kreisbahn nicht mehr lange halten.«

»Ist das eine Tatsache?« sagte Weyland.

Er sagte es auf eine Weise, die Kirk, der ihn keine Sekunde aus den Augen ließ, dazu veranlaßte, seinen Kommunikator einzuschalten. »Kirk an *Enterprise.*«

»*Enterprise.* Hier ist Spock.«

»Lagebericht, Mr. Spock?«

»Navigation und Ruder sind wieder einsatzbereit, Captain. Standardkreisbahn wurde wiederhergestellt. Und …«

»Ja?«

Kirk vernahm einen Ausbruch verwirrter Ausrufe, als hätten im Hintergrund alle gleichzeitig angefangen zu reden. Nur der nicht aus der Ruhe zu bringende Spock klang ganz routinemäßig, als er sagte: »Mr. Scott, Mr. Sulu und Mr. Chekov sind gerade auf der Brücke erschienen.«

»In welchem Zustand?«

»›Verwahrlost‹ würde ihren Zustand wohl trefflich beschreiben, glaube ich. Genaueres später.«

»Was ist mit dem Klingonenschiff?«

Kral schien die Luft anzuhalten, bis Spock sich erneut meldete. »Seine Kreisbahn ist weiter instabil.«

Kral maß Weyland mit einem verärgerten Blick. »Was ist mit meinem Schiff?« fragte er.

»Seine Kreisbahn wird weiterhin instabil bleiben …«

Kral wurde allmählich wütend. »Sie …«

»… bis zu dem Zeitpunkt, an dem der rechtmäßige Commander wieder auf der Brücke erscheint. Daraufhin wird alles korrigiert.«

»Oh«, sagte Kral leise.

»Bereithalten, *Enterprise*«, sagte Kirk. Er klappte den Kommunikator zu und beäugte Weyland. »Das ist also alles?« fragte er. »Sie haben uns das alles durchmachen lassen und erwarten nun von uns, daß wir unserer Wege gehen, als sei nichts passiert?«

Weyland zog eine Augenbraue hoch – in diesem Augenblick glich er Spock wie nie zuvor. »Hoffentlich nicht so, als sei nichts passiert. Ich hoffe, Sie werden es nicht vergessen. Ihre Männer werden es ebenfalls nicht vergessen, da auch sie sich äußerst ehrenhaft verhalten haben. Ich gebe zu, Captain … Ich habe weder Ihnen noch Ihren Leuten zugetraut, daß sie sich so verhalten können, wie Sie sich verhalten haben.«

»Dann war also alles nur eine Prüfung«, sagte Kirk. »Haben Sie von uns erwartet, daß wir lernen, was Ehre ist?«

»Oh, nein. Ich habe erwartet, daß Sie alle sterben. Machen Sie nicht mehr daraus als das, was es ist, Captain. Es war eine komplizierte Übung. Sie nun, nachdem Sie alles überstanden haben, zu zerschmettern – nachdem Sie Ihren Stolz heruntergeschluckt und diese entzückende, wenn auch nur zeitweilige Allianz geschaffen haben –, wäre irgendwie ungerecht und erschiene mir unehrenhaft. Und ich bin eben in erster Linie ein Wesen von Ehre.«

Kral öffnete den Mund.

»Klappe halten«, sagte Kirk zu dem Klingonen.

Kral machte den Mund wieder zu.

Kirk hatte Weyland einen langen Vortrag halten wollen – über Edelmut, Ehre und den Mut des menschlichen Herzens. Er beschloß, ihn zu vergessen.

Dann öffnete er den Kommunikator und sagte: »*Enterprise,* beamt uns rauf. Schnell.«

Um ihn herum knisterte die Luft, und das letzte, was er hörte, bevor die behaglichen Wände der *Enterprise* ihn wieder umgaben, war Weylands leises, spöttisches Gelächter.

52

Als die *Enterprise* auf dem Weg zur Starbase 42 durch den Weltraum schoß, studierte Kirk den medizinischen Bericht über die drei zurückgekehrten Offiziere. Sulu hatte eine Schwertwunde am Hals und eine weitere am Bauch. Mr. Scott war von einer Musketenkugel an der rechten Seite verletzt worden. Außerdem hatte er aufgrund der nicht ordnungsgemäß behandelten Wunde und verschiedener bakterieller Infektionen mangels septischer Verbände eine Bleivergiftung. Mr. Chekov hatte Wasser in der Lunge, was bedeutete, daß er kurz vor dem Ertrinken gewesen war.

Auch wenn McCoy ihre körperlichen Verletzungen kuriert hatte, gefühlsmäßig wußten die drei noch immer nicht, was sie mit sich anfangen sollten. Nun ja, sie waren zuverlässige, erfahrene Offiziere. Bestimmt würde der ihnen nach der Rückkehr zur Erde zugesagte Landurlaub – eine eigenartige Bitte, aber wenn man alles in Betracht zog, keine unerhörte – dazu beitragen, ihr Gleichgewicht wieder zu stabilisieren. Teufel, Scotty war schon auf dem besten Weg, sich zu erholen: Er hatte den Landurlaub abgelehnt und wollte lieber auf seiner geliebten *Enterprise* bleiben. Und wenn Chekov und Sulu zurückkehrten und man ihnen und Scotty genug Zeit ließ, würden sie ihre alte Form schon wiederfinden.

Hoffte er.

Kirk trat an seinen Computer und begann einen langen Bericht, der erklären sollte, warum Starfleet fortan einen weiten Bogen um Cragon V machen sollte. Er nahm an, daß die Klingonen das gleiche taten.

Er hoffte es jedenfalls.

Auf der *Ghargh* saß Kral vor der Holografie zweier junger Klingonen. Einer der beiden war nun tot.

»Verdammt«, sagte er leise.

Die Tür ging zischend auf. Vladra stand im Rahmen. Sie sah, was er in der Hand hielt, und wußte, daß er es früher blitzschnell hätte verschwinden lassen, um sich nicht dem Verdacht auszusetzen, er könne etwas bedauern oder gar Gefühle für etwas zeigen.

»Wir sind auf Kurs zu Außenposten 27, wo das Oberkommando deinen Bericht erwartet«, sagte sie. »Was wirst du melden?«

»Daß wir einen weiten Bogen um Cragon V machen sollen.«

Vladra nickte.

Kral lehnte sich zurück und musterte sie grüblerisch. Dann griff er unter seinen Schreibtisch und zog etwas hervor, das seinem Vater gehört hatte. Und davor dem Vater seines Vaters. Ein Buch.

»Ich dachte«, sagte er bedeutungsvoll, »du würdest vielleicht gern ... ein Gedicht hören.«

Sie hielt den Atem an und nickte langsam. Als er mit heiserer Stimme anfing zu lesen, bewegten sich ihre Hände auf die schwere Ehrenmedaille zu, die auf einem Regalbrett ruhte. Sie wußte genau, wohin sie sie werfen würde.

Scotty saß in seiner Kabine. Vor ihm lagen ausgebreitete Zeitschriften, aber es war ihm nicht gelungen, auch nur einen Artikel zu Ende zu lesen.

»Verdammt noch mal«, schimpfte er sich aus, »du mußt es einfach hinnehmen.« Er trat an die Computerkonsole. »Computer, ich brauche einige genealogische Informationen, vorausgesetzt, es gibt welche. Es geht um einen Seamus McIntyre, Schiffsbauer, Schottland, Erde, um 1750.«

»Suche Daten. Es existiert ein Totenschein für einen Seamus McIntyre sowie ein sich auf ihn beziehender Zeitungsartikel aus dem Jahr 1803. Suche Daten. Er hatte mit seiner Gattin Megan zwei Söhne und drei Töchter.«

Scott hörte nichts anderes mehr. Er kämpfte gegen die Tränen und beweinte einen Menschen, der seit Jahrhunderten tot war. Der Bericht ging weiter, und je besser die Unterlagen wurden, desto detaillierter wurde er. »...eine Tochter, Jennifer Anne McIntyre, heiratete im Jahr 2137 George William Jeffries. Benjamin McDonald-Jeffries, ihr einziges Kind, war als Ingenieur bei der Firma New Bell im Centauri-System beschäftigt. Er heiratete Isobelle Krautman. Sie hatten einen Sohn; Frederick William Jeffries, den Erfinder der Jeffries-Röhre ...«

Das weckte Scottys Aufmerksamkeit, und er schaute auf den Bildschirm. Also hatte der Junge, dessen Lebensweg er vor so vielen Jahrhunderten gekreuzt hatte, über Raum und Zeit hinweg auch seinen Lebensweg gekreuzt. Das Bild der Traumfrau auf der Heide erfüllte Scottys Geist. Er vernahm den Klang des Dudelsacks und dachte erschauernd an die Freiheit, für die dieses hoffnungslos romantische und unpraktische Volk gelebt hatte und gestorben war.

Chekov saß in einem Straßencafé und beobachtete den täglichen Verkehr auf dem Hauptplatz von Wolgograd, dem ehemaligen Stalingrad. Abgesehen von wenigen Gedenktafeln und ein, zwei Monumenten erinnerte nichts mehr an die schreckliche Zeit. Er schloß die Augen und lauschte, doch er hörte nur Vögel und die trägen Schritte der Menschen, die die Frühlingswärme genossen. Er hatte sich schon gefragt, ob alles nur ein Traum gewesen war.

»Möchten Sie noch einen Kaffee oder vielleicht ein

Stück Kuchen?« fragte die Kellnerin, die eine alberne Version irgendeiner einheimischen Tracht trug. Es war ein Touristencafé, in der echte Menschen bedienten und sogar kochten.

»Nein, vielen Dank. Ich würde mir gern die Datenbank ansehen.«

»Zwei Häuserblocks weiter«, sagte sie und zeigte ihm die Richtung. »Und dann nach rechts. Sie können sie nicht verfehlen.«

Chekov leerte seine Tasse und ging die kurze Strecke zu Fuß. Er registrierte gewissenhaft und in allen Einzelheiten die Bäume, Gebäude und Menschen. Er blieb zweimal stehen und wandte sich einmal von seinem Ziel ab. *Wenn ich nicht registriert bin, hat es nichts zu bedeuten,* sagte er sich. *Schließlich sind im Krieg und den späteren politischen Wirren eine Menge Akten vernichtet worden. Es hat wirklich nichts zu bedeuten.* Aber seine Handflächen waren trotz alledem feucht, als er in dem riesigen marmornen Saal das kleine Terminal in Betrieb nahm.

›Pavel Andrejewitsch Chekov oder Chuikov, Leutnant‹, gab er ein. Er beantwortete die wenigen Fragen, die ihm dann gestellt wurden, und wartete ab. Die Wartezeit erschien ihm unerträglich lange.

»Pavel Andrejewitsch Chuikov, Leutnant. Nach einer Schlacht über der Ostsee am 15. November 1942 vermißt. Auszeichnungen: Held der Sowjetunion, dritte Klasse, Oktober 1942. Held der Sowjetunion, erste Klasse, posthum, Dezember 1942.«

Chekov saß lange da und stierte den Bildschirm an. Dann bat er um die Geschichte einer amerikanischen Familie namens Kirk.

Sulu hatte Wochen damit verbracht, dem Weg seiner Erinnerungen zu folgen. Er hatte einen Japanischkurs belegt und mit erstaunlicher Leichtigkeit absolviert. Zur Freude der Gelehrten, die er aufgesucht und mit denen er eifrig Dokumente gewälzt hatte, war sein Wissen über die alte Sprache und Schrift von erster Güte und übertraf alles, was der Sprachkurs ihn gelehrt hatte. Doch zu seinem Kummer existierte in dem Land, in dem man seit Jahrtausenden las und schrieb, kein Wort über Oneko.

Den Gasthof gab es noch; er sah so aus, wie er ihn in Erinnerung hatte. Trotz der durch den wirtschaftlichen Aufschwung und die Modernisierung erfolgten Verwüstung der natürlichen Schönheit des Landes gab es noch immer Enklaven des traditionellen Japan. Über dem Gasthof schmiegte sich der Tempel an den Berg, und morgens und abends läutete noch immer die Glocke. Sulu konnte den Wirt überreden, ein Plätzchen für ihn zu finden, obwohl er nicht sechs Monate im voraus reserviert hatte.

Am nächsten Morgen ging er den Berg zur Abtei hinauf. Dort lebte noch immer eine Gemeinschaft von Zen-Mönchen, doch der größte Teil des Geländes war für Besucher freigegeben. Am Tag seiner Ankunft war das Tor geschlossen; ein Schildchen gab bekannt, daß eine Gruppe von Archäologen an einigen älteren Stellen des Geländes Ausgrabungen vornahm.

Sulu wandte sich gerade zum Gehen, als er mit einer jungen Frau zusammenprallte. Die Werkzeuge und Tüten, die sie trug, kullerten über den Abhang.

»Oh, das tut mir leid«, sagte er und half ihr beim Einsammeln.

»Ach was, es war meine Schuld, ich habe nicht aufgepaßt«, erwiderte sie freundlich, wobei die Gegenstände, die sie auf ihrem Arm stapelte, ebenso schnell wieder zu Boden fielen.

»Bitte, ich möchte Ihnen helfen«, beharrte Sulu. Er nahm den größten Teil der Dinge an sich und folgte ihr durch das Tor.

»Ich bin Dr. Yae Takenada. Ich bin die Assistentin von Dr. Abe, dem Leiter des Projekts«, sagte sie förmlich, obwohl sie noch ganz außer Atem war und fortwährend etwas fallen ließ. »Und ich habe mich verspätet…«

»Ich bin Lieutenant Commander Sulu von der USS *Enterprise.*«

»Oh«, sagte sie, blieb stehen und maß ihn mit einem ehrfürchtigen Blick. »Was für ein aufregendes Leben! Ein Raumfahrer! Gütiger Gott, Sulu, was schlagen Sie Wurzeln auf der guten alten Erde, wenn Sie zwischen den Sternen tanzen könnten?«

»Ach…«, sagte er. »Die Erde hat auch ihren Reiz.«

Kurz darauf hatte er sich seiner Jacke entledigt, die Ärmel aufgekrempelt und betätigte sich als Yaes Helfer. Nicht, daß er über Gebühr protestiert hätte.

Die nächsten paar Tage verbrachte er mit Graben und die Abende mit seinen neuen Freunden, speziell mit Yae. Er war mehrmals drauf und dran, ihr von seiner eigenartigen Reise zu erzählen. Doch auch wenn er den Eindruck hatte, daß sie ihm so nahe war wie eine Schwester – er konnte es noch nicht.

Zu schnell kam die Nachricht, daß er sich auf seinem Schiff melden sollte. Es war der letzte Nachmittag, den er mit der befriedigenden Arbeit verbringen konnte, in dem alten Garten Gräben zu ziehen.

Yae, die etwa einen halben Meter tief gegraben hatte, stieß auf eine Reihe von Steinen, die einst einer Mauer als Fundament gedient hatten. »Schauen Sie mal«, sagte sie. »Ich wette, sie waren einst Teil der Gartengestaltung. Schauen Sie sich ihre Form an.«

Sulu schüttelte unverbindlich den Kopf. Er wußte zwar, daß sie recht hatte, aber wie sollte er ihr sein konkretes Wissen erklären? Er hockte sich neben ihren Fund und entfernte die Erde mit dem kleinen Freund aller Archäologen – der Bürste. Ja, da waren die Kratzer. Er wollte den Stein umdrehen, um sie zu verbergen, aber Yae beugte sich über seine Schulter.

»Oh, gut. Schauen Sie mal. Da hat jemand etwas hingekritzelt. Lassen Sie mal sehen.« Sie stellte den Stein hin, bürstete ihn ab und bespuckte ihn, bis die Buchstaben ganz freigelegt waren.

»Na, dann wollen wir mal sehen...«, murmelte sie. »Da steht...« Sie probierte alle Varianten aus, um die Symbole auszusprechen. »Der Teufel soll mich holen«, sagte sie dann und blickte Sulu an. »Es könnte Sulu heißen! Wie eigenartig. Und das andere? Katze? *Neko?* Nein... ›Ehrenwerte Katze‹ – *Oneko.* Vielleicht sind es Namen. Zwei Namen. Wie rührend. Zwei Liebende. Vielleicht mußten sie sich trennen. Sie haben ihr Zeichen im Tempelgarten hinterlassen. – Sulu, geht es Ihnen gut?«

»Oh... bestens.« Sulu lächelte. »Ich hatte nur gerade so ein komisches Déjà-vu-Gefühl...«

STAR TREK™

in der Reihe
HEYNE SCIENCE FICTION & FANTASY

STAR TREK: CLASSIC SERIE

Vonda N. McIntyre, Star Trek II: Der Zorn des Khan · 06/3971
Vonda N. McIntyre, Der Entropie-Effekt · 06/3988
Robert E. Vardeman, Das Klingonen-Gambit · 06/4035
Lee Correy, Hort des Lebens · 06/4083
Vonda N. McIntyre, Star Trek III: Auf der Suche nach Mr. Spock · 06/4181
S. M. Murdock, Das Netz der Romulaner · 06/4209
Sonni Cooper, Schwarzes Feuer · 06/4270
Robert E. Vardeman, Meuterei auf der Enterprise · 06/4285
Howard Weinstein, Die Macht der Krone · 06/4342
Sondra Marshak & Myrna Culbreath, Das Prometheus-Projekt · 06/4379
Sondra Marshak & Myrna Culbreath, Tödliches Dreieck · 06/4411
A. C. Crispin, Sohn der Vergangenheit · 06/4431
Diane Duane, Der verwundete Himmel · 06/4458
David Dvorkin, Die Trellisane-Konfrontation · 06/4474
Vonda N. McIntyre, Star Trek IV: Zurück in die Gegenwart · 06/4486
Greg Bear, Corona · 06/4499
John M. Ford, Der letzte Schachzug · 06/4528
Diane Duane, Der Feind – mein Verbündeter · 06/4535
Melinda Snodgrass, Die Tränen der Sänger · 06/4551
Jean Lorrah, Mord an der Vulkan Akademie · 06/4568
Janet Kagan, Uhuras Lied · 06/4605
Laurence Yep, Herr der Schatten · 06/4627
Barbara Hambly, Ishmael · 06/4662
J. M. Dillard, Star Trek V: Am Rande des Universums · 06/4682
Della van Hise, Zeit zu töten · 06/4698
Margaret Wander Bonanno, Geiseln für den Frieden · 06/4724
Majliss Larson, Das Faustpfand der Klingonen · 06/4741
J. M. Dillard, Bewußtseinsschatten · 06/4762
Brad Ferguson, Krise auf Centaurus · 06/4776
Diane Carey, Das Schlachtschiff · 06/4804
J. M. Dillard, Dämonen · 06/4819
Diane Duane, Spocks Welt · 06/4830
Diane Carey, Der Verräter · 06/4848
Gene DeWeese, Zwischen den Fronten · 06/4862
J. M. Dillard, Die verlorenen Jahre · 06/4869
Howard Weinstein, Akkalla · 06/4879
Carmen Carter, McCoys Träume · 06/4898
Diane Duane & Peter Norwood, Die Romulaner · 06/4907
John M. Ford, Was kostet dieser Planet? · 06/4922
J. M. Dillard, Blutdurst · 06/4929
Gene Roddenberry, Star Trek (I): Der Film · 06/4942
J. M. Dillard, Star Trek VI: Das unentdeckte Land · 06/4943
Barbara Paul, Das Drei-Minuten-Universum · 06/5005
Judith & Garfield Reeves-Stevens, Das Zentralgehirn · 06/5015
Gene DeWeese, Nexus · 06/5019
D. C. Fontana, Vulkans Ruhm · 06/5043

STAR TREK™

Judith & Garfield Reeves-Stevens, Die erste Direktive · 06/5051
Michael Jan Friedman, Das Doppelgänger-Komplott · 06/5067
Judy Klass, Der Boacozwischenfall · 06/5086
Julia Ecklar, Kobayashi Maru · 06/5103
Peter Morwood, Angriff auf Dekkanar · 06/5147
Carolyn Clowes, Das Pandora-Prinzip · 06/5167

STAR TREK: DIE NÄCHSTE GENERATION

David Gerrold, Mission Farpoint · 06/4589
Gene DeWeese, Die Friedenswächter · 06/4646
Carmen Carter, Die Kinder von Hamlin · 06/4685
Jean Lorrah, Überlebende · 06/4705
Peter David, Planet der Waffen · 06/4733
Diane Carey, Gespensterschiff · 06/4757
Howard Weinstein, Macht Hunger · 06/4771
John Vornholt, Masken · 06/4787
David & Daniel Dvorkin, Die Ehre des Captain · 06/4793
Michael Jan Friedman, Ein Ruf in die Dunkelheit · 06/4814
Peter David, Eine Hölle namens Paradies · 06/4837
Jean Lorrah, Metamorphose · 06/4856
Keith Sharee, Gullivers Flüchtlinge · 06/4889
Carmen Carter u. a., Planet des Untergangs · 06/4899
A. C. Crispin, Die Augen der Betrachter · 06/4914
Howard Weinstein, Im Exil · 06/4937
Michael Jan Friedman, Das verschwundene Juwel · 06/4958
John Vornholt, Kontamination · 06/4986
Mel Gilden, Baldwins Entdeckungen · 06/5024
Peter David, Vendetta · 06/5057
Peter David, Eine Lektion in Liebe · 06/5077
Howard Weinstein, Die Macht der Former · 06/5096
Michael Jan Friedman, Wieder vereint · 06/5142
T. L. Mancour, Spartacus · 06/5158

STAR TREK: DIE ANFÄNGE

Vonda N. McIntyre, Die erste Mission · 06/4619
Margaret Wander Bonanno, Fremde vom Himmel · 06/4669
Diane Carey, Die letzte Grenze · 06/4714

STAR TREK: DEEP SPACE NINE

J. M. Dillard, Botschafter · 06/5115
Peter David, Die Belagerung · 06/5129
K. W. Jeter, Die Station der Cardassianer · 06/5130
Sandy Schofield, Das große Spiel · 06/5187

DAS STAR TREK-UNIVERSUM, 2 Bde.,
überarbeitete und aktualisierte Neuausgabe!
von *Ralph Sander* · 06/5150

Diese Liste ist eine Bibliographie erschienener Titel

KEIN VERZEICHNIS LIEFERBARER BÜCHER!